Holunderherzen

D1984863

Das Buch

Nach einer gescheiterten Beziehung hat Anne die Nase voll von der Liebe und hofft auf die heilende Wirkung ihrer Tante. Die eigenwillige Tilly ist das schwarze Schaf der Familie und Annes großes Vorbild. Doch Tilly scheint selbst nicht ganz auf der Höhe zu sein: Ihr Öko-Hof in der Lübecker Bucht ist halb verlassen, einzig ihr Mops Hugo leistet ihr Gesellschaft. Hinter der spröden Fassade ihrer Tante entdeckt Anne eine verletzliche Frau, die oft zerstreut wirkt. Anne beschließt zu bleiben und den Holunder auf Tillys Hof zur neuen Einnahmequelle zu machen. Dabei wird sie tatkräftig unterstützt von Fischer Thies, und auch der Landarzt Carsten lässt sich überraschend oft blicken. Vielleicht ist in Sachen Liebe ja doch noch nicht alles zu spät?

Die Autorin

Brigitte Janson heißt eigentlich Brigitte Kanitz und wurde 1957 in Lübeck geboren. Viele Jahre war Hamburg ihre Wahlheimat, wo sie als Journalistin arbeitete. Heute lebt sie in den italienischen Marken.

Von Brigitte Janson sind in unserem Hause bereits erschienen:

Winterapfelgarten
Die Tortenbäckerin
Der verbotene Duft

BRIGITTE JANSON

HOLUNDER-HERZEN

ROMAN

List Taschenbuch

Besuchen Sie uns im Internet:
www.list-taschenbuch.de

MIX
Papier aus verantwortungsvollen Quellen
FSC® C083411

Originalausgabe im List Taschenbuch
List ist ein Verlag der Ullstein Buchverlage GmbH, Berlin.
1. Auflage August 2015
© Ullstein Buchverlage GmbH, Berlin 2015
Umschlaggestaltung: ZERO Werbeagentur, München
Titelabbildung: © Fine Pic®, München
Satz: Pinkuin Satz und Datentechnik, Berlin
Gesetzt aus der Quadraat
Druck und Bindearbeiten: CPI books GmbH, Leck
Printed in Germany
ISBN 978-3-548-61287-4

Für meine Mutter Christa Kanitz (1928–2015).
Ich erinnere mich an glückliche Kindertage
am Strand der Ostsee.

1. Kapitel

»Der Fisch ist schon tot«, erklärte Gesa und schnappte sich die Platte mit den Lachsschnittchen. »Der muss nicht mehr schwimmen.«

Anne wollte lachen, aber es kam nur ein Schluchzen aus ihrem Mund. Ihre Tränen flossen auf die Arbeitsfläche aus schwarzem Granit und sammelten sich zu einer erstaunlich großen Pfütze.

»Wie schaffst du das bloß?«, fragte Gesa verwundert. »Andere Leute verdrücken maximal ein paar Tröpfchen, bei dir tritt gleich die Elbe über ihre Ufer.«

Lachen klappte wieder nicht. Das Schluchzen wurde lauter. Anne war das furchtbar peinlich. Normalerweise weinte sie nur, wenn sie allein war. Aber heute war alles anders.

»Ich korrigiere mich«, sagte Gesa, während sie eine Handvoll Blätter von einer Küchenrolle abriss und Annes Tränenflut aufwischte. »Die Niagarafälle stürzen in die Schlucht.«

Anne starrte sie an. »Brauchst dich nicht lustig über mich zu machen.«

»Nee, sorry. Aber kein Mann dieser Welt ist eine solche Flutwelle wert – aua!« Sie rieb sich den Hinterkopf, wo

Anne sie mit einem Holzlöffel getroffen hatte. »Deswegen musst du deine beste Freundin und Lieblingsangestellte nicht gleich erschlagen.«

»Du bist meine einzige Angestellte.«

»Klar, weil es sonst keine mit dir aushält.«

Jetzt brach es aus Anne heraus, das Lachen, und auf einmal fühlte sie sich wie befreit.

Gesa beobachtete sie misstrauisch, dann kicherte sie unsicher, schließlich grölte sie los.

»Juhu! Die biblische Sintflut ist besiegt! Das Leben ist wieder schön!«

Sie lagen sich in den Armen, die große schlanke Anne Winkler und die kleine füllige Gesa Heinrich, und für einen Moment war aller Kummer vergessen. Sie bebten vor Lachen, bekamen gleichzeitig Schluckauf und glucksten noch eine Weile vor sich hin, als der schlimmste Anfall vorüber war. Beide trugen sie weiße Kittel, Einmalhandschuhe und auf dem Kopf formlose Plastikhauben.

Anne behauptete gern, in ihrer Arbeitskleidung sähen sie aus wie Scheinzwillinge. Denn abgesehen von den weißen Klamotten hätten sie nicht verschiedener sein können. Während Gesa ein herzförmiges Madonnengesicht mit großen Kulleraugen und schwarze Locken hatte, fand Anne an sich selbst alles einen Tick zu lang. Nicht nur ihren Körper in seiner Gesamtheit, sondern auch die Arme, die Hände und insbesondere die Nase. Ihre Freundinnen behaupteten, Anne habe einen Knall. Sie würden allesamt einen Mord begehen, um ihre Figur zu bekommen, ihre welligen hellbraunen Haare, ihre grau-grünen Augen. Anne wisse gar nicht, wie schön sie sei.

Bis auf die Nase, dachte Anne dann, sagte es aber nicht mehr laut.

Und wie gut sie es habe, wurde hinzugefügt. Eine erfolgreiche Geschäftsfrau, stark, frei und finanziell unabhängig. Einiger Neid schwang dann in den Worten der Freundinnen mit.

Bis auf die Einsamkeit, hatte Anne noch im vergangenen Winter erwidert. Bevor es dann vorbei war mit dem Alleinsein. Bevor die Hoffnung in den ersten Frühlingstagen mit tausend Schmetterlingen in ihr Herz einzog.

»Was wäre ich bloß ohne dich?«, murmelte Anne jetzt.

»Wahrscheinlich eine unglückliche, frisch verlassene Vierzigjährige mit Hang zu nasser Dramatik und ohne eine pummelige Schulter zum Anlehnen«, erwiderte Gesa halb amüsiert, halb mitleidig.

Anne löste sich von Gesa. Sie kam sich jetzt ein wenig albern vor mit ihrem Liebeskummer. Die Freundin hatte schon recht. Kein Mann dieser Welt war es wert, Tränen für ihn zu vergießen. Jedenfalls keiner wie Roland. Auch hysterische Heiterkeitsausbrüche hatte er nicht verdient. Sie drückte die Schultern durch und hob den Kopf. »Lass uns lieber weitermachen. Wir müssen in zwei Stunden ausliefern.«

Gesa warf ihr einen besorgten Blick zu, aber als die Augen ihrer Chefin trocken blieben, nickte sie.

»In Ordnung. Du rollst die Bällchen aus Ziegenkäse, ich schnippele das junge Gemüse und rühre den Kräuterdip an.«

Anne nickte stumm. Es war in Ordnung, wenn Gesa das Kommando übernahm. Sie fürchtete, sie würde nur wieder weinen, wenn sie ein einziges weiteres Wort sprach.

Oder lachen, sich kaputtlachen über das Leben und die Liebe. Beides war im Augenblick zu anstrengend. Also griff sie sich die Schüssel mit dem Ziegenkäse, den sie vor einer Stunde mit Knoblauch, Thymian, Basilikum und etwas Olivenöl vermischt hatte, und zog sich frische Handschuhe an. Dann machte sie sich daran, murmelgroße Kugeln zu formen, rollte sie kurz in zermahlenen Pistazien und arrangierte sie dann auf einer versilberten Platte.

Der Auftrag heute war keine große Herausforderung für die beiden Frauen. Kanapees und Fingerfood für zwei Dutzend Partygäste in einer Villa an der Elbchaussee.

Zum Glück, dachte Anne, während ihre Hände die Arbeit automatisch erledigten. Ein großes Büfett mit mehreren Gängen wäre definitiv über ihre Kräfte gegangen. Sie unterdrückte einen Seufzer und schaute nach draußen. Auf der Alten Königstraße in Hamburg-Altona ging das Leben an diesem sonnigen Freitagnachmittag im August seinen gewohnten Gang. Autofahrer schoben sich ungeduldig durch den Feierabendverkehr, junge Leute saßen lachend und schwatzend vor einem Café, Familien schleppten ihre Wochenendeinkäufe nach Hause. Niemand sah durch das Schaufenster von Annes »Party and more« und begegnete ihrem Blick. Niemand klopfte gegen die Scheibe und rief ihr zu: »Halte durch! Alles wird gut! Der nächste Traumprinz kommt schon auf seinem Schimmel angetrabt!«

O Gott!

Schnell drehte Anne sich weg. Bloß nicht den Verstand verlieren. Es genügte schon, dem Glück in ihrem Leben nicht mehr über den Weg zu trauen. Ihre fünf Sinne musste sie beisammenhalten.

Anne zwang sich, an etwas Positives zu denken.

Hm. Aber an was? Liebevolle Umarmungen, Küsse und massenhaft Streicheleinheiten fielen flach. Der Traumprinz auf seinem weißen Pferd sowieso. Der stürzte in ihrer Phantasie in dieser Sekunde aus dem Sattel.

Dann doch lieber die Arbeit. Da war sie auf der sicheren Seite.

Manchmal staunte Anne selbst am meisten darüber, wie gut sich ihr Partyservice entwickelt hatte. Vor fünfzehn Jahren hatten ihre Eltern in diesen Räumen noch eine typische Hamburger Kneipe betrieben. Mit einfachen Gerichten wie Matjespastete oder Bohnen, Birnen und Speck, mit Bier vom Fass und Schnaps aus der Flasche, mit ein paar Spielautomaten an den Wänden, einer großen Holztheke und fünf Tischen.

Für Helga und Werner Winkler war diese Kneipe ihr Leben gewesen. Reich wurden sie nicht, aber viele Jahre ging das Geschäft gut. Sie hatten einander, und sie hatten ihre Tochter. Und sie waren eine glückliche Familie. Anne jobbte nach der Schule in der Kneipe und später, während ihrer Kochlehre, an jedem freien Tag. Als sie keine gute Anstellung als Köchin fand, übernahm sie mehr und mehr Verantwortung. Bis die große Entscheidung anstand. Bis die Eltern sich zur Ruhe setzten und Anne wählen musste: Alles verkaufen und sich irgendeinen Job suchen oder den großen Sprung wagen?

Sie sprang.

Gesa stach mit einer Karotte nach ihr. »Komm mal wieder zu dir. Hier, Rucola in Serranoschinken einwickeln, danach Tortenbrie auf Pumpernickel platzieren. Ich fülle die Zucchini mit Feta und brate zwei Kilo Riesengarnelen.«

»Tut mir leid«, sagte Anne. Es war ihr nicht aufgefallen, dass ihre Hände nutzlos herunterhingen. Sie wandte ihren Blick vom Fenster ab und schaute sich kurz um, während sie den würzigen französischen Weichkäse auspackte. Die alte schummerige Kneipe hatte sich im Laufe der Jahre in eine einzige große Küche mit erstklassigen Gerätschaften und dem überdimensionalen Arbeitstisch in der Mitte entwickelt. Es war ein langer Weg bis zu diesem topmodernen und florierenden Geschäft gewesen. Anfangs hatte Anne ganz allein in der alten Kneipenküche ein paar kalte Platten angerichtet und in der Nachbarschaft zu Familienfesten gebracht. Aber Jahr für Jahr erweiterte sie ihr Angebot, ließ die nötigen Umbauten vornehmen und gewann im nahen Blankenese mehr und mehr Kunden. Sie ließ eine flotte Website bauen, beschäftigte einen Fahrer für die Lieferungen, stellte je nach Bedarf eine oder gleich mehrere Aushilfskräfte ein und suchte lange nach einer zweiten festangestellten Köchin. Gesa kam an einem Wintertag vor gut fünf Jahren ganz von selbst hereingeschneit.

»Sie brauchen mich!«, erklärte sie ohne Umschweife. »Ich kann kochen, schnippeln, anrichten und so weiter, bla, bla. Außerdem koste ich nicht viel, weil mein Mann gut verdient. Aber ich muss was zu tun haben, und ich wohne ganz in der Nähe, unten an der Palmaille.«

»Sie sind hochschwanger«, protestierte Anne.

»Na und? Ich werde mein Kind schon nicht hier auf dem schön gefliesten Fußboden kriegen. Keine Bange.«

»Ich kann es mir aber nicht leisten, eine Angestellte zu bezahlen, die in Elternzeit geht.«

»Wer will denn so was? Da langweile ich mich ja zu

Tode. Nee, keine Sorge. Zwei Wochen nach der Geburt bin ich wieder fit, und meine Mutti kümmert sich dann um den Kleinen. Macht sie bei der Großen auch schon.«

»Aha«, erwiderte Anne schwach und gab sich geschlagen.

Gegen so viel Energie kam sie einfach nicht an.

Sie hatte es nie bereut. Gesa und sie waren ein perfektes Team und wurden gute Freundinnen. Der Partyservice wuchs und gedieh, bald war auch die Ausstattung der Küche komplett.

Vorn an der Eingangstür befand sich noch ein kleiner, mit flämischen Kacheln dekorierter Tresen, an dem jene Kunden, die persönlich hereinschauten, im Prospekt blättern und ihre Bestellungen aufgeben konnten. Dazu bekamen sie eine Tasse besten Espresso oder ein Glas Champagner.

Letzteres war Gesas Idee gewesen, die sich als ungemein verkaufsfördernd herausgestellt hatte.

Anne lächelte ihrer Freundin zu. »Ohne dich wäre ich verloren.«

»Wissen wir, wissen wir. Und nun: hopp, hopp, weiter geht's, wenn die armen, armen reichen Leutchen nicht verhungern sollen.«

Eine halbe Stunde lang arbeiteten sie schweigend nebeneinander. Die fertigen Gerichte wurden sorgsam in Plastikboxen verpackt und in einen kleinen gekühlten Nebenraum gebracht. Anne achtete stets darauf, dass sich die Düfte der Speisen nicht vermischten. Ihrer Meinung nach verdarb das deren einzigartigen Geschmack. Gesas Meinung nach müsste schon Paul Bocuse persönlich zum Vorkosten erscheinen und bezeugen, dass der geräucherte

Thunfisch nach spanischen Salzmandeln schmeckte, nur weil er ein paar Stunden dasselbe Ambiente geteilt hatte. Sonst würde sie das im Leben nicht glauben. Allerdings war Anne hier die Chefin, und so wurde nach ihrer Anweisung gearbeitet.

Nur heute nicht. Sie übersah die Platte mit den Lachsschnittchen, die gefährlich dicht neben der Schüssel mit den frisch gebratenen Garnelen stand, und sie vergaß, den Serranoschinken vor den Bällchen aus Ziegenkäse im Pistazienmantel in Sicherheit zu bringen.

»So langsam wird das wirklich unheimlich«, stellte Gesa leise fest.

Durch Annes Kopf galoppierte gerade ein reiterloser Schimmel. *Das* war unheimlich. Sie hütete sich, davon zu erzählen, sondern bat stattdessen: »Erzähl mir was. Irgendwas Lustiges.«

»Heute früh hat Ole sein neues Feuerwehrauto im Klo versenkt«, begann die Freundin.

Anne lächelte gequält, tat, als würde sie zuhören, und versuchte, die Ohren zu verschließen.

Selbst schuld. Sie wusste doch, dass Gesa am liebsten von ihrer Familie berichtete. Außer dem zweijährigen Ole gab es noch Leon und Katy, fünf und acht Jahre alt. Dazu den wunderbaren Sven Heinrich, Gesas Mann. Auch er Koch, mit einem guten Job in einem vornehmen Restaurant in Blankenese. Die Familie lebte in einer geräumigen Altbauwohnung, und wann immer Anne zu Besuch kam, ging es dort hoch her.

Jedes Mal war sie froh, wenn sie sich nach ein paar Stunden wieder verabschieden konnte. Nicht, weil sie die Heinrichs nicht mochte, ganz im Gegenteil. Aber es war schwer, so viel geballtes Glück zu ertragen. In letzter Zeit war es etwas einfacher gewesen. Mochte Annes alter Traum von einer eigenen großen Familie auch niemals in Erfüllung gehen, so hatte sie doch einen Mann an ihrer Seite gehabt. Einen, der »in unserem fortgeschrittenen Alter«, wie er es nannte, keine Kinder mehr wollte, der jedoch genau wie sie selbst eine feste Beziehung suchte.

Hatte sie gedacht.

»Nur weil ich vom Klempner schwärme, musst du nicht gleich wieder losheulen«, sagte Gesa.

»Entschuldige.«

»Schon okay. Ich besitze mal wieder null Taktgefühl. Plaudere hier über mein lustiges Familienleben, während du deinem Lover nachtrauerst.«

Sie hielt ihr die Küchenrolle hin, aber Anne schüttelte den Kopf und schluckte ein paarmal krampfhaft Luft, bis der neuerliche Weinkrampf vorüber war. Mit derselben Kraft unterdrückte sie einen Lachanfall. Sie hatte nie gewusst, wie nahe Weinen und Lachen zusammenlagen. Bis heute.

»Roland war nicht bloß irgendein Lover«, flüsterte sie. »Er ... hätte alles sein können für mich.«

»Weiß ich, Süße. Das ändert aber nichts an der Tatsache, dass er sich vom Acker gemacht hat.«

»Warum nur?«, fragte Anne leise. »Warum hat er mich verlassen?«

»Vielleicht, weil er ein Vollpfosten ohne Rückgrat ist?«, schlug Gesa vor. Sie machte sich daran, die fertigen Speisen in ihren Boxen zu verstauen, und räumte die Geschirrspülmaschine ein. Anne sank auf einen Hocker vorn am Tresen. Die Arbeit war getan. Es gab nichts mehr, womit sie sich ablenken konnte. Sie mussten nur noch auf Björn warten, den Studenten, der zurzeit den kleinen Lieferwagen fuhr. Ein Service für den Aufbau des Büfetts war diesmal nicht mitgebucht worden.

»Das kriegen wir bestimmt allein hin«, hatte das Geburtstagskind, die Tochter eines steinreichen Hamburger Reeders, gesagt. Womit sie natürlich den Preis gedrückt hatte. Manchmal hasste Anne ihre Kunden. Oft waren es die mit dem meisten Geld, die noch um den letzten Cent feilschten. Dann träumte sie davon, etwas ganz anderes zu machen. Vielleicht ein kleines Lokal zu eröffnen, irgendwo auf dem Land, wo die Zeit ein bisschen stehengeblieben war, wo sie ein paar wenige Gerichte anbieten würde, vielleicht ein, zwei leckere Kuchen dazu, und wo die Gäste noch wirklich dankbar waren für das, was sie ihnen vorsetzte.

Doch einen solchen Ort gab es wohl nicht für sie. Und sie begriff schließlich, dass sie im Grunde nichts anderes erträumte, als in die Vergangenheit zu reisen. Zurück in jene Jahre, als ihre Eltern noch die Kneipe betrieben, als im Gastraum gegessen, gelacht und gelebt wurde, als die Liebe des jungen Ehepaares alles überstrahlte, sogar die Dunstschwaden unzähliger Zigaretten, und als das Kind Anne sicher sein durfte, dass eine so große Liebe auch auf sie wartete, eines schönen Tages, wenn sie nur erst erwachsen wurde. Es war diese feste Zuversicht, nach der sie sich zurücksehnte, und ihre geizigen Kunden von heute hatten eher wenig damit zu tun.

Gesa kam mit einer noch halbvollen Champagnerflasche und zwei Gläsern an den Tresen, doch Anne winkte ab.

»Es gibt nichts zu feiern.«

»Und ob«, erwiderte ihre Freundin, kletterte auf den zweiten Hocker und goss die perlende Flüssigkeit ein.

»Prost. Auf ein Ende mit Schrecken. Und wehe, du verwässerst das teure Gesöff mit einer neuen Sturmflut.«

Anne trank einen Schluck, dann noch einen. Die Luftbläschen kitzelten ihren Gaumen, und sie dachte daran, wie sie manchmal mit Roland Champagner getrunken hatte.

»Stopp!«, rief Gesa. »Du läufst schon wieder über. Denk sofort an was Schönes!«

»Das kann ich nicht. Er ist überall. In meinem Kopf und in meinem Herzen.«

»Höchste Zeit, dass er woanders landet«, gab Gesa zurück. Sie musterte Anne nachdenklich, bis sie endlich sagte: »Also gut, wenn das Sprudelzeug allein nicht hilft, müssen wir härtere Maßnahmen ergreifen.«

»Keinen Alkohol mehr. Dann wird es nur noch schlimmer.«

»Ich dachte eher an eine Teufelsaustreibung.«

Bevor Anne etwas erwidern konnte, traf Björn ein, und sie halfen ihm, die Plastikboxen zu verladen. Als er abgefahren war, bestand Gesa darauf, dass sie sich wieder auf die Hocker setzten.

»Eine halbe Stunde habe ich noch, bevor mich meine Affenbande zu Hause erwartet. Also, was ist am schlimmsten?«

Anne musste nicht lange nachdenken. Roland Wolters, Rechtsanwalt aus dem vornehmen Stadtteil Harvestehude, mit Villa und Kanzlei direkt an der Außenalster, fünfzig Jahre alt, zweimal geschieden, keine Kinder. Doktor

Roland Wolters, der ihr gesagt hatte, sie sei die Frau seines Lebens.

»Er hat unsere letzten drei Verabredungen von seiner Assistentin absagen lassen.«

»Feigling.«

Roland, der in den ersten Wochen wie ein starker, unabhängiger Mann gewirkt hatte. Ein Mann, der eine Partnerin auf Augenhöhe suchte.

»Er behauptet, ich hätte nie Zeit für ihn, weil ich mit meiner Arbeit verheiratet bin.«

»Falscher Fuffziger.«

Roland, bei dem ihr erst nach und nach klarwurde, dass ihre eigene innere Stärke ihn verunsicherte.

»Er brauche eine Frau, die sich mehr um ihn kümmert.«

»Fieser ... Mist! Jetzt fällt mir kein F-Wort mehr ein, das nicht unanständig ist. Und wenn ich das ausspreche, das mir auf der Zunge liegt, wirst du dich vielleicht von mir entfreunden, sobald du mit dem falschen, fiesen Fuffziger-Feigling wieder zusammenkommst.«

»Niemals!«, rief Anne aus. »Das wird niemals geschehen!« Sie zog ihr Smartphone aus der Tasche und hielt es hoch. »Roland hat mir vor zwei Stunden mitgeteilt, dass es aus ist. Drei Zeilen auf WhatsApp. Hast du so etwas schon mal erlebt?«

»Nee«, erwiderte Gesa und wirkte schwer beeindruckt. »In meiner Zeit vor Sven gab's noch keine Chats, und die paar Handys, die irgendwelche Wichtigtuer mit sich rumschleppten, waren so groß wie Ghettoblaster. Aber ein Typ hat mal auf einem gelben Klebezettel mit mir Schluss gemacht. Gilt das?«

Anne steckte das Smartphone wieder weg und brütete eine Weile dumpf vor sich hin.

»Ich verstehe es einfach nicht«, sagte sie dann.

Gesa legte ihr eine Hand auf den Arm und wurde auf einmal ganz ernst. »Doch, das tust du, aber du kannst es noch nicht zugeben.«

»Wie meinst du das?«

»Ach, Anne. Du weißt es doch genau. Dein Roland kam nur am Anfang so stark und unabhängig rüber. Letztlich ist er aber nur ein verdammt schwacher Mensch, der es für eine Weile ziemlich toll fand, sich bei dir anzulehnen.«

»Mehr als vier Monate«, warf Anne ein. »Eine ziemlich ausgedehnte Weile.«

»Tja, er hat eben länger gebraucht. Aber am Ende warst du ihm dann doch zu unabhängig. So sind die Männer, Süße. Einige jedenfalls, und mein Sven ist natürlich ausgenommen. Aber einer wie Roland, der will in Wahrheit nur ein Frauchen, das zu ihm aufblickt und ihn groß sein lässt. Dann fühlt er sich wie der König der Welt, und es gibt keinen, der besser, schöner und stärker ist als er.«

»Du bist ja die reinste Psychologin«, sagte Anne bitter. Aber dann schmunzelte sie. »Und meine Männer fallen früher oder später vom Pferd.«

»Was?«

»Ach, nichts. Aber du hast recht.«

Gesa feixte. »Wie immer. Dein Pech ist eben, dass du eine ganze Menge Stärke ausstrahlst. Da fühlen sich diese Typen angezogen wie die Wespen von der Marmelade, bevor sie merken, dass ihr schönes gepflegtes Ego in Gefahr ist.« Sie ließ Annes Arm los und schenkte Champagner nach, ohne auf ihre Einwilligung zu warten.

»Ich kenne dich ja nun schon gute fünf Jahre, und in dieser Zeit habe ich dreimal, nein, viermal miterlebt, wie du auf denselben Typ Mann reingefallen bist. Glaub mir, da habe ich ein geschultes Auge bekommen.«

Anne trank noch etwas Champagner. Er schmeckte wie Spülwasser.

»Meiner Meinung nach«, fuhr Gesa fort, »kannst du dem Kerl dankbar sein.«

»Ach ja? Wieso?«

»Sei ehrlich. Er ist dir nur zuvorgekommen. Noch ein paar Wochen, und du hättest angefangen, mir zu erzählen, dass du seine Nörgeleien nicht mehr hören kannst. Dass er dich erdrückt, weil er mehr und mehr von deiner Zeit einfordert, dass dir kaum noch Luft zum Atmen bleibt. So war es jedenfalls bei den anderen.«

Anne wusste, dass es stimmte, dennoch war die Wunde noch zu frisch, um so einfach mit Roland abzuschließen.

»Und was soll ich jetzt machen?«, fragte sie zaghaft. »Alle Hoffnung aufgeben?«

»Spinnst du? Du berappelst dich schon wieder. Es gibt immer Hoffnung. Irgendwann wird dein Traumprinz schon kommen.«

»Der schon wieder«, flüsterte Anne. Irgendwo in der Ferne wieherte ein Pferd.

Mitten in der Großstadt?

»Herrgott!«

»Lieber nicht«, unkte Gesa. »Der liebe Gott ist unantastbar. Aber es wird schon jemand auftauchen, glaub mir. Und in der Zwischenzeit machst du das, was du bei solchen Gelegenheiten immer machst.« Die Freundin grinste jetzt breit. »Irgendwann muss ich mal mitkommen und mir den Terminator, den unglaublichen Hulk und Superman himself ansehen.«

»Es wird nicht funktionieren«, erwiderte Anne dumpf. »Diesmal nicht.«

»Olle Pessimistin.« Gesa nahm ihr die Plastikhaube vom Kopf und half ihr, den weißen Kittel auszuziehen. Dann erlaubte sie Anne, sich genau vier Minuten lang im kleinen Bad frisch zu machen, bevor sie ihr die Handtasche reichte und sie auf die Straße scheuchte.

»Wir sehen uns morgen. Und ohne Tränen, bitte.«

Einen Moment lang blieb Anne unschlüssig auf dem Bürgersteig stehen. Dann lief sie los.

2. Kapitel

Tilly Winkler hob das Gesicht und sog tief die frische, salzige Meeresluft ein. Hugo tat es ihr nach, was ziemlich merkwürdig aussah. Im Gegensatz zu der großen knochigen Frau, die an der Kante der Steilküste stand und weit über die Ostsee blicken konnte, war er bloß ein kleiner dicker Mops, der in den niedrigen Büschen praktisch verschwand und durch seine kurze schwarze Nase niesen musste, weil ihn ein Grashalm kitzelte.

Tilly achtete nicht auf ihn. Sie blickte auf das weite Meer und sah Fähren, Fischkutter, Yachten und große Pötte vorbeiziehen. Sie schaute in den Himmel und beobachtete, wie Uferschwalben und Silbermöwen ihre Kreise zogen, wie luftige Wolkenschiffe in den letzten Strahlen der Abendsonne entlangsegelten und wie eine gespenstisch weiße Mondsichel ihren vorläufigen Platz über dem Horizont einnahm. Ein kräftiger Windstoß ließ sie kurz schwanken und spielte mit ihrem grauen schulterlangen Haar.

Hugo jaulte auf. Etwas hatte ihn an seiner empfindlichsten Stelle gepikst. Flehentlich sah er zu seinem Frauchen hoch. Können wir zurücklaufen?, schienen seine schwarzen Knopfaugen zu fragen. Die Welt hier ist so groß und feindlich, und kalt wird mir auch.

»Der Sommer geht früh zu Ende«, sagte Tilly zu ihm. »Wir haben erst Mitte August, und schon bläst es kräftig aus Nordost. Das gefällt mir nicht. Das gefällt mir ganz und gar nicht. Du wirst sehen, hinter dem tiefsten Himmelsblau wartet schon das Herbstgrau und ...«

Sie brach ab und rieb sich über die Stirn. Himmelsblau und Herbstgrau? Seit wann wurde sie von poetischen Anwandlungen heimgesucht?

Allmächtiger!

Nichts passte weniger zu ihr als Geschwafel.

»Du bist zu viel allein«, erklärte Hugo. »Hast ja jetzt nur mich in deinem Leben. Ich finde, du musst mehr unter Menschen gehen.«

»Nein!«, rief Tilly. »Nein! Nein! Nein! Du sprichst nicht, du bist bloß ein Mops! Und außerdem habe ich die Nase voll vom Rest der Welt.«

Er schaute weiterhin treu und besorgt zu ihr hoch. Tilly sah, dass sich sein Nacken versteifte und ein Zittern über sein kurzes hellbraunes Fell lief.

»Dummer Hund!«

Hugo winselte.

»Hast du etwa Angst vor mir?«

Ja, und wie, schienen seine Augen zu antworten. Du bist nämlich ziemlich groß und kannst echt unheimlich werden.

»Papperlapapp! Dir ist das hier bloß zu viel wilde Natur.«

Tilly kicherte, was Hugo aber nicht sonderlich beruhigte.

»Ein tolles Paar geben wir ab. Ich vergraule alle Leute, und du hast Schiss vor Grashalmen.«

Der Moment der Verwirrung war vorbei. Tilly beugte sich hinunter und nahm Hugo auf den Arm.

»Entschuldige, mein Kleiner, ich hab's nicht so gemeint. Lass uns heimgehen.«

Hugo schob seine kurze Schnauze in ihre Armbeuge, und sie spürte, dass er sich so leicht wie möglich machte. Eigentlich war er zu schwer, um von Tilly lange getragen zu werden, aber schon der Weg vom Holunderdorf bis hierher war lang und steinig gewesen. Ihm taten wahrscheinlich die kurzen Beine weh, und an den Pfötchen hatte er bestimmt winzige Schnitte, die niemand sehen konnte, die aber höllisch brannten und zwickten.

Diesmal musste Tilly nicht befürchten, dass er mit ihr redete und über seine Erschöpfung klagte. Sie wusste auch so ganz genau, was in seinem Kopf vorging. War ja nicht schwer zu erraten. Im Gegensatz zu Menschen gaben Hunde klare Signale.

Freudiges Sich-im-Kreis-Drehen?

Ich will raus.

Müder Blick, wackelige Beinchen und die kleine Zunge, die immer wieder über eine Pfote fuhr?

Mir reicht's, ich will nach Hause.

Bei ihresgleichen war das anders. Mit Menschen hatte Tilly in ihren siebzig Lebensjahren schon immer Schwierigkeiten gehabt. Seit jeher kam es ihr so vor, als stünde eine hohe unsichtbare Wand zwischen ihr und dem Rest der Welt und verhindere eine normale Kommunikation. Sie konnte wohl durch diese Wand hindurch sehen, was auf der anderen Seite vor sich ging, konnte die Leute lachen und reden hören, aber sie blieb allein auf ihrer Seite. Manchmal war das schwierig, oft aber fand sie es ganz in

Ordnung, und in seltenen Augenblicken konnte sie sich herrlich darüber amüsieren, weil es ihrer Meinung nach eindeutig die anderen waren, die sich merkwürdig verhielten. Nach den Erfahrungen in den vergangenen Monaten war sie wieder einmal fest davon überzeugt, dass sie als Einzelgängerin besser dran war.

»Diese Idioten«, schimpfte Tilly leise, um Hugo nicht noch einmal zu erschrecken. Ihre Gedanken hakten sich an den fünf Menschen fest, die noch bis vor kurzem ihr neues Leben an der Ostseeküste geteilt hatten. »Die sollen sich hier bloß nie wieder blicken lassen. Einfach abhauen und eine arme, hilfsbedürftige alte Frau im Stich lassen. Dass die sich nicht schämen!«

Hätte Hugo über menschlichen Verstand verfügt, so hätte er sich spätestens jetzt schlappgelacht. Niemand ähnelte dem Bild einer hilfsbedürftigen alten Frau weniger als Tilly Winkler.

Sie grinste breit über sich selbst. Stark, streng, manchmal unausstehlich und im Notfall bereit, über Leichen zu gehen. Das traf es wohl eher.

Als sie ein Kind war, hatte es geheißen, sie sei aufmüpfig und unbelehrbar. Als Jugendliche protestierte sie erst mit den und dann gegen die Hippies, war nirgends zu Hause, an keinem Ort, bei keinem Menschen. Aber sie war nicht traurig darüber. Ihre Art zu leben machte sie frei und unabhängig, und lange Zeit glaubte sie fest daran, dass sie nur so glücklich sein konnte. In ihren mittleren Jahren strengte sie sich an, ein normales Leben zu führen. Einfamilienhaus, ein Mann, ein Job im Büro, das waren die Zutaten, mit denen sie eine bürgerliche Existenz aufbauen wollte.

Sie scheiterte und versuchte es nie wieder mit diesem Lebensmodell, das für die meisten Leute offenbar das richtige war. Nun, im Alter, stand die Wand immer noch zwischen ihr und den anderen.

Dabei hatte sie diesmal geglaubt, sie könnte noch einmal einen neuen Versuch wagen.

Hätte ja auch prima klappen können, wenn die fünf Vollidioten sich nicht so angestellt hätten.

Die fünf Vollidioten.

Tilly fand die Bezeichnung äußerst treffend. Sie hatten sich ständig nur beklagt. Erst über die Feuchtigkeit im regnerischen Frühjahr, dann über die Hitze. Über das frühe Aufstehen und die harte körperliche Arbeit. Über den fehlenden Strom und das oft nur tröpfelnde Wasser. Selbst als zumindest teilweise Leitungen und Rohre verlegt worden waren, hatte es ihnen nicht genügt.

Genau. Die fünf Vollidioten!

Es tat ihr gut, so über die Menschen zu denken, die mit ihr gemeinsam ein neues Leben hatten ausprobieren wollen. Der Letzte von ihnen war vor einer Woche getürmt. Buchstäblich bei Nacht und Nebel. Als ob er Angst gehabt hätte, von ihr mit Gewalt festgehalten zu werden.

Pah!

»Ich schaffe es auch allein«, sagte sie laut und deutlich. »Ich brauche niemanden!«

Dazu stieß sie einen Knurrlaut aus. In ihrer Armbeuge antwortete Hugo.

»Still!«, schimpfte sie. »Du hast überhaupt keinen Grund zu meckern. Keinem Hund auf der Welt geht es besser als dir. Gutes Fressen, frische Luft und von früh bis spät meine reizende Gesellschaft.«

Sie ließ ihren Worten ein gackerndes Lachen folgen.

Mit einem solchen Geräusch war Hugo glatt überfordert. Das ließ sich in der Hundesprache nicht imitieren. Also beschränkte er sich darauf, leise zu schnaufen und mit den Ohren zu wackeln.

Tillys Arme wurden langsam schwer, trotzdem hielt sie den prallen Körper fest an sich gedrückt. Sie hätte es vor anderen Leuten niemals zugegeben, aber die Nähe des kleinen Hundes war besonders in diesen Tagen tröstlich für sie. Er war noch jung, keine drei Jahre alt und, abgesehen von dem leichten Übergewicht, ein putzmunteres Kerlchen. Es tat ihr gut, seinen Herzschlag zu spüren, und nachts erlaubte sie ihm neuerdings, in ihrem Bett zu schlafen. Nur ganz am Fußende, versteht sich, und wenn sie morgens erwachte und feststellte, dass er sich bis zu ihrem Bauch geschlichen und dort eingekuschelt hatte, dann tat sie so, als würde sie es nicht bemerken.

Die Klippen lagen jetzt hinter ihr, der schmale Pfad, den sie selbst im Laufe des Frühjahrs und Sommers ausgetreten hatte, verbreiterte sich und ging in einen sandigen Weg über. Nach zwanzig weiteren Schritten wandte sie sich kurz um. Von dem Pfad war schon nichts mehr zu erkennen. Nur wer an dem großen dunkelgrauen Stein zwischen den zwei Weißpappeln genau ins Strauchwerk schaute, konnte vielleicht feststellen, dass hier und dort das Dünengras umgeknickt und ein paar größere Äste aus dem Weg geräumt waren.

Gut so.

Dies war ihr geheimer Zugang zur Steilküste, und sie wollte an ihrem Aussichtspunkt keine Gesellschaft haben.

Mochten die Touristen an diesem ruhigen Abschnitt der

Lübecker Bucht den ausgewiesenen Wanderweg am Klippenrand entlang nehmen oder unten am Strand laufen. Dies hier war Tillys kleines Stück vom Paradies. Zwar ging sie selbst auch gern zum schmalen Strandstreifen hinunter und planschte sogar ein wenig im Meer, aber nur, wenn sonst niemand da war. Meistens kurz nach Sonnenaufgang. Sie traute sich nie tief hinein, denn sie konnte nicht schwimmen. Und es wäre ihr peinlich gewesen, wenn jemand sie dabei beobachtet hätte, wie sie bloß bis zu den Knöcheln im Wasser stand und erschrocken zurücksprang, wenn eine Welle es wagte, an ihre Knie zu schwappen. Aber sehr oft machte sie es sowieso nicht, weil ihr die Strecke zu weit war. Sie musste erst ein ganzes Stück auf dem Wanderweg entlanggehen und dann einen steilen, ziemlich gefährlichen Pfad zum Meer hinuntersteigen.

Tilly schaute wieder nach vorn. Die ostholsteinische Landschaft erstreckte sich vor ihren Augen mit sanften Hügeln, abgeernteten Erdbeerfeldern, saftig grünen Wiesen und weiten Stoppelfeldern. Noch im Juni hatte dort der Raps in prachtvoller goldgelber Blüte gestanden, nun wirkten die endlosen Flächen nackt und schutzlos. Begrenzt wurden sie von den typischen Knicks, niedrigen, mit Hecken bepflanzten Wällen, die nicht nur den Grundbesitz der Bauern festlegten, sondern auch das Vieh daran hinderten, zum Nachbarn hinüberzulaufen, und den scharfen Winden Einhalt geboten, bevor diese den wertvollen Ackerboden mit sich forttragen konnten.

Der Weg ging ein ganzes Stück weiter vorn in eine Asphaltstraße über, die nach ein paar Kilometern Richtung Norden, nach dem Ende der Steilküste, in das Städtchen

Glückshafen führte. Eine kaum zweitausend Seelen zählende Gemeinde, in der es nur wenige Fremdenzimmer gab. Wo man unter sich blieb und es den großen Zentren wie Travemünde im Süden oder Timmendorfer Strand weiter im Nordwesten überließ, mit den Touristenströmen fertig zu werden. Es verfügte über einen kleinen Fischereihafen und einen Leuchtturm. Der Marktplatz in der Mitte des Ortes konnte durchaus als pittoresk bezeichnet werden, dennoch verirrten sich nur selten Besucher dorthin.

Tilly erreichte einen riesigen Holunderstrauch. Hier musste sie abbiegen und quer über eine brachliegende Wiese laufen, wenn sie nicht den großen Umweg über Glückshafen nehmen wollte. Und das wollte sie ganz gewiss nicht. Die Leute hier mochten sie nicht, hielten sie für eine Verrückte, die den guten Ruf ihrer Gegend in Gefahr brachte.

»Pah!«, stieß Tilly aus.

Hugo, der eingeschlafen war, zuckte zusammen. Sie strich ihm kurz übers Fell und nahm ihn auf den anderen Arm. Er beruhigte sich wieder und schlief leise schnaufend weiter.

Der Holunderstrauch war gute sechs Meter hoch und drei Meter breit. Als Tilly ihn das erste Mal entdeckt hatte, im Mai, als ihr neues Leben wie ein wunderbares Versprechen vor ihr gelegen hatte, da öffnete er seine kleinen elfenbeinfarbenen Blüten und ließ sie ihren betörenden Duft verströmen. Eine ganze Weile war sie damals verzaubert vor ihm stehen geblieben, hatte sich in seiner Nähe seltsam ruhig und zufrieden gefühlt und dann beschlossen, ihr neues Zuhause nach ihrem stummen Freund zu nennen.

Holunderdorf.

Dorf, na ja.

Der Ausdruck war ein wenig übertrieben. Aber der Riesenstrauch hier glänzte auch nicht durch Bescheidenheit. Seine Kollegen auf den Knicks, die in botanischer Eintracht mit Haselnusssträuchern, Schlehdorn und Brombeeren wuchsen, erreichten vielleicht eine Höhe von anderthalb, maximal zwei Metern. Allerdings wurden sie regelmäßig zurückgeschnitten, während der wilde Große hier noch nie eine Heckenschere gesehen hatte. Er war frei, er war stolz, und bald schon würden seine Beeren saftig und schwarz für die Ernte bereit sein. Dann wollte Tilly ihn um seine fruchtige Gabe erleichtern, und sie wusste, er würde sie ihr mit Freuden geben.

Was?

Fassungslos schnitt sie eine Grimasse. Das Leben hier schien ihr nicht zu bekommen. Ein Mops und ein Riesenstrauch waren ihre besten Kumpel geworden. Wo sollte das enden?

Noch einmal verlagerte sie Hugo auf den anderen Arm. Höchste Zeit, heimzukehren, damit sie ihn nicht länger tragen musste.

Plötzlich knurrte der Mops, gleichzeitig vernahm Tilly hinter sich ein Räuspern. Sie drehte sich um und sah einen Mann vor sich, der vielleicht ein paar Jahre jünger war als sie. Aber das täuschte womöglich. Sie musste sich ein Lachen verkneifen, weil er gar zu merkwürdig aussah. Obwohl er ihr kaum bis zur Brust reichte, wirkte er dennoch stark und muskulös. Zumindest im Schulterbereich. In seiner Mitte hingegen rundete sich ein kugelförmiger Bauch, und seine Beine wirkten dünn wie Streichhölzer.

Weiter oben sah er auch nicht besser aus. Auf seinem quadratischen Kopf saß ein grauer Haarkranz, und seine Gesichtshaut war zäh wie altes Leder.

»Was schleichen Sie sich hier so an?«, fragte sie barsch. »Macht es Ihnen vielleicht Spaß, alte Damen zu erschrecken?«

Der Mann ließ seinen Blick lange auf ihr ruhen. Sicherlich bemerkte er, dass ihre Jeans fleckig war und der dünne Pulli mehrere Löcher aufwies. Aus unerfindlichen Gründen war sie froh, dass sie wenigstens normal angezogen und nicht in einem Kaftan unterwegs war. Vor Jahren hatte sie sich in Marokko zwei Dutzend dieser leichten bunten Gewänder gekauft, und sie trug sie bis heute zu fast jeder Gelegenheit. Allerdings wurde es jetzt langsam zu kühl dafür, und auf einer Wanderung waren sie ohnehin unpraktisch.

»Alte Damen treiben sich nicht hier draußen rum und beten eine Hecke an.«

Er kam einen Schritt näher, wich aber zurück, als Hugos Knurren tiefer wurde.

»In Gesellschaft eines bissigen Schoßhündchens«, fügte er hinzu.

Tillys Laune sank rapide. Sie konnte es nicht leiden, wenn Hugo beleidigt wurde. Ihr Ton wurde jetzt richtig böse.

»Ich schaue mir den Holunder bloß an. Und kümmern Sie sich gefälligst um Ihren eigenen Kram.«

Der Mann blieb unbeeindruckt. »Das ist der Hollerbusch aber nicht gewöhnt. Wenn Sie den weiter so ankieken, kriegt der es noch mit der Angst zu tun und stürzt sich über die Klippe ins Meer.«

»Witzbold«, brummte sie.

Sie erntete bloß ein Lachen, rau und scharf wie ein kalter Windstoß über dem Meer.

Hollerbusch, Holder, Flieder, Schwarzer Holunder, ging es ihr durch den Kopf, während sie den Störenfried mit einem langen feindseligen Blick bedachte. Sie hatte bereits alles über diese Pflanze gelesen, was ihr in die Hände gefallen war. Und sie kannte noch dunkel eine Geschichte aus ihrer Kindheit. Tilly schloss die Augen, um sich besser zu konzentrieren. Es erschien ihr auf einmal das Wichtigste auf der Welt, sich daran zu erinnern. War es nicht Frau Holle gewesen, die in einem Hollerbusch lebte und Holunderblüten auf die Erde rieseln ließ, wenn sie Betten ausschüttelte?

Ja, Tilly wusste es wieder genau.

Und wie ging der alte Kinderreim?

Ringel, Rangel, Reihe, wir sind der Kinder dreie, wir sitzen unterm Hollerbusch und machen alle husch, husch, husch.

Als sie den Vers in einem Buch entdeckt hatte, glaubte sie wieder zu wissen, dass sie als kleines Mädchen selbst einmal so fröhlich mit ihren Freundinnen getanzt und gespielt hatte. Aber das konnte auch täuschen. Sie wusste oft nicht, was in ihrem Gedächtnis als echtes eigenes Erlebnis verankert war und was sich dort hineingeschlichen hatte – gelesen, gehört, gesehen – und sich im persönlichen Schatz eines gelebten Lebens nun glänzend hervortat. Vermutlich, so schätzte Tilly, ging es anderen Leuten genauso. Ganz gleich, ob sie auf viele oder nur wenige glückliche Momente zurückschauen konnten. Unbewusst schenkten sie sich im Alter auf diese Weise ein wenig Frieden und Dankbarkeit. An diesem Punkt ihrer Gedanken öffnete

Tilly die Augen und stellte fest, dass der kleine Mann immer noch vor ihr stand.

Ihre friedvolle Stimmung verflog.

»Warum hauen Sie nicht endlich ab und lassen mich in Ruhe?«

Wie zur Verteidigung hob er seine großen, von unzähligen Narben übersäten Hände.

Angelhaken, schoss es Tilly durch den Kopf. Und wahrscheinlich noch andere spitze Gerätschaften. Sie ahnte, dies waren die Hände eines Fischers. Dazu passten auch die besonders muskulösen Schultern. Auf einmal glaubte sie zu wissen, wen sie vor sich hatte.

»Sind Sie etwa Thies Ahrens? Der alte Fischer, der nicht mehr ganz richtig im Oberstübchen ist?«

Sie hatte schon so einiges über ihn gehört. Zeit seines Lebens hatte er Makrelen, Heringe und Schollen gefangen, hatte Butt, Seezunge und Aal aus dem Meer gezogen. Mit fünfundsechzig hatte er sich zur Ruhe gesetzt. Seit Jahr und Tag lebte er allein in einer reetgedeckten Kate und galt als Sonderling, weil er nur selten sprach, weil er nie geheiratet hatte, weil er in mancher Nacht noch immer hinausfuhr, tatenlos an Deck seines alten Kutters saß und den Sternenhimmel anschwieg. Ein Fischer, den das Meer nicht mehr losließ.

»Der bin ich. Sehr erfreut. Ich nehme an, Sie sind Frau Winkler?«

Besonders schweigsam ist der aber nicht, überlegte sie.

Seine rechte Hand schoss vor, aber er zog sie schnell wieder zurück, als Hugo seine kleinen Zähne fletschte.

»Sehr erfreut!«, wiederholte Tilly schnaubend. »So einen Mist können Sie sich bei mir sparen. Guten Tag.«

Sie ließ ihn stehen und stapfte quer über das Brachland davon. Ein, zwei Minuten lang spürte sie noch seinen Blick im Rücken, dann schien auch er sich abgewandt zu haben.

»Komischer Kauz«, murmelte sie.

In Glückshafen, das wusste sie, hielt man ihn für verrückt.

Allerdings hatte ihn Tilly in der örtlichen Rangliste der Bekloppten höchstpersönlich auf den zweiten Platz verbannt, nachdem sie in die Gegend gezogen war. War nicht weiter schwierig gewesen.

Nachdenklich lief sie weiter. Die alte Paula von der Poststelle in Glückshafen hatte ihr von Thies erzählt. Sie war so ungefähr der einzige Mensch, mit dem Tilly noch manchmal sprach. Ansonsten machte sie seit einiger Zeit einen großen Bogen um das Städtchen. Es ging ihr einfach auf die Nerven, wenn sie angestarrt wurde, nur weil sie gern mal einen bequemen Kaftan trug. Sie hasste es, wenn sie die Leute tuscheln hörte über die Kommune, die da draußen nahe den Klippen wilde Orgien feierte.

Wilde Orgien.

Ha!

Alternativ ging das Gerücht, Tilly sei das Oberhaupt einer obskuren Sekte, und schon bald werde sie versuchen, neue Jünger zu gewinnen. Als sie das gehört hatte, verspürte sie eine irre Lust, einen orangefarbenen Kaftan anzuziehen und mit einer kleinen Trommel singend durch Glückshafen zu ziehen. Sie hatte sich gerade noch beherrschen können.

Und als ein paar Tage später der Pastor im Holunderdorf aufgetaucht war, hatte sie ihn mit gesetzten Worten davon überzeugen können, dass sie und ihre Mitstreiter ganz normale Leute waren, die nur ein bisschen anders lebten. Der Pastor hatte sich lange umgesehen, hatte eine ganze Menge Fragen nach ihrem Lebenswandel gestellt und war dann mit tiefgerunzelter Stirn, aber doch einigermaßen beruhigt wieder weggefahren.

Also mied Tilly Glückshafen. Sie wusste ja, ihr würden nur böse Blicke folgen, bestimmt gab es kein freundliches Wort und schon gar keine Einladung zu einem Tee und einem netten Klönschnack, wie hier im Norden ein Kaffeekränzchen genannt wurde. Ihr sollte es recht sein. Sie war noch nie der Typ für Plaudereien gewesen.

Aber jetzt wünschte sie sich plötzlich, noch einmal mit Thies Ahrens zu reden. Seine ruppige Art hatte ihr gefallen, wahrscheinlich weil er ihr damit sehr ähnlich war. Es könnte interessant sein, überlegte sie, ihn besser kennenzulernen.

»Weil du sonst nur die alte Paula und mich hast«, brummte Hugo.

»Ach, halt die Klappe!«, rief sie.

Der Mops stieß ein Jaulen aus und verlangte, heruntergelassen zu werden. Seufzend tat sie ihm den Gefallen. Er rannte davon, so schnell ihn seine kurzen Beine trugen, quer über die Wiese bis zu dem Ort, der jetzt seine Heimat war.

Tilly behielt ihn scharf im Blick und beschleunigte ihren Schritt. So ganz hatte sich Hugo noch immer nicht an die neue Umgebung gewöhnt. Es schien ihm zu gefallen, dass er draußen frei herumtollen konnte, und er genoss es regelrecht, dass er nicht mehr minutenlang an der Leine bis zum nächsten Straßenbaum trippeln musste, bis er endlich sein dringendes Bedürfnis verrichten konnte. Aber nur allzu oft kam er jaulend bei ihr angerannt, weil er sich vor irgendetwas fürchtete. Es waren andere Gefahren als jene, die er aus Hamburg kannte. Nur selten verirrte sich ein Auto hierher, und es gab auch keine Menschenmassen, in denen er verlorengehen konnte. Andererseits vermisste er offensichtlich das weiche Kuschelsofa am Kamin, auf dem er ganze Tage verschlafen hatte, das beruhigende Flimmern aus dem Fernseher, das entspannte Verstreichen der Zeit.

Stattdessen durfte er nun herumspringen, soviel er wollte, aber das war verdammt gefährlich.

Eine Katze hatte ihn einmal angegriffen und ihm ein winziges Stück von seinem linken Ohr abgebissen. Dann wollte ihn eine Hummel ins Auge stechen. Tilly konnte sie im letzten Moment verscheuchen. Und einmal hatte er sich Flöhe eingefangen, woraufhin sie ihn ausgiebig mit einem stinkenden Hundeshampoo waschen musste.

Ja, dachte sie jetzt. Hugo konnte mit dem neuen Paradies immer weniger anfangen. Ihm schien die Großstadt zu fehlen. Diese viele frische Luft, dieses Grün, das große Land machten ihn müde.

Plötzlich hörte sie Motorengeräusch und lief schneller. Der Mops hatte den ersten Wohnwagen erreicht und blieb mitten auf der unbefestigten Straße stehen. Er witterte in die Luft, und es sah beinahe so aus, als freue er sich über den Geruch, der ihn an sein beschauliches Leben in Hamburg erinnerte. Tilly nahm ihn nie mit nach Glückshafen, weil sie keine Lust hatte, noch mehr Spott zu ernten, wenn sie mit dem kleinen Hund durch die Straßen spazierte. Deshalb hatte Hugo schon seit einer Weile kein Auto mehr gesehen.

»Hugo!«, schrie sie, plötzlich in Panik.

Der Mops rührte sich nicht von der Stelle, als ein großer, mit Dreck bespritzter Jeep direkt auf ihn zuhielt. Der Wagen war in dieser Sekunde hinter einigen Pappeln aufgetaucht und nur noch wenige Meter von dem kleinen Hund entfernt.

Wie erstarrt hockte der da und machte keinerlei Anstalten, sich in Sicherheit zu bringen.

Tilly rannte, so schnell sie konnte, und fuchtelte wie wild mit den Armen.

Zu spät.

Bremsen quietschten laut, hinter dem Steuer stieß ein Mann einen unverständlichen Warnruf aus.

Sie sah hilflos dabei zu, wie das hohe Gefährt über den Mops hinwegrollte.

3. Kapitel

Die Ausbeute war enttäuschend. Seit fast einer Stunde saß Anne auf einer Bank in der Fußgängerzone. Hier, gar nicht weit vom Bahnhof Altona entfernt, hatte vor kurzem ein neues Sportstudio eröffnet. Anne war schon ein paarmal vorbeigekommen, aber bisher hatte es keinen Grund gegeben zu bleiben.

Heute schon. Sie saß da und starrte auf den Eingang. So wie sie im vergangenen Jahr den Fitnessclub an der Max-Brauer-Allee beobachtet hatte oder in früheren Jahren andere Sportstätten.

Es war ein ganz besonderer Trost, den sie sich selbst spendete, und es war nicht der einzige. Es gab noch eine zweite Möglichkeit, aber an einem Freitagabend musste Anne davon ausgehen, dass sie im Hamburger Börsenviertel niemanden mehr antreffen würde.

Also, hier sitzen, Wasser aus einer Plastikflasche trinken und scharf beobachten. Nicht hineingehen, nein. Sie war nicht gekommen, um Sport zu treiben. Vielmehr brauchte sie etwas fürs Auge und für die Seele. Sie musste sich wenigstens dieser einen speziellen Illusion hingeben können.

Von ihren Freundinnen war nur Gesa eingeweiht, und

das auch nur, weil sie Anne im vergangenen Sommer zufällig in der Innenstadt entdeckt hatte. Genauer gesagt, war es Gesas Tochter Katy gewesen, die sie gefunden hatte. Auf dem Adolphsplatz hinter dem Rathaus, die Börse mit der Handelskammer fest im Blick, blind für alles, was sonst um sie herum geschah.

»Guck mal, Mami, da ist Tante Anne!«

Sie war zusammengezuckt, als die ganze Familie Heinrich auf sie zugekommen war, und hatte fieberhaft nach einem Fluchtweg gesucht. Aber es war ohnehin zu spät gewesen. Zu ihrer Erleichterung hatte Sven die Kinder eingesammelt und fortgelockt, bevor sie Anne vollends in Beschlag nehmen konnten.

»Wenn ihr die Schwäne auf der Kleinen Alster füttern wollt, müssen wir da entlang.«

Gesa aber hatte einen kurzen Blick mit ihrem Mann getauscht und war geblieben.

»Was tust du hier?«, fragte sie dann Anne rundheraus. »Willst du etwa mit deinem Partyservice an die Börse gehen?«

»Äh ... nein.«

»Was dann? Ein neues Geschäft bei der Handelskammer anmelden?«

»Auch nicht.«

»Ich dachte, du sitzt zu Hause und trauerst deinem letzten Typen nach. Matthias.«

Ach ja, Matthias, dachte Anne jetzt, umklammerte die Plastikflasche und starrte zu Boden. Das Sportstudio vergaß sie für einen Moment. Matthias Sengelmann, Gemüsegroßhändler, etwas jünger als sie, Single wie sie und plötzlich in Liebe zu ihr entbrannt. Sechs Wochen waren sie zusammen gewesen, als er begonnen hatte, sie immerfort zu kritisieren. Alles, was er anfangs an ihr bewundert hatte – ihre Selbständigkeit, ihr Durchsetzungsvermögen im Geschäftlichen, ihre Art, jeden Kummer für sich zu behalten –, störte ihn plötzlich, und er fand sie gefühlskalt und überhaupt nicht anschmiegsam. Schweren Herzens verließ sie ihn und weinte für sich allein ein Meer aus Tränen voll, nachdem sie ihn nur wenige Tage später Arm in Arm mit einer anderen Frau gesehen hatte.

Bis sie es nicht mehr ausgehalten hatte in ihrer Wohnung. Bis sie entschieden hatte, dass kein Mann es wert war, sich seinetwegen zwischen den eigenen vier Wänden zu vergraben, und dass es höchste Zeit war, zu ihrem bewährten Allheilmittel zu greifen. Also war sie losgefahren. Dorthin, wo sie neue Hoffnung schöpfen konnte und wo die letzten Schluchzer verebbten.

Gesa hatte nicht lockergelassen.

»Also, dann erkläre mir doch mal, was du hier machst. Es ist Montag, wir haben unseren freien Tag. Wenn du nicht zu Hause sitzt und heulst, könntest du an der Elbe spazieren gehen, oder an der Außenalster. Irgendwas Schönes machen, um Mister Garantiert-frisch-und-knackig abzuhaken.«

»Das tue ich doch«, erwiderte Anne und wand sich vor Verlegenheit. Gleichzeitig amüsierte sie sich über Gesas verständnislose Miene.

»Hä? Die Börse mit der Handelskammer darin ist ja ganz hübsch, klassizistisch und so. Hat als eines der wenigen Gebäude den großen Brand von 1842 überstanden, weiß ich noch aus der Schule. Aber der Rest hier ist meiner bescheidenen Meinung nach nichts Besonderes, und das

Rathaus sieht vorn besser aus als hier hinten. Also, was soll das hier? Muss ich mir jetzt ernsthaft Sorgen um dich machen?«

»Mich interessieren nicht die Gebäude, sondern die Menschen, die ein und aus gehen«, antwortete Anne nach einigem Zögern.

»Kapiere ich nicht.«

»Die Geschäftsleute, die Börsenmakler, die Banker und die Politiker.«

»Ich muss mir Sorgen machen!«

»Und nur die Männer. An den Frauen schaue ich lieber vorbei.«

»Lieber Gott im Himmel!« Gesa rang in gespielter Verzweiflung die Hände. »Sie ist durchgedreht! Und ich brauche demnächst einen neuen Job. Wovon soll ich sonst meine hungrigen Kinderchen ernähren?«

Anne lachte aus vollem Hals. Ein paar Leute blieben stehen und gafften sie an. Es war ihr egal. In ihre noch rotgeränderten Augen kehrte Leben zurück. Dann verstummte sie, musterte ihre beste Freundin lange und eindringlich, bis diese schon genervt mit den Augen rollte, und entschied schließlich, sie einzuweihen. Es gab nämlich Tage, an denen sie selbst daran zweifelte, eine vernunftbegabte Frau zu sein, und sie wollte endlich hören, was jemand anders dazu sagte.

»Ich will keinen von denen abschleppen«, erklärte sie fest. »Auf jeden Fall nicht jetzt sofort. Ich gehöre nicht zu den Frauen, die sich schnell in eine neue Beziehung stürzen, um eine Enttäuschung zu vergessen.«

»Fein, das ist schon mal ein Punkt für dich. Aber mir ist das immer noch zu hoch. Was willst du denn sonst?«

»Sie bloß gründlich anschauen. Guck doch mal selbst. Siehst du es?«

Gesa folgte ihrem Blick.

»Da läuft ein Haufen schicker Anzugträger in Armani und Hugo Boss rum, und ein paar Typen mit Klamotten von Peek & Cloppenburg, weil sie vielleicht noch keine Millionen verdient haben. Ja, und?«

»Ihre Haltung«, erklärte Anne geduldig. »Achte auf ihre Haltung, dann verstehst du, was ich meine. Dieser sichere Gang, die hocherhobenen Köpfe, dieses Wissen, dass sie im Zentrum der Macht stehen.«

»Quatsch mit Soße. Das sind bloß Wichtigtuer, die sich für sonst wen halten und hoffen, dass andere Leute das auch ja mitkriegen. Leute wie du, zum Beispiel. Was auch immer du davon haben magst.«

»Nein! Das sind die wirklich starken Männer!«

»Wie? Was? Die? Nee, ne?«

Gesa fehlten ausnahmsweise die Worte. Hektisch schaute sie zwischen Anne und den vorbeieilenden Anzugträgern hin und her. Das machte sie so lange, bis Anne ungeduldig von einem Fuß auf den anderen trat.

»Ist doch nicht so schwer zu verstehen.«

»Wie man's nimmt«, entgegnete Gesa. »Ich fürchte, ich habe Tomaten auf den Augen. Oder Labels von Armani and Friends. Oder Dollarzeichen wie Onkel Dagobert. Du glaubst wirklich, dass diese Typen hier die starken Männer sind? Bloß weil sie gut Kohle machen und sich fein herausgeputzt haben?«

»Natürlich nicht. Aber es hilft. Ich kann mir einbilden, dass es sie wirklich gibt. Dass ...«, wieder zögerte sie, fuhr dann jedoch fort: »... dass ich irgendwann einen starken Mann finden werde, mit dem ich glücklich werden darf.«

»Wahnsinn!« Gesa kicherte. »Das ist echt originell. Wie bist du bloß auf so eine abgefahrene Idee gekommen?«

Erleichtert atmete Anne auf. Die Freundin erklärte sie immerhin nicht für durchgeknallt, sondern fand ihr ausgefallenes Hobby lustig.

»Im Grunde ist mein Vater dafür verantwortlich«, erzählte sie dann. »Ich war siebzehn, und mein erster Freund hatte mich verlassen, weil ich ihm über den Kopf gewachsen war. Im wahrsten Sinne des Wortes. Innerhalb von sechs Monaten war ich plötzlich zehn Zentimeter größer als er. Das hat er nicht verkraftet. Na, und zum Trost hat Papa mich zu einem Basketballspiel mitgenommen. Fand ich damals total blöd. Ich habe mich noch nie für Sport interessiert. Viel lieber wollte ich in meinem Zimmer bleiben und heulen. Aber Papa hat nicht lockergelassen, und ich musste mit. Dann habe ich die tollen großen, sportlichen Jungs gesehen, und komischerweise ging es mir dabei etwas besser. Blöd, oder?«

Aus Gesas Kichern wurde ein breites Grinsen. »Ach was. Darauf muss man erst mal kommen. Und inzwischen hängst du an der Börse ab, wenn du dein Männerbild aufpolieren musst.«

Anne nickte, dann schüttelte sie den Kopf. Wennschon, dennschon, sagte sie sich.

»Nicht immer. Manchmal gehe ich zu einem Sportstudio.«

»Echt? Muskelprotze gucken?«

»Hm.«

»Toll. Ich hab schon befürchtet, du fährst von hier aus zum Dammtor und gehst zur Uni, superkluge Professoren beschatten, die vor Selbstbewusstsein nur so strotzen. Es gibt noch Hoffnung für dich, wenn du den Sportlern auch eine Chance gibst. Und weißt du was? Ich finde das klasse. Andere Frauen trinken sich einen, um sich bei Liebeskummer zu trösten, oder veranstalten Extrem-Shopping. Du gehst bloß die wirklich starken Männer gucken. Meinen Segen hast du.«

»Danke.« Anne umarmte die Freundin.

Auch Gesa drückte sie fest. Dann lief sie los, um ihre Familie wiederzufinden. Sie musste aber noch schwören, keinem Menschen etwas davon zu verraten.

Anne war sich nicht ganz sicher, ob Gesa sich daran gehalten hatte. Manchmal ließ Sven in ihrem Beisein seine eher mickrigen Oberarmmuskeln spielen, oder er trug ein überraschend elegantes Sakko, wenn er seine Frau von der Arbeit abholte. Dabei zwinkerte er Anne dann vielsagend zu.

Doch zumindest im übrigen Freundeskreis schien niemand ihr Geheimnis zu kennen.

Ein Glück, dachte sie jetzt und hob wieder den Blick zum Sportstudio. Sie galt nicht gern als bemitleidenswert oder gar verrückt. Sie war allgemein als die zuverlässige und kluge Anne bekannt, bei der jeder sein Herz ausschütten konnte, die immer Rat wusste und die selbst den fiesesten Tiefschlägen des Lebens noch mit Humor begegnen konnte. Es war ihr ungemein wichtig, in den Augen der anderen dieser Mensch zu bleiben. Auch wenn es ihr selbst manchmal schwerfiel.

Ein Mann näherte sich dem Eingang, nicht mehr ganz

jung, alles andere als fit. Wahrscheinlich hatte der Hausarzt ihm ein Training verschrieben, weil er an fortgeschrittener Arterienverkalkung litt. Kritisch betrachtete Anne den enormen Bierbauch, die schlaffe Wangenpartie. Dann schalt sie sich selbst eine überhebliche Idiotin. Wie kam sie dazu, andere Menschen zu beurteilen? Das war doch gar nicht ihre Art.

Sie stieß einen langen, tiefen Seufzer aus.

Es nützt nichts, dachte sie bei sich. Hier kommt keiner mehr vorbei, der mir gefällt.

Vielleicht war das ein Zeichen. Vielleicht sollte sie endlich begreifen, dass sie zu alt war für solche Unternehmungen. Was mit siebzehn okay gewesen war, wurde mit vierzig peinlich.

Okay, mit dreißig auch. Und mit zwanzig.

Sie wollte aufstehen, fortgehen, erwachsen sein, ihre Traurigkeit rational verarbeiten. Sie könnte sich zu Hause ein Glas Wein gönnen und vernünftig über ihre gescheiterte Beziehung nachdenken.

Genau! Und eine Liste schreiben mit Rolands Vorzügen und Fehlern.

Hm, erwachsen und reif war das möglicherweise auch nicht.

Also gut, dann eben eine Weile in Ruhe nachdenken, akzeptieren, dass es vorbei war, froh sein, weil sie selbst heil geblieben war, und voller Optimismus weitergehen im Leben.

Heil, na ja.

Optimismus, schwierig.

Anne hatte da neuerdings ihre Zweifel. Es kam ihr so vor, als sei sie an ihren eigenen Träumen und Wünschen gescheitert, als habe sie sich selbst einen Streich gespielt, weil sie von klein auf fest an die große Liebe geglaubt hatte.

Ihr Blick raste durch die Zeit, und sie sah die kindliche Anne und die jugendliche Anne. Sie sah Anne in ihren Zwanzigern und in ihren Dreißigern. Das Gesicht wurde schmaler, kleine Fältchen bildeten sich um die Augen, die Nase wirkte länger, die Mundwinkel zeigten unmerklich nach unten, der Ausdruck von Hoffnung und Lebenslust verwischte zu etwas Angespanntem. Ihre früheren Ichs schauten zurück, stumm, beinahe wütend, so als seien sie von ihr enttäuscht.

»Es tut mir so leid«, wisperte Anne. »Ich habe es nicht geschafft. Und jetzt habe ich allen Glauben an die Liebe verloren.«

Im nächsten Moment tippte sie sich selbst gegen die Stirn. Eine Frau allein auf einer Bank, die sich bei sich selbst entschuldigte. Ging es eigentlich noch dämlicher? Wahrscheinlich nicht.

Und jetzt fing auch die Heulerei wieder an.

Hilfe!

Sie ließ die Wasserflasche fallen, hob die Hände und wischte sich über die Augen.

Es war genug.

Genug geliebt, genug geträumt.

Oder?

Oder nicht?

Oder doch?

Verflixt schwierig zu entscheiden. Rein theoretisch hatte sie ja die Nase voll von allen Männern. Dank Roland. Andererseits starb die Hoffnung bekanntlich zuletzt, und vielleicht, vielleicht begegnete sie schon morgen einem Mann, der es gut mit ihr meinte, der sie zum Lachen brachte und zum Lieben. Er musste kein Traumprinz sein. Zur Abwechslung durfte mal ein Ritter in glänzender Rüstung daherkommen.

Ihre Tränen versiegten und machten einem herzhaften Gelächter Platz.

Anne sprang auf. Sie wollte jetzt nur noch nach Hause.

»Ich habe diesen Schwachsinn hier echt nicht nötig«, erklärte sie einer Taube, die daraufhin erschrocken hochflatterte. »Ich bin vernünftig und lebensfroh.«

»Schön für Sie, Kindchen«, sagte eine ältere Stimme irgendwo hinter ihr. Sie sah sich um, konnte aber den Sprecher nicht ausfindig machen.

Höchste Zeit zu gehen, entschied sie. Bevor sie noch größeres Aufsehen erregte.

Sie hatte sich schon abgewandt, als sie ihn sah. DEN Mann.

Groß, breitschultrig, blonde halblange Haare, zu einem Pferdeschwanz gebunden. Ein kantiges Gesicht, ein offenes Lächeln, blitzend helle Augen. Ein Typ wie aus einer Wikinger-Sage. Er kam aus dem Sportstudio, einen großen Rucksack locker über die Schulter geworfen, und steuerte direkt auf sie zu.

Anne zitterte vor Aufregung.

Dies war ihre Chance. Wenn sie ihrer schwindenden Hoffnung einen kräftigen Schub verpassen wollte, dann musste sie ihn jetzt betrachten, ganz genau scannen, jede Einzelheit von ihm in sich aufnehmen. Ein starker Körper, ein freundliches Wesen. Ein Mann zum Anlehnen, zum Kuscheln, zum Lieben, Lieben, Lieben.

Er hatte keinerlei Ähnlichkeit mit Roland, und das war gut so.

Jetzt blieb er stehen, keine zwanzig Meter von ihrer Bank entfernt, fischte sein klingelndes Handy aus der Hosentasche und meldete sich mit einem fröhlichen: »Hey, Alter, was geht?«

Anne kehrte kurz in die Wirklichkeit zurück. Okay, der Typ war maximal fünfundzwanzig.

Egal.

Er musste ihr jetzt helfen, allein durch seine Existenz.

Plötzlich machte er eine halbe Kehrtwendung und lief los.

Verdammt schnell, halb im Laufschritt.

Anne überlegte nicht lange. Sie sprang auf und hastete ihm nach.

Der junge Wikinger hielt auf den S-Bahnhof zu.

Sie beschleunigte ihre Schritte.

Auf keinen Fall durfte sie ihn jetzt schon verlieren. Der kurze Augenblick hatte nicht gereicht. Wenn er in die nächste S-Bahn sprang und weg war, bevor sie ihn noch einmal in Ruhe ansehen konnte, dann, dann ...

Er war weg!

Verschwunden!

Im Menschengetümmel untergetaucht.

Anne drehte sich einmal im Kreis. Er war größer als die meisten Leute hier, aber sie konnte den blonden Schopf nirgends entdecken. Enttäuschung machte sich in ihr breit, und sie schloss die Augen, um sich zu sammeln. Anschließend konnte sie sich dann selbst auslachen.

Jemand tippte ihr auf die Schulter.

»Hey, Lady, suchen Sie mich?«

Sie wirbelte herum, spürte, wie sie über und über rot wurde, und schaute direkt in die Augen des Wikingers. So aus der Nähe wirkte er anders, sehr jung.

Ihre schöne Phantasie war zerstört.

Na ja, dachte sie. Besser so.

»Ich finde es spannend, dass Sie mir nachlaufen. Hab Sie in zwei Schaufenstern nacheinander entdeckt. Sind Sie Modelscout?«

»Äh, nein«, presste Anne hervor. Selten im Leben war ihr etwas so peinlich gewesen wie das hier. Wieso war sie ihm bloß gefolgt? Sie hatte eine unsichtbare Grenze überschritten, was sie ziemlich beängstigend fand.

Innerhalb von ein paar Sekunden schwor sie sich zweierlei:

Erstens: Sie würde keinem Menschen davon erzählen, auch nicht Gesa.

Zweitens: Nie wieder würde sie starke Männer gucken gehen. Dieses Kapitel gehörte ab sofort ihrer Vergangenheit an.

»Mist«, sagte der Wikinger. »Ich hab schon gehofft, ich werde endlich entdeckt. Was wollen Sie denn sonst von mir?«

»Ich ... hm ... Sie haben mich an jemanden erinnert.«

Er feixte. »Das passiert mir oft. Meistens heißt es dann, man hätte mich in einem Wikingerfilm gesehen. Voll daneben. Ich bin kein Schauspieler. Ich will lieber Model werden. Ist aber echt schwer, eine gute Agentur zu kriegen. Kennen Sie zufällig jemanden in der Branche?«

Anne verneinte.

Er verlor schlagartig das Interesse. »Okay. Na dann, man sieht sich.«

Diesmal war sie unendlich erleichtert, als er in der Menge verschwand. Sie eilte zum Parkhaus, holte ihren Wagen und fuhr nach Hause in die Alte Königstraße. Noch mal gutgegangen, dachte sie, als sie die Wohnungstür hinter sich schloss. Und sie schwor sich, dass sie sich ab morgen wie eine erwachsene Frau benehmen würde. Vielleicht nicht so wahnsinnig optimistisch, aber doch klug genug, um zu hoffen, dass irgendwann einmal der Richtige kommen würde. Zu dumm nur, dass sie im Laufe des Abends mehrfach ihre Meinung änderte, bis ihr ein ganz neuer Gedanke kam: Sie könnte einfach mit dem Thema abschließen. Für immer.

Oder nicht?

Ziemlich schwierig, die Sache.

4. Kapitel

Ihre ganze Angst entlud sich in einem lauten Schrei. Tilly stürzte auf den Jeep-Fahrer zu, packte ihn am Hemdkragen und brüllte: »Sie Dreckskerl haben meinen Hugo überfahren! Mörder!«

»Wenn überhaupt, dann Mops-Mörder«, gab der Mann in seltsam unbeteiligtem Ton zurück. »Sofern ich die Rasse in den zwei Sekunden richtig erkannt habe.«

Er war groß, sogar ein ganzes Stück größer als die ebenfalls hochgewachsene Frau, die sich trotz ihres Alters kerzengerade hielt, aber das war auch schon das einzig Imposante an ihm. Er war so dünn, dass seine Kleidung an ihm schlotterte wie an einer Vogelscheuche. Er mochte Ende vierzig sein oder irgendwas zwischen sechzig und achtzig, so müde wirkte sein Gesicht.

Unwillkürlich lockerte sie ihren Griff. Dieser Mann machte den Eindruck, als könnte er auf der Stelle zusammenbrechen, wenn man ihn zu hart anfasste.

»Mein Hugo«, sagte sie verzweifelt. »Warum mussten Sie meinen Hugo überfahren! Er ... ist alles, was ich habe.«

Der Gefühlsausbruch war ihr peinlich, aber im Augenblick hatte sie sich nicht unter Kontrolle. Sollte er sie doch für eine verrückte Alte halten.

»Hugo?« Der Mann schaute sie aus freundlichen Augen an. Wäre Leben in seinem Blick gewesen, hätte sie seine Liebenswürdigkeit für echt halten können. So aber wirkte sie aufgesetzt. »Komischer Name für einen Hund. Wie auch immer. Er saß mitten auf der Fahrbahn, und ich habe ihn zu spät entdeckt. Wieso ist er nicht weggelaufen? Es war unmöglich, ihm auszuweichen. Aber ich habe ihn genau in der Mitte erwischt.«

Tilly stieß einen klagenden Laut aus, ein Schrei ging jetzt über ihre Kräfte.

»Bitte beruhigen Sie sich. Es war das Einzige, was ich tun konnte. Verstehen Sie? Mein Jeep verfügt über eine besonders hohe Karosserie. Mit etwas Glück ist dem kleinen Kerl nichts passiert. Vielleicht sehen wir einfach mal nach?«

»Oh«, war alles, was sie herausbringen konnte. Dann ließ sie sich mit einer einzigen fließenden Bewegung zu Boden fallen, streckte sich lang aus und zwang sich mit ihrer gesamten Willensstärke, unter den Wagen zu schauen.

Sie hatte furchtbare Angst, gleich ein zerquetschtes Fellbündel zu entdecken, und sie begriff vielleicht erst in dieser Sekunde, wie viel Hugo ihr bedeutete.

Bislang hatte sie es stets vehement abgestritten, wenn ihr Bruder Werner in Hamburg erklärte, sie habe eben doch ein weiches Herz, obwohl sie immer so hart und überlegen tue. Sie hänge ja mit einer wahren Affenliebe an diesem Hund. Dann lachte er über sein kleines Wortspiel, seine Frau Helga stimmte mit ein, und nur Anne, diese Nichte, die Tilly kaum kannte, weil sie selbst kein Familienmensch war, Anne also schwieg und zauberte eine Leckerei für Hugo aus einer kleinen Plastikschüssel hervor. Es war gekochte Hühnerleber, die mit einem Knurren bedacht und erst verschlungen wurde, als Tilly sie Anne aus der Hand nahm und ihm gab.

»Eigentlich«, hatte da ihr Bruder gesagt, »besitzen Möpse ein freundliches und geselliges Wesen. Was hast du mit dem armen Köter angestellt, dass er genau so ein Miesepeter geworden ist wie du?«

Daran musste sie denken, als sie nun versuchte, im Halbdunkel unter dem Jeep etwas zu erkennen. An die beleidigenden Worte und daran, wie sie diesen Besuch bei ihren Verwandten abgebrochen hatte. Im Frühjahr war das gewesen. Sie hatte sich verabschieden und von ihren großen Plänen berichten wollen, aber nach Werners dummen Bemerkungen war sie einfach aufgestanden und gegangen.

»Tilly! Nun sei doch nicht gleich wieder eingeschnappt!«, hatte er ihr noch hinterhergerufen. Und Anne war ihr nachgelaufen, die steilen Treppen im schmalen Haus an der Alten Königstraße hinunter bis auf den Bürgersteig.

»Bitte bleib noch, wir sehen uns so selten.«

Da erst hatte Tilly die so viel jüngere Frau genauer angeschaut und festgestellt, wie hübsch sie aussah. So leuchtend, so glücklich. Selbst die etwas zu lange Nase war in dem strahlenden Gesicht kaum aufgefallen.

»Dein Geschäft läuft gut?«, hatte sie gefragt, um Nettigkeit bemüht.

Sie war genau vor dem Schaufenster des Partyservices stehen geblieben, Hugo fest an der Leine, damit er bloß nicht unter die Räder kam.

Direkt darüber wohnte ihr Bruder mit seiner Frau, und im zweiten Stock hatte Anne sich eine Wohnung eingerichtet. Die traute Familie unter einem Dach. Tilly kam nicht gern hierher. Es war ihr zu ... spießig, behauptete sie. Zu harmonisch, dachte sie.

»Ja, ich bin zufrieden. Aber ...«

Bevor Anne noch ein weiteres Wort hätte sagen können, war Tilly losgegangen, ohne sich noch einmal umzudrehen. Sie hatte nichts hören wollen von einer großen Liebe, von dem Richtigen, diesmal, von dem Glück und all diesem Mist. Sie war gekommen, um ihren einzigen Angehörigen mitzuteilen, dass sie fortgehen würde. Aber niemand hatte ihr richtig zugehört. Sie wollte in den Norden ziehen? Nach Schleswig-Holstein? Schön, das Leben in der freien Natur werde ihr bestimmt guttun. Und dem Mops, diesem brummigen kleinen Kerl.

Als sie schon Luft geholt hatte, um von ihren großen Plänen zu erzählen, von dem Wunder, wie sie an die zwei Hektar Land gekommen war, da hatte Werner seinen Spruch über Hugo gebracht, und alles war verdorben gewesen.

Also, warum hätte sie plötzlich Interesse an dem Liebesleben ihrer Nichte heucheln sollen? Anne war ein guter Mensch, aber bei den Männern hatte sie kein glückliches Händchen, womit sie ihrer Tante ähnlicher war, als sie ahnte.

All dies ging Tilly in diesem Moment durch den Kopf, und sie begriff, dass sie viel dafür gegeben hätte, jetzt jemanden aus ihrer Familie bei sich zu haben. Werner, Helga oder Anne. Wenigstens einen dieser drei Menschen, der ihr beistehen würde. Wie gut oder schlecht oder kaum vorhanden ihr Verhältnis auch sein mochte. Na gut, Helga vielleicht nicht. Nur Werner oder Anne.

Aber es war niemand da, und nur der dünne Autofahrer mit den leblosen Augen ließ seine flache Stimme hören: »Alles in Ordnung?«

Endlich hatten sich Tillys Augen an das schwache Licht unter dem Jeep gewöhnt. Sie entdeckte Hugo direkt hinter der Vorderachse, zusammengerollt zu einem prallen und vollkommen regungslosen Ball. Zwischen ihm und der Unterbodenverkleidung schien genügend Platz zu sein – trotzdem: Warum rührte er sich nicht? Atmete er überhaupt?

Kein Laut drang zu ihr herüber.

Tilly stieß leise lockende Rufe aus. »Na komm, mein Kleiner. Alles ist gut. Du hast bloß einen Schrecken gekriegt. Komm her, komm.«

Keine Reaktion. Tilly spürte, wie ihre Augen feucht wurden. Das war inakzeptabel. Die Heulsuse der Familie war Anne, nicht sie!

Neben ihr ließ sich der Mann auf den sandigen Fahrweg fallen.

»Und?«

Sie schüttelte den Kopf, unfähig zu sprechen. Also schaute er selbst nach.

»Zerquetscht ist er nicht, aber vielleicht hat er einen Herzschlag erlitten.«

Wilde Wut stieg in Tilly auf.

»Wer zum Teufel sind Sie überhaupt? Was haben Sie hier zu suchen?«

»Gestatten, Doktor Carsten Sörensen«, gab er steif zurück. »Ich bin Arzt in Glückshafen, und ich wollte mal nach Ihnen sehen, Frau Winkler. Paula Sievers von der Poststelle hat mir erzählt, dass Sie seit kurzem ganz allein hier leben.«

»Ja und? Macht mich das zu Ihrer Patientin? Mir geht es gut. Ich brauche keinen Doktor.«

»Mag sein. Dennoch hielt ich es für meine Pflicht, einmal vorbeizukommen.«

»Und meinen Hund zu überfahren.«

Die Situation hatte etwas Groteskes. Da lag sie neben einem klapperdürren Arzt im Staub und beschimpfte ihn, während Hugo reglos unter dem Jeep hockte.

»Sind Sie sicher, dass es kein Stofftier ist?«, fragte er jetzt, und in seinen Augen blitzte ein Anflug von Humor auf.

»Idiot!«, knurrte Tilly.

Wenn er beleidigt war, so ließ er es sich immerhin nicht anmerken.

»Jetzt tun Sie endlich was, Doktor Soundso.«

»Sörensen.«

»Mir doch egal. Holen Sie meinen armen Mops da raus, und untersuchen Sie ihn. Machen Sie eine Herzmassage, was weiß ich!«

»Frau Winkler, ich bin Humanmediziner, kein Tierarzt.«

»Völlig wurscht. Unternehmen Sie was!«

Wieder blitzte es in seinen Augen auf, ganz so, als gefiele ihm die Situation. Dann erhob er sich quälend langsam, und sie hörte, wie er sich im Wagen zu schaffen machte. Nach einer Weile, die ihr wie eine Ewigkeit vorkam, lag er wieder neben ihr im Dreck und hielt einen Zipfel Leberwurst in der Hand.

»Gehört zu meinem Abendessen«, erklärte er. »Kyra hat mir Brote mitgegeben, weil es wahrscheinlich spät wird.«

»Es interessiert mich nicht, ob Sie von Ihrer Freundin

oder Ihrer Frau oder von wem auch immer gut versorgt werden.«

»Kyra ist meine Tochter«, erklärte er. Aus einem Grund, den sie nicht verstand, schien es ihm wichtig zu sein, dies richtigzustellen. »Sie ist siebzehn und benimmt sich manchmal wie eine alte Glucke.«

»Aha.« Tilly hoffte, er würde schweigen und endlich handeln. Hugo rührte sich immer noch nicht, ihr Mund war trocken, als hätte sie eine Handvoll Staub geschluckt, und irgendetwas stach sie schmerzhaft in die linke Hüfte. Aber weil Doktor Sörensen sie bloß ansah, fühlte sie sich bemüßigt hinzuzufügen: »Ist doch nett, wenn Ihre Tochter sich um Sie kümmert, da es Ihre Frau anscheinend nicht tut.«

Offenbar hatte sie genau das Falsche gesagt, denn nun verschloss sich sein Gesicht, jeder noch so kleine Anflug von Humor verschwand daraus.

Wenigstens schob er sich endlich unter den Jeep, den Arm mit der Leberwurst ganz ausgestreckt. Allerdings blieb er mit den Schultern hängen und kam nicht weiter.

Rührte sich da was? Nein, Tilly hatte es sich wohl nur eingebildet.

»Ich brauche einen Stock«, sagte Doktor Sörensen. »Oder einen Besenstiel, irgendwas. Ich komme nicht an ihn ran.«

Tilly sprang auf, sah sich hektisch um, entdeckte einen Haselnusszweig am Boden, griff danach und reichte ihn unter das Auto. Ein leichtes Schwindelgefühl erfasste sie. In meinem Alter sollte ich keine so plötzlichen Sprünge mehr machen, dachte sie. Nun war sie ganz froh, wieder liegen zu können.

Ein Wunder geschah.

Als die Leberwurst direkt vor dem Fellball war, ungefähr dort, wo Doktor Sörensen Hugos Schnauze vermutete, rührte sich der Hund. Ganz langsam entrollte er sich, schnupperte lange, nieste ein paarmal und schnappte sich endlich die Leckerei.

»Mit Speck fängt man Mäuse«, erklärte der Arzt. »Und mit Leberwurst traumatisierte Möpse.«

Falls das ein Witz gewesen sein sollte, so überhörte ihn Tilly. Sie hatte nur Augen für Hugo, der nun vorsichtig zu ihr gekrochen kam, sich auf den Arm nehmen ließ und dabei mit der Zunge über das kleine Maul fuhr, um auch noch den letzten Rest Leberwurst zu erwischen.

Der Schreck war vergessen. Für den kleinen Hund war die Welt wieder in Ordnung.

Aber Tilly war mit dem Besucher noch nicht fertig. Sie stand auf, vorsichtig diesmal, ein wenig mühsam mit Hugos zusätzlichem Gewicht.

»Ich habe Sie um keine Visite gebeten! Fahren Sie in Zukunft gefälligst anderswo unschuldige Tiere über den Haufen!«

Doktor Sörensen erhob sich ebenfalls und zeigte ein schmales, lebloses Lächeln. Es hätte besser zu einer Wachsfigur als zu einem menschlichen Wesen gepasst.

»Wie schon gesagt: Ich wollte nach Ihnen sehen, Frau Winkler. Sie haben bisher ja nicht den Weg in meine Praxis gefunden.«

»Na und? Warum sollte ich zum Arzt gehen, wenn ich kerngesund bin?«

»Nun, in Ihrem Alter …«

»Ich bin siebzig, keine hundert! Und was ist das überhaupt für eine Art? Sind wir hier beim gütigen ›Landarzt‹, oder was? Ist mir ja noch nie passiert, dass mir ein Herr Doktor nachläuft. Haben Sie nichts Besseres zu tun, als hier draußen durch die Gegend zu rasen? Ein paar Leben retten, zum Beispiel?«

Sein Lächeln blieb starr, aber wieder blitzten für eine Sekunde seine Augen auf.

Tilly war jetzt müde. Seit fast einer Woche hatte sie kaum mit einem Menschen geredet. Und heute kreuzten gleich zwei Männer ihren Weg. Erst der alte Fischer, nun dieser komische Arzt. Die ausgestandene Angst um Hugo tat ein Übriges. Sie hatte wirklich genug. Bloß schien es ein unmögliches Unterfangen zu sein, den Kerl wieder loszuwerden.

»Erstens«, sagte er langsam, »habe ich Feierabend, und mein Kollege Borgdorf ist mit dem Notdienst am Wochenende an der Reihe. Zweitens hat Paula Sievers erzählt, dass Sie neulich im Supermarkt ein wenig ... nun ... ausfallend geworden sind.«

»Mann!«, rief sie. »Ich habe bloß der Frau an der Wursttheke erklärt, dass ich ihre blöden Wiener nicht will. Seit wann ist das ein Fall für den Arzt?«

Doktor Sörensen räusperte sich umständlich. »Meines Wissens haben Sie sich etwas ... ähm ... anders ausgedrückt, und das, nachdem Sie zunächst zwei Dutzend Würstchen bestellt hatten.«

»So ein Schwachsinn!«

Für den Bruchteil einer Sekunde sah es so aus, als könnten sie einander anlächeln, dann drehte sich Tilly abrupt um.

»Verschwinden Sie endlich von hier! Ich will meine Ruhe!«

Hugo wurde ihr zu schwer, und sie setzte ihn ab. Mit einem erschrockenen Jaulen raste er auf ihren großen Wohnwagen zu und verschwand durch die offenstehende Tür im Innern.

Der Arzt hatte sich nicht vom Fleck gerührt.

»Warum setzen wir uns nicht zusammen, und Sie erzählen mir ein bisschen was über sich?«

»Weil es nichts zu erzählen gibt und weil ich keine Lust habe, Sie in meinen Wohnwagen zu bitten. Am Ende lassen Sie sich da noch häuslich nieder und wollen mit mir Tee trinken.«

Er stieß einen Laut aus, der einem kurzen Auflachen nahe kam.

»Keine Sorge. Ich bin zurzeit nicht sonderlich gesellig«, erwiderte er.

»Prima. Dann haben wir ja was gemeinsam.«

»Nun gut, wenn Sie darauf bestehen, fahre ich wieder«, sagte Doktor Sörensen.

Tilly stieß ein Schnauben aus. »Der erste kluge Satz, den ich von Ihnen höre.«

Jetzt lächelte er wirklich und sah dabei aus wie jemand, der sich selten so gut amüsiert hatte.

Insgeheim musste Tilly zugeben, dass sie ihn sympathisch fand. Er machte auf sie den Eindruck eines Menschen, der eine schwere Last mit sich herumtrug und nicht darunter zusammenbrach. Der sogar lächeln konnte, wenn man ihn nur ordentlich reizte, und der dann sogar beinahe jung wirkte.

»Wie alt sind Sie eigentlich?«, fragte sie.

»Warum? Kommt für Sie ein Arzt erst ab sechzig in Frage? Da muss ich Sie enttäuschen, ich bin fünfundvierzig.«

»Sie sehen älter aus.«

»Ich gebe mir Mühe.«

Fast, aber nur fast, hätte sie ihn jetzt doch noch zu einer Tasse Tee eingeladen. Sie konnte sich gerade noch beherrschen. Dennoch hoffte sie, ihn wiederzusehen. Vielleicht konnten sie so etwas wie Freunde werden.

Weil sie nichts erwiderte, deutete er auf ihr Gesicht. »Das ist ein ziemlich heftiger Sonnenbrand. Haben Sie den nicht bemerkt?«

Tilly hob nur die Schultern. Doch, ihre Haut brannte höllisch, sie hatte vor ihrem Spaziergang vergessen, Sonnencreme aufzutragen. Sie war ein heller Typ, und sie musste besser aufpassen.

»Nun, da kann ich doch noch etwas für Sie tun. Sekunde.«

Er holte seine Arzttasche vom Rücksitz und nahm eine große weiße Tube mit rotem Schraubverschluss heraus.

»Das ist eine Salbe aus Holunderblüten und Ringelblumen. Sie wirkt kühlend und entzündungshemmend. Sie sollten sie zweimal täglich großzügig auftragen. Und meiden Sie mindestens eine Woche lang die direkte Sonne.«

Damit drückte er ihr die Tube in die Hand, packte seine Tasche wieder in den Jeep und stieg ein.

»Danke«, murmelte Tilly verblüfft. Ein sicheres Gefühl sagte ihr, dass eine Salbe, in der sich als eine von zwei wichtigen Zutaten auch Holunderblüten befanden, ihr Linderung verschaffen würde. »Aber ich habe im Dorf gehört, Sie seien ein überzeugter Schulmediziner. Woher kommt plötzlich dieser Ausflug in die Naturheilkunde?«

Sein Gesicht verdunkelte sich wie die Ostsee an einem wolkenverhangenen Herbsttag.

»Sie stammt noch von meiner Frau.«

Er ließ den Motor aufheulen, wendete und fuhr mit durchdrehenden Reifen davon.

Tilly war froh, dass Hugo sich schon in den Wohnwagen geflüchtet hatte.

5. Kapitel

Das Wochenende war arbeitsreich – genau das, was Anne brauchte. Ein Firmenjubiläum am Samstag und eine goldene Hochzeit am heutigen Sonntag. Sie war zu beschäftigt, um an Roland oder an den peinlichen Vorfall mit dem jungen Wikinger zu denken, sie ignorierte Gesas besorgte Miene und gönnte sich kaum eine Pause.

Vor ein paar Stunden hatte sie Gesa sogar heimgeschickt, damit diese Zeit mit ihrer Familie verbringen konnte. Mit ihren zwei Aushilfsköchinnen käme sie prima zurecht, hatte Anne versichert. Tatsächlich war sie die vielen Fragen und Blicke leid gewesen.

»Und du bist drüber weg?«, hatte sich Gesa ungläubig erkundigt.

»Nein, natürlich nicht. Aber ich arbeite daran.«

Daraufhin war ihr die Freundin um den Hals gefallen. »Du bist toll. Ich kenne keine, die sich von einer Enttäuschung so schnell erholt wie du.«

Anne hatte genickt und nicht verraten, wie es tatsächlich in ihr aussah.

Letzte Nacht hatte sie von einem Ritter in glänzender Rüstung geträumt. Er hatte sie auf sein Pferd gehoben und war mit ihr in den Sonnenuntergang galoppiert. Mit einem seligen Lächeln war sie aufgewacht, bevor sie gespürt hatte, wie sie über und über rot wurde. Wie alt war sie eigentlich? Vierzig oder vierzehn? Wie konnte sie nur vom nächsten Mann träumen, der sie aus ihrem Liebeskummer erretten würde, bevor sie sich mit dem Ende ihrer Beziehung zu Roland auseinandergesetzt hatte? Das war so peinlich! Und die Tatsache, dass sich der Traum nur in ihrem Unterbewusstsein abgespielt hatte, änderte nichts daran.

Basta!, hatte sie sich selbst befohlen. Es gab sowieso keine Ritter, keine Traumprinzen, keine starken Männer.

Im Laufe des Arbeitstages machte sich dann eine nie gekannte Gleichgültigkeit in ihr breit. Sie verscheuchte Roland und sämtliche Liebesträume aus ihrem Kopf. Hatte sie vor zwei Tagen noch daran glauben wollen, dass irgendwann schon der Richtige kommen würde, so schob sie diese Hoffnung nun mit aller Kraft von sich. Es musste ihr einfach egal sein, sonst wurde sie noch verrückt.

Dieses neue Gefühl, oder besser: die Abwesenheit eines Gefühls, war angenehm, fand Anne. Auf gewisse Weise machte es sie frei.

Sie sehnte sich noch nicht einmal nach der heilsamen Wut, die ihr früher über eine Trennung hinweggeholfen hatte. Sie verspürte keinerlei Wunsch, mit Freundinnen einen ganzen Abend lang den Verflossenen durchzuhecheln, literweise Wein zu trinken und sich davon zu überzeugen, dass es so am besten war. Sie musste sich nicht einreden, dass sie noch Glück gehabt hatte, weil sie heil aus einer Beziehung herausgekommen war, die beide Beteiligten nur unglücklich gemacht hatte.

Die normalen, die gesunden Reaktionen waren weg.

Jetzt, kurz vor Feierabend, fühlte sie sich regelrecht entspannt. Sie sprach mit Birgit, einer der beiden Aushilfsköchinnen, über das Mango-Chutney, das noch für die Koriander-Hackbällchen in Sesamkruste mit etwas Olivenöl angerührt werden musste. Sie blieb ganz ruhig und sachlich und lächelte sogar, als Birgit erwiderte: »Das erledige ich gleich. Bin mit der pfeffrigen Entenbrust hier fast fertig. Geht ganz schnell, Anne. Und mit allem anderen sind wir durch. Stimmt's, Tina?«

Annes zweite Helferin in der Küche nickte geschäftig. »Da kommt auch schon Björn«, sagte sie. »Ich helfe ihm, die Boxen einzuladen. Birgit fährt mit zur Hochzeitsgesellschaft und baut das Büfett auf.«

Die beiden jungen Frauen hatten sich den ganzen Tag lang köstlich über den exotischen Geschmack von Gästen amüsiert, die mindestens die siebzig, wenn nicht die achtzig überschritten hatten. Asiatisches Fingerfood für mehr als sechzig Leute war bestellt worden. Da sollte es malaysischen Crevettencocktail im Glas geben, frittiertes Gemüse mit Wasabicreme und Glasnudelsalat mit Hühnchen.

»Ziemlich mutig, die alten Leutchen«, hatte Birgit gemeint, und Tina hatte vor Lachen einen Schluckauf bekommen. Schließlich waren sie sich einig gewesen, dass es sich um weitgereiste und gutsituierte Rentner handeln musste, und sie schworen einander, später mal genauso offen und modern zu bleiben.

Anne hatte dazu geschwiegen und still ihre Arbeit erledigt.

»Also«, fügte Tina hinzu. »Dann kannst du jetzt hochgehen, Anne. Ich finde, du siehst kaputt aus. Wir machen hier den Rest fertig und putzen. Darfst uns dafür dann ein paar Überstunden mehr zahlen.«

Früher hätte Anne breit gegrinst und den beiden erklärt, so einfach ginge das nicht. Sie müsse schließlich scharf kalkulieren und werde lieber selbst bis spät noch arbeiten. Aber heute nickte sie nur, zog ihren Kittel aus und verschwand dann durch die Hintertür. Von hier aus gelangte sie direkt ins Treppenhaus.

Leise schlich sie nach oben und hoffte inständig, unbemerkt an der Wohnung ihrer Eltern vorbeizukommen.

Zwecklos.

Kaum hatte sie die vier, fünf knarrenden Stufen im ersten Stock erreicht, kam Helga Winkler auch schon herausgeschossen. Ganz so, als habe sie seit Stunden hinter der Tür auf der Lauer gelegen. Für eine Frau von Mitte sechzig war sie ausgesprochen flink auf den Beinen.

Anne unterdrückte einen tiefen Seufzer. Sie liebte ihre Eltern über alles, aber es gab Tage, da wünschte sie, woanders zu leben, in einem anderen Stadtteil, auf einem fernen Planeten.

Tage wie diesen.

Warum bloß hatte sie sich vor zwanzig Jahren dazu überreden lassen, die frei werdende Wohnung direkt über ihnen zu beziehen? Sie sei günstig, hatte ihr Vater argumentiert. Anne werde ein eigenständiges Leben führen können und dennoch in der Nähe sein.

Eigenständiges Leben, na ja.

Es war bequem, nur zwei Treppen von ihrer Arbeitsstelle entfernt zu wohnen, aber es war manchmal anstrengend, so dicht bei den Eltern zu sein.

»Hallo, Schätzchen, hast du schon Feierabend?«, fragte

Helga Winkler. Im Gegensatz zu ihrer Tochter war sie klein und hatte eine rundliche Figur. Anne hingegen kam nach ihrem Vater. Die Mitglieder seiner Familie waren allesamt groß und dünn.

»Hm«, machte Anne. »Ich bin ziemlich müde.«

»Ach, du Ärmste. Ich hätte dir doch helfen können. Du weißt, dass ich immer gern dazu bereit bin. Du müsstest gar nicht so viele andere Leute bezahlen.«

Anne kämpfte mit einem zweiten Seufzer. Er blieb ihr zum Glück im Hals hängen.

Ihre Eltern hatten beide mit angepackt, als sie den Partyservice auf die Beine gestellt hatte. Aber schnell war es zu Reibereien gekommen. Anne wollte sich einen Namen mit erstklassiger Qualität machen, Helga und Werner Winkler vertraten die Meinung, der Kunde würde es nicht merken, wenn das Kalb in Wirklichkeit ein Schwein war oder wenn der Kaviar nicht so ganz echt war.

Nach einigen Monaten hatte Anne die Notbremse ziehen müssen.

Die Eltern waren sehr lange sehr beleidigt gewesen, aber irgendwann hatten sie sich damit abgefunden. Ihre erfolgreiche Tochter duldete keine Einmischung in ihr Geschäft, dafür überwies sie ihnen monatlich eine feste Summe, mit der sie ihre bescheidene Rente aufstocken konnten.

Dennoch boten sie immer mal wieder ihre Hilfe an, die Anne dann so diplomatisch wie möglich ausschlagen musste.

»Lieb von dir, Mama, aber ich bin mit Gesa, Birgit und Tina super zurechtgekommen.«

Helga Winkler gab sich geschlagen. »In Ordnung. Herein mit dir. Werner öffnet einen schönen Riesling, und du erzählst uns ein bisschen. Bist du noch traurig, weil dieser dumme Roland dich verlassen hat?«

Uff!

Anne kämpfte gegen den Wunsch an, schreiend wegzulaufen. Wenn sie nicht aufpasste, würde ihre Mutter es schaffen, den angenehmen Nebel der Gleichgültigkeit zu zerstören.

»Ihr wollt mich trösten, und ich bin euch dankbar. Aber mir geht es gut, wirklich.«

»Unsinn. Du hast Liebeskummer. Da helfen nur ein guter Schluck Wein und ein Gespräch mit den Menschen, die dir das Liebste auf der Welt sind.«

Es war unmöglich, etwas dagegen zu sagen. Hätte sie darauf hingewiesen, dass sie eine erwachsene Frau war und selbst mit ihren Problemen fertig werden musste, so hätte sie nur zu hören bekommen, Eltern blieben immer Eltern und Kinder immer Kinder, egal, wie alt sie seien.

Helga nahm ihre Tochter bei der Hand, zog sie hinein und ließ sie erst los, als sie fügsam in einem alten Plüschsessel saß.

Mit schweren Eichenmöbeln, flauschigen Teppichen und gehäkelten Sesselschonern war die Einrichtung der Winklers auf antik getrimmt und entsprach ihrem Verständnis von Gemütlichkeit. Anne hingegen mochte moderne Möbel, klare Linien und helle Farben. Wann immer sie bei ihren Eltern war, fühlte sie sich wie auf einer Zeitreise und wurde wieder zum kleinen Mädchen, das mit Mutters Porzellanpuppen spielte oder Papas Pfeifensammlung bewunderte. Dann war es für sie schwer, erwachsen und unabhängig zu sein.

»Schätzchen, wir haben vor zwei Tagen mitbekommen,

wie du unten geweint hast. Das war sehr ... laut. Weißt du, es war ja recht warm, und wir hatten die Fenster offen. Es klang wirklich schlimm. So verzweifelt. Seitdem haben wir noch kein Wort mit dir gewechselt. Bist du uns aus dem Weg gegangen?«

Ganz genau, dachte Anne, schwieg aber.

Seit Freitag war es ihr gelungen, sich abends so spät oder morgens so früh an der Wohnung ihrer Eltern vorbeizuschleichen, dass diese entweder schon schliefen oder noch nicht aufgestanden waren. Gestern hatte Anne zwar bemerkt, dass beide Arm in Arm zu einem Spaziergang aufbrachen und eine Weile fragend zum Schaufenster hineinsahen, aber zu ihrer größten Erleichterung hatten sie ihren Weg danach fortgesetzt, ohne sie bei der Arbeit zu stören.

»Lass die Deern in Ruhe«, sagte Werner Winkler. Er kam herein und goss gut temperierten fruchtigen Riesling in drei Gläser. Dann setzte er sich neben seine Frau auf das große, weich gepolsterte Sofa und lächelte seiner Tochter liebevoll zu.

»Prost, Anne. Auf dich.«

Sie hob ihr Glas automatisch, trank einen Schluck, sagte: »Ja, ich war ein wenig deprimiert, aber das ist vorbei. Es geht mir gut. Wirklich.«

Sie sah ihnen an, dass sie ihr kein Wort glaubten.

Also trank sie ihr Glas leer und ließ sich noch einmal nachschenken. Vielleicht half ihr der Wein dabei, ihnen diese angenehme Gefühlsleere zu erklären.

Doch nach zwei weiteren Schlucken hörte sie auf zu trinken und schob das Glas ein Stück von sich weg. Nicht auszudenken, dachte sie, wenn sich der Nebel auflösen und plötzlich wieder der unendliche Kummer über sie herfallen würde. Auf keinen Fall wollte sie vor den Augen ihrer Eltern in Tränen ausbrechen.

Sie wunderte sich selbst über den sachlichen Tonfall in ihrer Stimme, als sie sagte: »Ja, es ist wahr. Mit Roland ist es aus. Wir ... haben doch nicht so gut zusammengepasst, wie ich dachte.«

»Aber ihr wart so glücklich!«, rief Helga aus. »Du hast gesagt, er ist der Richtige! Wir dachten, du würdest bald heiraten!«

Ohne auf die strafenden Blicke ihres Mannes zu achten, fuhr sie nach einer kurzen Pause voller Mitleid fort: »Hat er dich sitzenlassen? Mein armes Schätzchen. So ein gemeiner Kerl. Der hat dich gar nicht verdient.«

»Bitte, Mama. Lass gut sein. Es reicht«, erwiderte Anne genervt.

Wäre sie nicht eine so wohlerzogene Tochter gewesen, hätte sie jetzt etwas Ungeheuerliches getan. Der eigenen Mutter mit einem Sesselschoner den Mund gestopft, zum Beispiel. Oder ihr Glas an die Wand geworfen. Die Vorstellung gefiel ihr, und sie hing ihr eine ganze Weile nach, während Helga Winkler erst richtig in Fahrt kam. »Weißt du was? Da draußen gibt es haufenweise Männer, die dich mit Handkuss nehmen würden. Die warten nur darauf, dass du wieder zu haben bist. Und du wirst sehen: Bald kommt einer, der dich auf Händen durchs Leben trägt, und dann schenkst du deiner armen alten Mutter das Enkelkind, auf das sie schon so viele Jahre sehnsüchtig wartet.«

»Helga!«, sagte Werner scharf.

Anne zerknüllte die Sesselschoner. Das Weinglas fasste sie zur Sicherheit nicht an. Ihr Blick musste mörderisch sein, denn ihre Mutter sackte erschrocken in sich zusammen. Der freundliche Nebel lichtete sich, und wie aus weiter Ferne entdeckte Anne verschwommen einen winzigen Ritter, der schnell näher kam.

Verdammt.

»Geh weg!«, stieß sie aus.

»Was?«, fragte Helga.

»Reite zurück! Rette meinetwegen ein anderes Burgfräulein. Ich will dich nicht!«

Helga sah ihren Mann an. »Was hast du in den Wein gekippt?«

»Nichts. Das ist ein guter Riesling. Den haben wir doch schon öfter getrunken. Anne, ist alles in Ordnung mit dir?«

»Ähm, ja.« Der Nebel wurde wieder dichter, nirgends galoppierte ein glänzender Mini-Ritter herum. Reichlich verwirrend das Ganze, fand Anne, aber eines wusste sie mit Sicherheit: Wenn sie nicht auf der Stelle diese Wohnung verließ, konnte sonst was geschehen.

Sie sprang auf.

»Es tut mir leid, Schätzchen«, murmelte Helga. »Ich habe es nicht böse gemeint.«

»Ihr entschuldigt mich.«

Sie war schon im Flur, als das altmodische Telefon auf dem Tischchen neben der Garderobe klingelte. Ohne nachzudenken, hob sie ab und meldete sich mit einem kurzen »Hallo«.

»Anne?«, fragte eine Stimme, die sie nicht gleich erkannte. »Bist du das?«

Im Hintergrund hörte sie die Geräusche eines fahrenden Zuges.

Wenigstens keinen Pferdegalopp.

Anne rieb sich heftig über die Stirn. Sie entschied, dass sie dringend Urlaub brauchte.

»Ja. Wer spricht, bitte?«

»Was soll das heißen, wer spricht. Hier ist deine Tante Tilly.«

»Oh, Verzeihung. Du willst bestimmt Papa. Ich hole ihn schnell.«

»Ja und nein.«

»Wie bitte?«

»Ich wollte schon Werner sprechen, aber die Verbindung ist schlecht und bricht vielleicht gleich ab. Deswegen sage ich es dir. Ich bin in einer Stunde bei euch.«

»Was? Aber ...«

Anne hörte nur noch ein Rauschen und Knacken.

Verwundert kehrte sie ins Wohnzimmer zurück, wo ihre Eltern miteinander flüsterten. Es war leicht zu erraten, über wen. Sie hatten sogar das Läuten des Telefons überhört, so vertieft waren sie in ihr Gespräch über das Liebesunglück ihres einzigen Kindes.

Die Sache mit dem Burgfräulein ließen sie höchstwahrscheinlich außen vor. Das war ihnen zu hoch. Werner hatte nur zur Sicherheit die Weinflasche weggebracht. Aber sie mochten sich fragen, was sie falsch gemacht hatten. Und keine Antwort finden. Sie waren mit gutem Beispiel vorangegangen, führten eine harmonische Ehe, liebten sich auch nach all den gemeinsamen Jahren noch immer zärtlich wie am ersten Tag. Was nur war so schrecklich verkehrt gelaufen?

Gebt es auf!, hätte Anne ihnen am liebsten zugerufen. Ihr könnt nichts dafür. Es ist einfach Pech, oder ich bin selbst schuld.

Sie hatte von der einen oder anderen Freundin im Laufe der Jahre schon zu hören bekommen, dass ihr keiner gut genug sei, dass sie halt mal Kompromisse schließen müsse, wenn sie eine feste Partnerschaft ersehnte.

Kompromisse? Wie denn? Welche?

Sollte die Liebe ein Geschäft werden, bei dem jeder einen Teil einzahlte und darauf achtete, dass er seinen Einsatz zurückbekam?

Nein.

Anne konnte so etwas nicht. Mit jemandem zusammen sein, nur um nicht allein zu bleiben, einen Mann lieben, obwohl ihr Herz sich sträubte – unmöglich! Oder, schlimmer noch, sich an ihn zu klammern, während er sich entfernte – grauenvoll!

Einen Moment lang blieb sie noch in der Tür stehen. Sie beobachtete, wie die Eltern ein Stückchen näher zusammenrückten, sich aneinanderlehnten und eine Einheit bildeten.

Das, dachte Anne. Das will ich. Eine Liebe, die da ist, die keine Bedingungen stellt, die mich und meinen Partner ausfüllt. Aber nichts auf der Welt schien schwerer zu finden zu sein. Helga und Werner hatten diese Liebe gefunden, Gesa und Sven ebenfalls. Und noch ein paar weitere Paare aus Annes Freundeskreis.

Nur ich nicht, dachte sie. Nur ich nicht.

Mist!

Sie hatte sich ihren Gefühlen hingegeben.

Nebel, bat sie stumm, komm zurück. Aber der war weg, und Anne schwankte zwischen Traurigkeit, Wut und dem unbändigen Drang, das Leben und sich selbst auszulachen. Kurz presste sie die Lippen zusammen. Einen hysterischen Anfall ihrer Tochter hätten die Winklers wohl nur schwer verkraftet.

Im Stillen verwünschte sie ihre Tante, die sie quasi gezwungen hatte, noch hierzubleiben.

Sie atmete tief durch, nachdem der Lachreiz abgeebbt war. »Da war eben ein Anruf für euch.«

Helga und Werner fuhren auseinander wie Kinder, die bei einem Streich ertappt worden waren.

So weit ist es schon gekommen, schoss es Anne durch den Kopf. Meine Eltern schämen sich, weil sie glücklich miteinander sind. Helga war rot angelaufen, Werner tat, als müsse er ein paar Krümel vom Sofatisch fegen. Dabei rückte er unmerklich von seiner Frau ab.

»Wer war es denn?«

»Tilly.«

»Nanu!«, sagten die Eltern wie aus einem Mund.

»Was wollte sie?«, erkundigte sich Helga.

Mit ihrer Schwägerin war sie nie gut ausgekommen. Anne konnte sich an keine Gelegenheit erinnern, bei der die beiden Frauen mal freundschaftlich miteinander umgegangen wären. So selten sie sich auch sahen, stets gab es da diese Spannung zwischen ihnen. Seit sie selbst erwachsen war, vermutete Anne, dass es an den grundverschiedenen Lebensmodellen lag. Die eine Frau glücklich verheiratet in einem kleinen, geordneten Leben, die andere ein unruhiger Geist ohne Wurzeln, immer auf dem Sprung, immer mit einer neuen genialen Idee für die Zukunft.

Und nach den jüngsten Ereignissen waren die Fronten offenbar vollends verhärtet.

Anne sah ihre Tante wieder vor sich. Bei ihrem Besuch

im Frühjahr hatte Tilly lebendiger gewirkt als seit langem, geradezu aufgeregt. Wie ein junges Mädchen. Sie schien mit einer großen Neuigkeit herausplatzen zu wollen, aber dann war sie eingeschnappt abgezogen, weil ihr Bruder Werner eine dumme Bemerkung über den Mops gemacht hatte. Und Anne, die ihrerseits gern mit ihrem tollen Freund Roland geprahlt hätte, vor allen Leuten und auch vor der fremd gebliebenen Tilly, Anne war ihr noch nachgelaufen, hatte sie jedoch nicht zum Bleiben bewegen können.

Seitdem war sie zu sehr mit ihrem eigenen Leben beschäftigt gewesen, um noch viel an Tilly zu denken. Sie hörte nur einmal mit halbem Ohr zu, wie ihre Eltern über einen verrückten Plan sprachen, der irgendwo in Schleswig-Holstein umgesetzt werden sollte.

»Jetzt ist sie endgültig durchgedreht«, hatte Helga mit düsterer Miene orakelt.

Das wusste Anne noch genau. Aber sie hatte nicht nachgefragt.

»Anne«, mahnte Werner sanft, weil sie immer noch abwartend in der Tür stand. »Was hat meine Schwester gesagt?«

»Sie ist auf dem Weg zu uns. Ungefähr in einer Stunde wird sie hier sein.«

»Was?« Helga stand auf und ging nervös hin und her. In ihrem Blick mischte sich Panik mit Ärger. »Was will sie? Etwa bei uns unterschlüpfen, nachdem sie mit ihrer Schnapsidee gescheitert ist und alle Leute abgehauen sind? Da mache ich nicht mit! Bei aller Liebe, Werner, aber das geht wirklich zu weit.«

»Beruhige dich, mein Herz«, erwiderte Annes Vater.

»Wir kennen den Grund für ihren Besuch nicht. Vielleicht hat sie nur etwas in Hamburg zu erledigen und möchte uns bei der Gelegenheit einmal sehen. Immerhin sind wir die einzige Familie, die sie hat.«

Anne hörte aufmerksam zu. Plötzlich interessierte sie sich brennend für das Schicksal ihrer Tante. Mochte der Nebel sie im Stich gelassen haben, Tilly bot ihr eine willkommene Abwechslung. Ihr war alles recht, wenn sie bloß nicht über sich selbst nachdenken musste.

»Was genau ist eigentlich passiert?«, fragte sie. »Wieso ist Tilly ins Holsteinische gezogen? Und was war das für eine Schnapsidee?«

Ihre Eltern wechselten einen langen Blick, dann schauten sie wieder ihre Tochter an.

»Haben wir es dir nicht erzählt?«, fragte Werner. »Schon vor Monaten?«

»Ich ...«

»Kein Problem. Du warst wahrscheinlich zu beschäftigt, um richtig zuzuhören.«

Anne dachte nach. Es stimmte schon, im Juni und Juli hatte sie viele Aufträge für Gartenfeste erfüllt. Und sie war zwischen Altona und Harvestehude hin- und hergehetzt, um genügend Zeit mit Roland zu verbringen, der sich zu dem Zeitpunkt schon beklagt hatte, weil der Job bei ihr an erster Stelle kam.

Sie hatte sich mitten auf der Gratwanderung zwischen Karriere und Beziehung befunden, und die Abgründe auf beiden Seiten waren tiefer und tiefer geworden. Für Roland hatte das übrigens nicht gegolten. Er war ein gefragter Anwalt, und aus seiner Sicht musste seine Freundin zur Verfügung stehen, wenn er freihatte.

Mit aller Kraft verscheuchte Anne die Gedanken an ihn.

»Setz dich«, sagte ihr Vater. »Und du auch, Helga. Vielleicht haben wir noch genügend Zeit, bis Tilly eintrifft.«

6. *Kapitel*

Das Taxi hielt vor dem Haus in der Alten Königstraße, und der Fahrer warf über den Rückspiegel einen misstrauischen Blick auf Hugo. Der Mann mochte keine Hunde, und während der kurzen Fahrt vom Bahnhof Altona bis hierher hatte er mehr auf den Mops in Tillys Armen gestarrt als auf die Straße. Sie konnte von Glück sagen, dass sie unfallfrei angekommen waren.

»Wie Sie sehen, hat mein Lütter nicht auf Ihre speckigen Ledersitze gekotzt«, sagte sie.

Der Taxifahrer verzog keine Miene. An grantige alte Frauen war er offenbar gewöhnt.

Früher wäre Tilly die Max-Brauer-Allee entlang zu Fuß gelaufen. Ein strammer Marsch, bevor sie ihrem Bruder begegnete, hätte ihr auch heute gutgetan. Aber als sie aus dem Bahnhofsgebäude getreten war, hatte sie sich seltsam schwach gefühlt. Und Hugo, der vorübergehend aus seinem unnatürlichen Dämmerschlaf erwacht war, hatte am ganzen Körper gezittert.

Es liegt an der Großstadt, dachte Tilly jetzt, während sie den Taxifahrer bezahlte und ihm keinen Cent Trinkgeld gönnte. Wir sind nicht mehr daran gewöhnt. Der Verkehr, der auch an einem Sonntagabend nicht zur Ruhe kam, die lauten Geräusche, die Gerüche, von denen keiner an die gesunde Luft in ihrer neuen Heimat erinnerte. Dazu Hugo, der seit zwei Tagen den Wohnwagen nur verließ, wenn er wirklich ganz dringend rausmusste.

Er war zu keinem Spaziergang mehr zu bewegen gewesen, über die Wiese und zur Klippe wollte er auch nicht laufen, obwohl dort ganz sicher kein Blechmonster auf ihn wartete, um ihn zu überrollen. Tilly hatte mit ihm geredet wie mit einem kleinen Menschen, aber da war nichts zu machen gewesen. Gestern war sie so weit gegangen, ihn einfach hochzuheben, aber nach zehn Schritten hatte er auf ihrem Arm so wild herumgezappelt, dass sie umkehren musste, wollte sie nicht riskieren, ihn fallen zu lassen.

Schließlich hatte sie ihren Stolz hinuntergeschluckt und den Tierarzt von Glückshafen angerufen. Nur, um schallendes Gelächter zu ernten. »Bedauere, ich behandele keine Möpse mit posttraumatischer Belastungsstörung. Ich bin für die großen Tiere mit echten Krankheiten und Verletzungen zuständig.«

»Idiot.«

Sollte er sie noch gehört haben, war es ihm egal gewesen, denn er hatte einfach aufgelegt.

Also blieb nur die Fahrt in eine Stadt. Am besten nach Hamburg, wo sie sich auskannte. In einer Kleintierpraxis würde sie hoffentlich Hilfe für den verschreckten Hugo finden. Und weil sie unsicher war, wie der Hund die Reise überstehen würde, hatte Tilly sich bereits gegen Mittag auf den Weg gemacht. Werner musste ihnen für eine Nacht Obdach gewähren, sonst ging sie zur Not in ein Hotel.

Das Taxi fuhr weg, und Tilly setzte Hugo vorsichtig ab. Fast die ganze Reise über hatte er geschlafen, aber nun stand er auf wackeligen Beinchen und winselte kläglich. In seinen Knopfaugen lag blanke Panik.

Bevor sie klingelte, wollte Tilly sich sammeln. Aber da wurde schon die Haustür geöffnet, und Anne trat heraus.

»Ich habe dich ankommen sehen«, sagte sie und lächelte ein schiefes Lächeln. Ihre Augen wirkten glanzlos, die Mundwinkel hingen leicht herab.

Merkwürdig, dachte Tilly. War sie nicht im Frühjahr noch voll übersprudelnder Lebenslust gewesen? So blühend und rosig, dass man glatt hätte vergessen können, wie schnell sie losheulte, wenn sich mal wieder ein Kerl als Pfeife erwiesen hatte? Offensichtlich war da erneut etwas schiefgelaufen in Annes Liebesleben, aber die Tränenflut fehlte. Die ganze Frau wirkte gedämpft, auf neue Weise verhalten.

Tilly wandte sich halb ab und senkte den Blick. Der Seelenzustand ihrer Nichte durfte sie nicht interessieren. Sie hatte genügend eigene Probleme.

»Hugo ist krank«, erklärte sie.

»Der Arme. Was hat er denn?« Anne ging in die Hocke, stand aber schnell wieder auf, als der Mops sie anknurrte.

»Eine viertel Valium und einen Schock.«

In Annes überschattetem Gesicht regte sich etwas.

Ganz kurz schien sie sich zu amüsieren.

»Das musst du mir genauer erklären.«

»In Ordnung. Lass uns hochgehen. Oder bist du runtergekommen, weil ich Hausverbot habe? Würde mich nicht überraschen.«

»Quatsch!«, rief Anne. »Mama und Papa warten schon auf dich.«

»Die gute Helga vermutlich mit einer geladenen Pistole.«

Wieder blitzte etwas in Annes Gesicht auf. Es war wie ein kurzer Funke Leben, und Tilly ertappte sich bei dem Wunsch, es wieder und wieder zu sehen. Beinahe konnte sie sich einbilden, dass die Wand, die sie sonst von den Menschen trennte, zwischen Anne und ihr nicht so dick und hoch war.

Dann rief sie sich selbst zur Ordnung. Das Leben meiner Nichte geht mich nichts an, sagte sie sich erneut. Und ihre Schwägerin würde nicht zögern, den ersten Schuss abzufeuern, wenn sie es wagen sollte, sich da in irgendwas einzumischen. Oft schon hatte Tilly vermutet, dass Helga sie nicht mochte, weil sie eifersüchtig war auf ihr freies, ungebundenes Leben. Sie hätte der Schwägerin gern erklärt, wie hoch der Preis war, den sie dafür zahlen musste. Aber es wäre sinnlos gewesen. Helga konnte sich unter Einsamkeit nichts vorstellen.

»Was haben sie dir über mich erzählt?«, erkundigte sich Tilly, als sie hinter Anne die erste Treppe hochstieg.

Hugo war wieder eingeschlafen und lag schwer in ihren Armen.

»Du meinst, über dein Projekt an der Ostsee?«, fragte ihre Nichte zurück.

»Projekt« klang freundlich, fand Tilly.

»Hm.«

Anne blieb auf dem Treppenabsatz stehen, sah zögernd nach oben, traf eine Entscheidung.

»Einen Moment können sie noch warten«, sagte sie und setzte sich auf die oberste Stufe.

Tilly tat es ihr nach. Ihr Gesicht juckte, doch sie widerstand der Versuchung, sich zu kratzen. Die Salbe von Doktor Sörensen hatte wahre Wunder gegen den Sonnenbrand gewirkt, aber auch nach zwei Tagen war ihre Haut noch empfindlich.

»Möchtest du etwas trinken?«, fragte Anne. »Ich kann schnell was aus dem Geschäft holen.«

»Nein danke. Also?«

»Ich ... würde es lieber von dir hören. Ich finde es ungeheuer aufregend, was du da machst.«

»Ungeheuer aufregend und ungeheuer erfolglos.«

»Das verstehe ich nicht.«

Tilly holte tief Luft. »Wir kennen uns nicht besonders gut, aber du bist eine kluge Frau. Sonst hättest du es nicht so weit gebracht. Deswegen wirst du es besser begreifen als deine Eltern. Ich schätze mal, sie haben Ausdrücke wie verrückt, ›verantwortungslos‹ und ›Geldverschwendung‹ benutzt?«

»So ungefähr. ›Schnapsidee‹ war auch dabei.«

Die ältere und die jüngere Frau grinsten sich an. Noch nie waren sie einander so nahe gewesen wie jetzt. Für Tilly war es ein überraschendes, ein gutes Gefühl, und Anne wirkte noch einen Hauch lebhafter.

»Ganz unrecht haben sie nicht«, fuhr Tilly dann fort. »Aber es war eine wunderbare Idee. Glaub mir.«

Anne nickte. »Du hast dieses Grundstück geerbt. Zwei Hektar irgendwo zwischen Travemünde und Timmendorfer Strand ...«

Tilly unterbrach sie mit einem lauten Schnauben. »Geerbt? Ich? Von wem denn? Völliger Blödsinn. Ich habe es gewonnen.«

Annes Augen wurden groß.

»Wirklich? Und wie?«

»Hab mit einem alten Freund gewettet. Carlo Hansen. Ein ziemlich verrückter Kerl. Besitzt fünf Mietshäuser in Eppendorf und lebt wie ein armer Schlucker. Na, er wollte mir nicht glauben, dass ...«

»Was denn? Erzähl schon.«

Ganz kurz rieb sich Tilly über die Stirn. Wie war das noch gleich gewesen? Der alte Carlo, der gewettet hatte, sie könne nie und nimmer ...

»Tilly, mach's nicht so spannend!«, rief Anne.

Erleichterung überfiel sie, als sie fortfahren konnte: »Wir haben von früheren Zeiten geredet, als wir ohne Geld durch Europa gezogen sind. Carlo hat behauptet, ich sei auf meine alten Tage bequem geworden und könnte es keine vierundzwanzig Stunden mehr ohne meinen gewohnten Luxus aushalten.«

»Luxus?«, hakte Anne nach.

»Die Zweizimmerwohnung in einem seiner Häuser, in der ich seit fünf Jahren gewohnt habe. Mit einer funktionierenden Küche, einer Zentralheizung und einem Badezimmer ganz für mich allein mit fließend kaltem und warmem Wasser.«

Tilly stieß ein leises Seufzen aus, als sie sich an ausgedehnte Schaumbäder erinnerte, an mollige Wärme in der gutgeheizten Wohnung im Winter und angenehme Kühle im Sommer, wenn durch die dicken Altbaumauern keine Hitze dringen konnte. Abgesehen von dem Einfamilienhaus zweieinhalb Jahrzehnte zuvor, war diese Wohnung die bequemste Unterkunft ihres erwachsenen Lebens gewesen.

»An dem Abend im April waren noch ein paar andere Leute dabei«, führte sie dann aus. »Freunde von Carlo, die ich nicht kannte.«

Eigene Freunde hatte Tilly keine mehr. Im Laufe der Jahre war es ihr gelungen, alle Menschen aus ihrem Leben zu vergraulen.

»Weil du immer alle herumkommandieren musst und nie ein freundliches Wort für jemanden hast«, hatte Carlo ihr erklärt. »Nur zu mir musst du nett sein, weil ich dein Vermieter bin.«

Sie verscheuchte den Gedanken und blickte ihre Nichte an. Die hing an ihren Lippen, als gäbe es nichts Wichtigeres auf der Welt als die hirnverbrannten Geschichten ihrer Tante.

Hugo japste im Schlaf, war dann wieder ruhig.

»Rede weiter«, bat Anne. Sie schien vergessen zu haben, dass die Eltern auf sie warteten, sie schien überhaupt alles andere vergessen zu haben.

»Für dich ist eine warme Wohnung und fließendes Wasser bestimmt nichts Besonderes«, fuhr Tilly fort. »Aber ich muss zugeben, dass mir diese Annehmlichkeiten inzwischen sehr viel bedeutet haben. Wahrscheinlich mehr, als mir guttat. Und das hat Carlo ganz genau erkannt. Ich war bequem geworden, ich lebte so vor mich hin und kam mit meiner kleinen Rente einigermaßen aus.«

So vernünftig bin ich immerhin gewesen, dachte sie bei sich, dass ich in all den Jahren für das Minimum im Alter vorgesorgt habe.

Sie räusperte sich und fuhr fort: »Also ging ich mit Hugo spazieren, kaufte ein, kochte mir was und sehnte mich dennoch, wohl ohne es zu wissen, nach einer großen Veränderung.«

»Ist dieser Carlo mal dein Freund gewesen?«, fragte Anne.

Tilly lachte kurz und hart auf. »Nein, um Gottes willen. Er hat's nicht so mit Frauen. Wahrscheinlich kommen wir deshalb gut miteinander aus.«

Oder, dachte sie, wir *kamen* gut miteinander aus. Nach allem, was passiert war, wollte Carlo nichts mehr mit ihr zu tun haben, und sie konnte es ihm nicht verübeln.

Anne brachte sie zu ihrem Bericht zurück. »Du hast also mit ihm gewettet? Dass du immer noch einfach und ohne Luxus leben kannst?«

Tilly nickte. »Allerdings hat der Mistkerl mich nach allen Regeln der Kunst reingelegt.«

Anne riss die Augen auf. »Ich kann mir gar nicht vorstellen, dass dich einer übers Ohr haut. Wie hat er das denn geschafft?«

»Habe ich erst später rausbekommen. Er hatte da einen Interessenten für meine Wohnung an der Hand, der bereit war, ihm die dreifache Miete zu zahlen. Alter Pfennigfuchser!«

Anne feixte, und sie wirkte beinahe fröhlich dabei. »Ihr scheint ja äußerst spezielle Freunde zu sein. Oder eher Feinde?«

»Gut erkannt. Ich hab's ihm nämlich heimgezahlt. Carlo hat wohl gedacht, ich mache sein Land da an der Ostsee bewohnbar, aber da hat er sich geschnitten. Nur das Nötigste haben wir gebaut, dazu ein paar Wohnwagen aufgestellt – und das war's schon.«

»Moment mal, jetzt komme ich nicht mehr mit. Dieser

Carlo hat dir also ein Grundstück geschenkt, nachdem du mit ihm gewettet hast, du könntest quasi unter primitivsten Bedingungen zurechtkommen?«

»Korrekt.«

»Und dann solltest du für die Erschließung sorgen, damit das Land im Wert steigt?«

»Kluges Kind.«

»Und warum ausgerechnet du? Versteh mich nicht falsch, Tilly, aber ich dachte immer, du bist so eine Art Lebenskünstlerin ohne besondere praktische Begabung.«

»Deine Mutter nennt es eine gescheiterte Existenz«, gab sie ganz ohne Groll zurück. »Und sie liegt damit gar nicht so falsch. Es stimmt schon, ich habe vieles ausprobiert im Leben, und ich bin selten lange in einem Job geblieben. Aber in meiner Spießerzeit war ich fünf Jahre lang bei einem Bauunternehmer beschäftigt.«

»Tatsächlich«, murmelte Anne. Offenbar wurde ihr erst jetzt bewusst, wie wenig sie ihre Tante kannte. Oder sie knabberte an dem Wort »Spießerzeit« und fragte sich insgeheim, ob ihr eigenes gesamtes Leben so negativ betitelt werden durfte.

»Also, ich fand immer toll, was ich so über dich gehört habe. Viel war es nicht, aber manchmal hat Papa erzählt, dass du auf Ibiza Modeschmuck verkaufst oder in Marokko Kamelritte in die Wüste organisierst.«

»Ha!«, stieß Tilly aus. »Das mit dem Modeschmuck stimmt, aber die Kamele waren Esel, und es ging nicht in die Wüste, sondern ins Atlasgebirge.«

Anne legte Tilly eine Hand auf den Arm. »Du warst so etwas wie ein Vorbild für mich.« Sie zog die Hand schnell zurück, als Hugo im Halbschlaf knurrte.

»Rede keinen Unsinn, Kind. Ich bin für niemanden ein Vorbild, am allerwenigsten für eine Frau wie dich, die immer nach dem einen großen Glück gestrebt hat, wie sie es von ihren Eltern kannte. Oder dem kleinen Glück, je nachdem, wie man es sieht. Täusche ich mich etwa?«

»Nein«, erwiderte Anne. »Das ist wahr. Trotzdem habe ich oft über dich nachgedacht, und manchmal habe ich mir gewünscht, ich wäre so mutig wie du.«

»Hört, hört.«

Tilly hätte es im Leben nicht zugegeben, aber sie fühlte sich ungeheuer geschmeichelt.

»Es gehört schon was dazu«, fuhr Anne fort, »so ganz ohne Sicherheit zu leben.«

»Mag sein, aber es war nicht immer so. Wie gesagt, bei dem Bauunternehmer habe ich es verdammt lange ausgehalten.«

Tilly dachte an die Zeit zurück, die inzwischen fast ein Vierteljahrhundert zurücklag. Das Haus im Grünen, die festen Arbeitszeiten im Büro, der Mann, der ihr Chef war und der mit ihr zusammen alt werden wollte. Manches an ihrer Erinnerung war gestochen scharf, als sei es erst gestern geschehen, anderes verbarg sich hinter einer Art grauem Schleier.

Überdeutlich jedoch sah sie sich selbst an jenem Tag vor sich, an dem sie gegangen war. Mitte vierzig, groß, blond, auf eine herbe Art attraktiv. Sie sei zu jung, um alt zu werden, hatte sie dem fassungslosen Mann erklärt, ihre Habseligkeiten in zwei Koffer gestopft und ihm den Hausschlüssel zugeworfen.

Bis heute war sie nicht besonders stolz auf ihren Abgang, aber damals hatte sich seine Liebe, hatte sich die schöne bürgerliche Existenz wie eine lebenslange Gefängnisstrafe angefühlt. Und die Wand, die Tilly von anderen Menschen trennte, war höher und breiter geworden.

Sie warf Anne einen schnellen Seitenblick zu, halb versucht, der jüngeren Frau von ihrem eigenen Versagen in Liebesdingen zu erzählen. Womöglich konnte sie Anne damit aufheitern. Doch sie entschied sich dagegen. Wenn sie eines gelernt hatte, so war es dies: Menschen orientierten sich nur an den eigenen Erfahrungen, nicht an denen der anderen. Ganz gleich, ob es sich dabei um Erfolgserlebnisse oder Episoden des Scheiterns handelte.

Zudem ermahnte sich Tilly, innerlich Abstand zu ihrer Nichte zu halten. Spätestens morgen Mittag würde sie zurück an die Ostsee fahren und ihre Familie so bald nicht wiedersehen.

Sie merkte, dass Anne ungeduldig wurde.

»Um es kurz zu machen«, sagte Tilly, »ich weiß, wie man mit Stadtverwaltungen verhandelt, für Kanalisation und Straßenanbindung sorgt. Der gute Carlo dachte, ich bereite alles vor, dann beiße ich ins Gras, und er übernimmt, wie in der Schenkung vorgesehen, das Grundstück.«

»Gnade, Tilly. Ich verstehe gar nichts mehr.«

»Wieso? Ist doch ganz einfach. Die Schenkung gilt nur für die Dauer meines Lebens. Carlo ist zwar genauso alt wie ich, aber er ist kerngesund und geht davon aus, dass er mindestens hundert wird.«

»Du nicht?«

»Hundert werden?« Tilly lachte laut und hart auf. »Gott bewahre!«

»Ich meine, bist du nicht gesund?«

»Doch, natürlich.«

Sie machte eine kurze Pause, widerstand erneut der Versuchung, ihr juckendes Gesicht zu kratzen, und setzte dann hinzu: »Wie auch immer. Carlos Plan geht sowieso nicht auf. Wir haben ihn gründlich vermasselt.«

»Wir? Du und Hugo?«

Der Mops hob flatternd die Lider, schnaufte dann und schloss sie wieder.

»Unsinn«, erklärte Tilly. »Ich habe das ... Projekt im Mai mit fünf Leuten gestartet. Es waren lauter Freunde von Carlo, die es nicht abwarten konnten, aus der Stadt rauszukommen, um ein neues, nachhaltiges Leben in der schönen freien Natur zu führen.«

»Jetzt klingst du wie ein Radiospot.«

Tilly verzog die Mundwinkel nach unten. »Ist dir ein Gruselfilm lieber? Dann bitte: Wir haben ein paar Wohnwagen aufgestellt und hatten vor, zwei, drei Hütten zu errichten. Es gibt auch ein älteres Gebäude, das wir immerhin recht bald restauriert hatten. Wir wollten das Land bebauen, vielleicht ein paar Nutztiere anschaffen und uns so weit wie möglich selbst versorgen.«

»Das hört sich doch gut an«, erwiderte Anne. »Du hast ein Ökodorf gegründet. So etwas gibt es woanders schon. Was soll daran gruselig sein?«

Tillys rechtes Bein schlief unter Hugos Gewicht langsam ein, und sie bewegte vorsichtig die Zehen.

»Lass es mich knapp zusammenfassen. Eine Lebenskünstlerin, also meine Person, ein pensionierter besserwisserischer Chemielehrer, ein junges Paar mit nichts anderem als sich selbst im Kopf, eine depressive arbeitslose Managerin und ein junger Mann, der sich für die

Reinkarnation von Jimi Hendrix hielt. Diese grundverschiedenen Leute haben nicht besonders gut zueinander gepasst.«

Sie sah, dass Anne die Stirn runzelte.

»Ich weiß schon, was du denkst«, sagte Tilly schnell. »Du fragst dich, warum ich mich überhaupt mit anderen zusammengetan habe.«

»Ganz genau.«

»Da ich bekanntlich ziemlich eigenbrötlerisch bin.«

»Hm.«

Tilly nickte. »Ich dachte, ich würde es allein nicht schaffen. Und ich hatte vergessen, dass ich nicht so gut mit Menschen klarkomme. Tja, nun bin ich sowieso wieder allein. Nach und nach sind alle abgehauen. Der Letzte war der junge Musiker. Der hat sich vor zehn Tagen aus dem Staub gemacht.«

»Aber warum?«, wollte Anne wissen.

»Na, ganz einfach. Ein Leben in der schönen freien Natur wollten sie schon haben, aber bitte ohne größere Anstrengung. Holz hacken? Viel zu anstrengend. Ein Feld bestellen? Können wir nicht. Eine Kuh melken? Huch? Wie geht denn das?«

Sie lachte spöttisch. »Ich bin selbst auch kein Fachmann, aber ich habe mir wenigstens Mühe gegeben und war bereit, dazuzulernen. Aber die anderen ...« Sie zuckte mit den Schultern. »Auf einmal hat sich keiner mehr daran erinnert, wie romantisch sie es am Anfang gefunden haben. Und als es zwischendurch kühl und regnerisch wurde, ging die Abenteuerlust ziemlich schnell flöten. Ist jetzt auch egal. Die sind weg.«

»Ist für dich bestimmt nicht einfach«, meinte Anne.

Wieder hob Tilly die Schultern. »Ich werde dort nicht wegziehen. Es ist … wunderschön.«

»So ganz allein? Nur mit dem Mops?«

»Du kannst mich ja mal besuchen kommen.« Es war als halber Scherz gemeint, aber noch während sie die Worte aussprach, merkte sie, dass ihr der Gedanke gefiel. Mehr noch. Ihre Nichte würde vielleicht neuen Schwung ins Holunderdorf bringen.

»Dafür werde ich leider keine Zeit haben«, kam es prompt zurück. »Außerdem eigne ich mich nicht für ein primitives, einsames Dasein.«

Tilly wollte sie fragen, woher sie das wüsste, wenn sie es nie ausprobiert hatte, aber sie ließ es bleiben. Stattdessen sagte sie: »Ganz allein bin ich nicht. Manchmal unterhalte ich mich mit der alten Paula von der Poststelle, und ich habe jüngst neue Bekanntschaften geschlossen. Neulich ist mir ein ehemaliger Fischer über den Weg gelaufen, ein ziemlich komischer Kauz. Und am selben Tag hat Doktor Sörensen meinen Hugo überfahren. Deswegen sind wir hier. Ich muss mit ihm zum Tierarzt.«

Anne machte jetzt den Eindruck, als sei sie komplett überfordert. Und sie wirkte regelrecht erleichtert, als eine Treppe über ihnen mit Schwung die Wohnungstür geöffnet wurde.

»Wo bleibt ihr denn?«, fragte Werner Winkler. »Wir dachten schon, ihr seid unten in der Küche. Aber jetzt habe ich euch reden hören.«

Hugo war mit einem Schlag wach, sprang von Tillys Schoß und fing an, wie wild zu kläffen.

»Dieser schreckliche Köter!«, stieß Werner aus.

Anne warf Tilly einen entschuldigenden Blick zu.

»Wenn du möchtest, kannst du mit ihm bei mir übernachten. Und dann erzählst du mir, warum er noch lebt, wo er doch überfahren worden ist.«

»Abgemacht. Doktor Sörensen scheint nämlich ein sehr kluger Mann zu sein. Nur leider ist er anscheinend auch furchtbar unglücklich.« Aus einer Eingebung heraus fügte sie hinzu: »Du solltest ihn kennenlernen.«

7. Kapitel

Der Besuch bei Annes Eltern dauerte nicht lange. Helga Winkler bot ein einziges Bild der Abwehr: zusammengezogene Brauen, vor der Brust verschränkte Arme, hochgezogene Schultern. Die Aussicht, ihre ungeliebte Schwägerin plus Hund beherbergen zu müssen, und sei es auch nur für eine Nacht, kam für sie offenbar einer Stippvisite in der Hölle gleich. Werner bemühte sich immerhin um Gastfreundschaft, reichte Tilly ein Glas Wein, das diese ablehnte, bot ihr einen Platz an, den sie verschmähte.

Anne schaute von einem zum anderen. Manchmal benahm sich die ältere Generation wirklich kindisch, stellte sie fest. Mit einiger Mühe unterdrückte sie ein Grinsen.

»Was ist das für ein Ausschlag?«, erkundigte sich Helga und wies mit dem ausgestreckten Zeigefinger auf Tillys Gesicht, in dem sich die Haut schuppte. Anne war das schon aufgefallen, aber es wäre ihr nicht in den Sinn gekommen, danach zu fragen. »Ist das etwa ansteckend?«

»Unbedingt«, gab Tilly zurück. »Das ist so eine Art Ostsee-Pest. Willst du mal anfassen?«

Helga stieß einen kleinen Schrei aus und wich zurück. Sie versteckte sich hinter Werners Rücken und lugte misstrauisch hervor.

Ein raues Lachen tönte durch das bürgerliche Wohnzimmer. »Reingelegt, liebe Schwägerin. Ist bloß ein Sonnenbrand.«

»Das ist nicht lustig!«

Es war an der Zeit einzugreifen.

»Tilly muss morgen mit Hugo zum Tierarzt«, sagte Anne schnell. »Der Kleine ist von Doktor Sörensen überfahren worden. Das ist ein unglücklicher Arzt. Gebrochen ist nichts, aber er hat wohl einen Schock. Also, der Mops, nicht der Arzt. Oder, Tilly?«

»So ungefähr. Er konnte Hugo nicht mehr ausweichen, aber er hat einen hohen Jeep, und deshalb lebt mein Lütter noch.«

Im Stillen löste Anne das Rätsel, während ihre Eltern wie gebannt auf das schnarchende, schnaufende Fellbündel in Tillys Armen schauten.

»Er sieht ganz normal aus«, befand Werner und machte einen Schritt auf Tilly zu.

Helga hielt ihn fest. »Geh bloß nicht zu nahe ran. Nachher reißt er dir noch ein Stück Fleisch aus dem Arm.«

Anne konnte nicht mehr anders. Sie lachte los. »Hugo ist bloß ein Mops, Mama. Kein ungezähmter Wolf und auch kein Haifisch auf dem Trockenen.«

Niemand stimmte in ihr Lachen ein, und so verebbte es kläglich.

Tilly ergriff wieder das Wort, die Lust zu scherzen war ihr eindeutig vergangen. »Keine Sorge. Ihr seid mich gleich wieder los. Anne hat mir angeboten, bei ihr zu übernachten. Ich denke, das ist in eurem Sinne.«

Dabei sah sie nur Helga an.

Diese nickte, sichtlich verwirrt über die so plötzlich veränderte Lage. Sie war erleichtert, weil sie die Besucherin so schnell wieder loswurde, aber es gefiel ihr nicht, dass Tilly nun stattdessen bei ihrer Tochter schlief.

Sie kam hinter Werners Rücken hervor und baute sich vor Tilly auf. Dabei reichte sie ihr kaum bis zur Schulter.

»Anne hat ein paar anstrengende Tage hinter sich«, sagte sie langsam und offensichtlich mit großer Überwindung. »Sie braucht Ruhe. Vielleicht solltest du doch lieber bei uns bleiben, falls ein Hotel nicht in Frage kommt.«

Das Wort »Hotel« sprach sie besonders laut aus, verfehlte jedoch die gewünschte Wirkung.

»Hugo mag keine Hotelzimmer«, gab Tilly knapp zurück. »Und da ich dir so zuwider bin, gehe ich zu deiner Tochter. Also dann, komm, Anne.«

Ohne einen Gruß verließ sie die Wohnung. Anne blieb nichts anderes übrig, als hinter ihr herzulaufen. Sie warf ihren Eltern noch einen kurzen entschuldigenden Blick zu. Helga und Werner starrten verwirrt zurück.

Erst als sie oben in ihrer Mansarde angekommen waren, bemerkte sie, wie erschöpft Tilly war. Schwer ließ sich die ältere Frau zusammen mit Hugo auf das hellbeige Sofa sinken. Halb schloss sie die Augen, ihr Gesicht wirkte auf einmal eingefallen.

»Hast du was zu essen da? Ich bin heute noch nicht zu einer anständigen Mahlzeit gekommen, und so langsam habe ich ein Loch im Bauch.«

»Warte ein paar Minuten, okay?«

Anne lief wieder hinaus und nach unten ins Geschäft. Dort plünderte sie einen der beiden großen Kühlschränke und belegte einen Teller mit diversen Häppchen, die vom Tag übrig geblieben waren.

Kurz darauf stand sie wieder vor Tilly. »Ich hoffe, du magst eine Mischung aus asiatischem Fingerfood. Ist alles erste Qualität, aber optisch misslungen. Deshalb können wir es den Kunden nicht anbieten.«

»Das Aussehen ist mir wurscht«, erwiderte Tilly und schaufelte sich fünf winzige Toastscheiben mit Krabben auf einmal in den Mund. Hugo lag inzwischen neben ihr. Auf dem Sofa zeichneten sich Schmutzflecken ab, die seine Pfoten hinterlassen hatten, als er sich zusammengerollt hatte. Anne sagte nichts. Sie würde morgen einfach den Bezug in die Waschmaschine stecken.

»Ein zünftiges Fischbrötchen mit Matjes und Zwiebeln wäre mir zwar lieber«, erklärte Tilly kauend, »aber das Zeug ist auch nicht übel.«

Aus ihrer selten genutzten winzigen Küche holte Anne eine Flasche Mineralwasser und zwei Gläser. Dann setzte sie sich Tilly gegenüber, goss ein und reichte ihrer Tante ein Glas.

»Das da«, sagte sie und deutete auf einige bisher unangerührte Häppchen, »ist Nigiri mit Lachs und Thunfisch. Und daneben siehst du Maki mit Gurke. Schon mal probiert?«

Kurz zog ein zerstreuter Ausdruck über Tillys Gesicht. Ganz so, als versuche sie angestrengt, sich an etwas zu erinnern. Dann war sie wieder die Alte.

»Hältst du mich für ein weltfremdes Landei, nur weil ich jetzt im Holsteinischen wohne? Selbstverständlich habe ich schon Nigiri und Maki gegessen.«

Trotzdem rührte sie die Teile nicht an.

Merkwürdig, dachte Anne. Sie aß selbst ein paar Stücke davon, hatte aber nicht viel Appetit.

Anschließend schaltete sie ihren Laptop ein und suchte eine Praxis für Kleintiere heraus, die ganz in der Nähe lag. »Morgen früh habe ich frei«, sagte sie zu ihrer Tante. »Wenn es Hugo bis dahin nicht bessergeht, kann ich dich begleiten.«

»Das fehlte noch«, gab Tilly zurück und gähnte ausgiebig. »Ich habe dir schon genug Ärger gemacht.«

Sie wirkte auf einmal ungewohnt friedfertig. Wer sie nicht kannte, hätte sie für eine nette Seniorin halten können, die keiner Fliege etwas zuleide tat.

Anne ließ sich davon nicht täuschen. Dennoch lächelte sie. »Kein Problem. Ich mach das gern. Um ehrlich zu sein, war ich seit Tagen nicht mehr so guter Laune wie heute.«

»Ist das so.« Der Blick der älteren Frau war schlagartig wieder scharf. »Normalerweise tauge ich nicht zur Animateurin. Was war denn los bei dir?«

Anne kämpfte mit sich, aber schließlich erzählte sie Tilly die ganze anfangs glückliche und inzwischen unglückliche Geschichte mit Roland. Sie ließ nichts aus, auch nicht ihre früheren gescheiterten Beziehungen und nicht die Tränenfluten. Sogar von den starken Männern in den Sportstudios und vor der Börse erzählte sie. Zum Glück merkte sie, dass ihr Ton leicht war, und auf den Nebel konnte sie glatt verzichten.

Nachdem sie geendet hatte, herrschte lange Zeit Stille im Zimmer. Nur Hugo machte seine üblichen Mopsgeräusche.

Tilly hatte die Augen geschlossen. Hinter ihrer Stirn schien es zu arbeiten, aber nach einer Weile dachte Anne, sie sei eingeschlafen.

Als sie schon aufstehen und eine Wolldecke für ihre

Tante holen wollte, sagte diese: »Kind, ich denke, du musst mal raus hier.«

»Ja«, erwiderte Anne vorsichtig. »Das ist vielleicht eine gute Idee. Ich könnte für ein paar Tage zu einer alten Schulfreundin nach London fliegen.«

»London, pah!« Tilly schaute sie aus klaren Augen an. Es schien, als habe sie nur Energie sammeln müssen, um jetzt mit voller Überzeugungskraft zu sagen: »Wenn du einfach nur die Stadt wechselst, wird sich nichts ändern. Du kommst zu mir. Ich bin bereit, für dich mein Leben zu riskieren.«

»Was? Wie?«

»Jetzt klingst du aber nicht nach einer intelligenten jungen Frau. Du weißt schon, was ich sagen will. Die gute Helga wird mir höchstwahrscheinlich einen Killer auf den Hals schicken, wenn ich dich entführe.«

Anne klappte den Mund auf und wieder zu. Es dauerte eine Weile, bis sie sprechen konnte.

»Lassen wir meine Mutter mal beiseite. Was soll das heißen, es wird sich nichts ändern? Was soll sich denn ändern?«

»Ich habe mich falsch ausgedrückt. Es geht nicht darum, *was* sich ändern soll, sondern *wer*.«

Tilly kraulte den schlafenden Hugo und strahlte dabei eine Zärtlichkeit aus, die Anne ihr niemals zugetraut hätte. Als sie weitersprach, war davon allerdings nichts zu spüren. »Du jammerst hier rum über die Ungerechtigkeiten des Lebens und weißt gar nicht, wie gut du es hast. Eine warme Bude, ein guter Job, Freunde und Leute wie deine Eltern, die sich um dich kümmern. Du hast dich viel zu weich gebettet. Das ist ungesund.«

Anne wollte protestieren, wollte erklären, dass *sie* es doch war, die sich um andere kümmerte, und dass sie ihren Erfolg im Geschäft ganz allein sich selbst zu verdanken hatte. Aber sie schwieg. Betroffen darüber, wie jemand anderes ihr Leben beurteilte. Jemand wie Tilly. Eine Frau, für die sie schon immer heimliche Bewunderung empfunden hatte.

»Und du bist eine Heulsuse.«

Jetzt musste Anne sich schwer beherrschen. Es war gemein von Tilly, ihr deshalb Vorwürfe zu machen.

»Und was ist das für ein Schwachsinn mit den starken Männern? Bist du noch ganz bei Trost?«

»Ich schaue sie mir nur manchmal an, um mich besser zu fühlen«, stellte Anne klar und kam sich jetzt ziemlich lächerlich vor.

»Kinderkram. Du bist zu alt für so etwas. Höchste Zeit, dass du erwachsen wirst.«

»Ich ...«

Tilly ließ sie nicht zu Wort kommen.

»Beweise, dass du auch mit widrigen Umständen fertig wirst. Werde erst mal selbst stark, bevor du vom Schicksal den richtigen Mann frei Haus geliefert haben willst.«

Sie rieb an ihrem Gesicht herum, auf der Nase zeigten sich rote Stellen.

»Das reicht«, sagte Anne scharf. Wut stieg in ihr auf. So ließ sie sich nicht abkanzeln! »Was erlaubst du dir? Du kennst mich doch kaum.«

Tilly lächelte ungerührt. »Was ich sehe und höre, reicht mir vollkommen. Du steckst fest. Und aus einer Sackgasse gibt es keine Ausfahrt. Da muss man sich den Weg freischlagen.«

Seltsames Motto, dachte Anne und vergaß ihren Zorn. Sie selbst hätte den Rückwärtsgang eingelegt, Tilly brach offenbar lieber durch Mauern. Aber genau diese Einstellung, dazu diese Tante, die aus dem härtesten Holz der Welt geschnitzt war, lösten in ihrem Innern Bewegung aus, wo bisher Regungslosigkeit geherrscht hatte. Und zum ersten Mal kam ihr die Idee, sie sollte einen radikalen Schnitt machen.

Im nächsten Moment war Anne davon überzeugt, Tilly könne ihre Gedanken lesen.

»Sieh zu, dass du hier bald alles geregelt kriegst«, erklärte sie mit gebieterischer Stimme. »In spätestens zwei Wochen erwarte ich dich im Holunderdorf. Dann kannst du mir zeigen, was in dir steckt, und wir werden ja sehen, ob es für dich noch Hoffnung gibt.«

»Du stellst dir das ganz schön einfach vor«, entgegnete sie. »Ich habe mir hier eine Existenz aufgebaut. Das kann ich nicht so einfach hinschmeißen.«

»Warum nicht?«

Kurz war sie zu verblüfft, um zu antworten. Dann wurde ihr klar, dass Tilly wirklich in einer anderen Welt lebte. Wo es keine beruflichen Erfolge gab und keine Verpflichtungen. Mühsam beherrscht erwiderte Anne schließlich: »Ich habe sehr viel Arbeit in den Partyservice gesteckt, und es hat Jahre gedauert, um dorthin zu kommen, wo ich jetzt stehe. Ich habe Mitarbeiter, die von mir abhängig sind, und ich unterstütze meine Eltern. Ohne mich geht hier gar nichts.« In derselben Sekunde fragte sie sich, wie es sich wohl anfühlen mochte, zur Abwechslung mal für niemanden verantwortlich zu sein.

»Blödsinn«, erwiderte Tilly. »Du bist nicht die Kanzlerin. So schwierig kann das also nicht sein. Streng dich ein bisschen an, dann findest du schon eine Lösung. So, und jetzt ist Schluss. Ich will schlafen.«

»Darauf kannst du lange warten«, entgegnete Anne halblaut.

Aber Tilly hatte sich schon neben Hugo auf dem Sofa ausgestreckt und wieder die Augen geschlossen.

Anne holte die Decke aus ihrem Zimmer und deckte ihre Tante damit zu. Einen Moment lang schaute sie noch auf die schlummernde Frau hinunter. Nun, da die strengen Züge weich geworden waren, wirkte sie ganz anders. Verletzlich, dachte Anne, und auf seltsame Art verloren.

Sie fand nur wenig Schlaf in dieser Nacht, und sie war wortkarg, als sie Tilly mit Hugo am nächsten Morgen zum Tierarzt brachte.

Der Mops wurde eingehend untersucht, wozu ihm zunächst ein Maulkorb angelegt werden musste, da er bereit schien, jede helfende Hand zu beißen. Schließlich bekam Tilly ein leichtes Beruhigungsmittel auf pflanzlicher Basis für ihn mit. Er werde sich von dem Schreck erholen, sagte die junge Veterinärin, man müsse ihm nur ein wenig Zeit lassen.

»Die reinste Geldverschwendung«, schimpfte Tilly, als sie wieder draußen waren. Aber sie gab auch zu, dass Hugo schon ein wenig entspannter wirkte, ganz ohne Valium.

Anne brachte ihre Tante noch zum Zug. Und erst als sie schon auf dem Bahnsteig standen, kam sie auf ihr Gespräch zurück. »Ich werde über deinen Vorschlag nachdenken.«

»Tu das, Deern.« Tilly schien es dabei belassen zu wollen, fügte aber nach kurzem Zögern hinzu: »Ich könnte ein wenig Gesellschaft gebrauchen.«

Lange starrte Anne ihrer Tante noch nach, selbst als diese längst eingestiegen war und der Zug bereits aus dem Bahnhof fuhr. Da war es wieder, dieses Gefühl von letzter Nacht. Etwas war nicht in Ordnung mit Tilly, und vielleicht war es ihre, Annes, Aufgabe, herauszufinden, was los war. Oder, und auch diese Erklärung erschien ihr durchaus logisch, Tilly kannte sie besser, als sie dachte, und wusste genau, wie leicht Anne auf einen Hilferuf ansprang. Mochte der noch so versteckt sein. Anne liebte es einfach, für andere da zu sein.

Nachdenklich kehrte sie nach Hause zurück. Ihr fiel ein, wie lebendig sie sich in Tillys Gegenwart gefühlt hatte. Geradezu fröhlich und abenteuerlustig. Als sie aber eine halbe Stunde später ihr Geschäft betrat, verblasste das Gefühl schon wieder. Zurück blieb eine Leere, die sie so von sich nicht kannte.

Der Partyservice war wie jeden Montag geschlossen, dennoch hielt sich Anne stundenlang in der großen Küche auf. So vermied sie ein Zusammentreffen mit ihren Eltern und hatte etwas zu tun. Sie prüfte eingegangene Aufträge am Computer, erstellte eine Bestandsliste aller Lebensmittel, notierte, was eingekauft werden musste, blickte aus dem Schaufenster, grübelte und grübelte.

Irgendwann am Nachmittag kam Gesa auf einen Sprung vorbei. Die Freundin begriff sofort, dass etwas passiert sein musste, und sie ließ nicht locker, bis Anne ihr anvertraute, sie werde vielleicht zu ihrer Tante fahren.

Gesa klatschte begeistert in die Hände. »Mensch, toll! Das wäre genau das Richtige für dich. Du kommst mal raus, machst eine längere Zeit Ferien und erholst dich von dem Gefühlsmist.«

Anne, die sich in ihrem ganzen erwachsenen Leben noch nie mehr als drei Tage Urlaub am Stück gegönnt hatte, erwiderte: »Ich dachte eigentlich an etwas anderes.« Und sie erzählte Gesa ausführlich von Tilly, sprach davon, wie neugierig sie auf ihre Tante geworden war und wie sehr sie selbst hoffte, aus ihrem eigenen erstarrten Dasein herauszufinden, wenn sie für eine Weile an die Ostsee zog.

»Was verstehst du unter einer Weile?«, fragte Gesa mit großen Augen.

Anne hob die Schultern. »Keine Ahnung. Ich weiß nur, dass ich wegmuss. Klingt nach einem blöden Selbstfindungstrip, ich weiß. Aber ich spüre, ich brauche das jetzt. Es ist bloß unmöglich.«

»Wieso?«

»Na, der Partyservice wird nicht von allein weiterlaufen.«

»Lass mich mal nachdenken«, erwiderte Gesa.

Und das tat sie. Schon am nächsten Tag kam sie mit einem Vorschlag an. Sie habe mit ihrem Mann die ganze Nacht geredet, erzählte sie und rieb sich die müden Augen. Sven sei bereit, beim Partyservice einzusteigen. Wenigstens für eine Weile.

»Aber was ist mit seinem Job in Blankenese?«, fragte Anne zurück. »Sven ist ein Spitzenkoch, und er liebt seine Arbeit.«

»In letzter Zeit nicht mehr so sehr«, erklärte Gesa. »Das Restaurant ist verkauft worden, und mit dem neuen Besitzer hat er ziemlich viel Stress. Er meint, eine Auszeit würde ihm ganz guttun. Außerdem wären wir mehr zusammen als jetzt. Manchmal sehen wir uns nämlich nur zwischen Tür und Angel, wenn der eine vom Job kommt und der andere gerade losmuss. Ist nicht mehr lustig.«

»Verstehe«, murmelte Anne und dachte über das eine Wort nach, das Gesa benutzt hatte: Auszeit. Sven nahm sich eine Auszeit. Konnte sie selbst das nicht auch tun? Ohne gleich alles aufzugeben?

Warum einen radikalen Schnitt machen, wenn es auch eine andere Lösung gab? Mochte Tilly durch Mauern brechen, sie, Anne, kam vielleicht besser zurecht, wenn sie vorerst den Rückwärtsgang einlegte.

»Na, was meinst du?«, fragte Gesa mit weit aufgerissenen Augen. »Ist das nicht eine tolle Idee? Du bleibst hier der Oberhäuptling, aber Sven und ich managen den Laden. Über das Finanzielle werden wir uns schon einig. Du kriegst einen Anteil, den wir noch genau ausrechnen. Ich weiß ja, dass du auch deinen Eltern was zukommen lässt.«

»Das ... ist ... unglaublich«, stammelte Anne. Ihr kam es so vor, als hake ein Zahnrädchen in einem winzigen Getriebe ein, das Tilly für sie gebastelt hatte.

Gesa grinste. »Nö, bloß ein faires Angebot. Du machst dein Ding bei deiner Tante an der Ostsee, und dann sehen wir weiter. Wenn du genug von der frischen Luft hast, kann Sven sich jederzeit eine neue Stelle suchen. Er ist nämlich sehr begehrt, musst du wissen. Mein toller Mann findet schon was Neues. Oder der Laden hier läuft so super, dass wir expandieren. Keine Ahnung. Wir werden sehen, okay?«

»Okay«, erwiderte Anne schwach.

»Was ist? Du ziehst ein Gesicht, als hätte ich dir Arsen in den Kaffee gekippt.«

»Tut mir leid, es liegt nicht an dir. Ich finde es wunderbar, dass du mit Sven hier weitermachen willst. Aber kann es sein, dass ich verrückt geworden bin?«

»Tja, das ist eine gute Frage.« Gesa griff nach der Rolle mit dem Küchenpapier, doch Annes Augen blieben trocken.

»Vielleicht«, fuhr die Freundin langsam fort, »vielleicht bist du verzweifelt genug, um noch einmal neu anzufangen.«

»Verzweifelt genug«, wiederholte Anne dumpf. »Das klingt furchtbar endgültig. Als hätte ich sowieso keine Chance mehr auf ein wenig Glück.«

»Quatsch. Es klingt nach einem dringend nötigen Neubeginn.«

»Ja klar. Am Ende der Welt in einem Wohnwagen. Ganz allein mit einer schlechtgelaunten alten Frau und einem bösartigen Mops.«

Gesa lachte laut heraus. »Nach dem, was du mir bisher von deiner Tante Tilly erzählt hast, scheint sie ein spannender Mensch zu sein. Langweilig wird es da oben an der Ostsee bestimmt nicht. Du schaffst das schon. Ich kenne dich. Das wird ein ganz großartiges Abenteuer.«

Anne umarmte Gesa und drückte sie so fest, bis diese lachend nach Luft schnappte.

»Lass mich am Leben, du brauchst mich noch!«

Anschließend sprachen sie noch lange über die Details, und Anne begann, an eine Chance für ihre Auszeit zu glauben.

Die Freundin hatte ihr wirklich Mut gemacht, dennoch mussten erst weitere Zahnräder einrasten, bevor Anne ihren Entschluss fasste. In den folgenden Tagen grübelte sie in jedem ruhigen Moment, und in den Nächten schlief sie schlecht.

Und dann kam der Sonntagabend, an dem sie Roland wiedersah. Auf einer Party, zu der sie ursprünglich beide eingeladen gewesen waren und wo sie nur hinging, um mal unter Leute zu kommen, hundertprozentig sicher, dass ihr Exfreund dort nie und nimmer auftauchen würde.

Ein Irrtum. Er war da, und er war nicht allein. Eine hübsche zarte Blondine hing an seinem Arm.

Anne musste sich auf die Zunge beißen, um nicht laut zu schreien, und sich die Fingernägel in die Handballen bohren, um Roland nicht ins Gesicht zu schlagen.

Und das Zahnrad rastete ein, als sie fluchtartig die Party verließ.

Den letzten Anstoß gaben dann ausgerechnet ihre Eltern.

Helga Winkler passte ihre Tochter gleich am Morgen nach der schrecklichen Party ab und unterbreitete Anne einen Vorschlag, der ihr buchstäblich den Boden unter den Füßen wegzog – und ihr gleichzeitig die Flügel verlieh, die sie brauchte, um frei zu werden.

»Schätzchen, dein Vater und ich haben uns lange unterhalten. Wir finden, du bist zu viel allein. Das tut dir nicht gut.«

Misstrauisch blickte Anne von einem zum anderen. Werner wirkte unsicher, Helga hingegen fest entschlossen.

»Wie kommt ihr denn auf so was? Ich bin den ganzen Tag unter Leuten.«

»Mag sein. Aber dir fehlt die Liebe einer Familie. Du sitzt fast jeden Abend einsam da oben in deiner Wohnung. Das ist ungesund.«

In Anne keimte ein ungeheurer Verdacht auf, als ihre Mutter nach kurzer Pause auch schon fortfuhr: »Du könntest wieder bei uns einziehen.«

Ein, zwei Minuten lang fehlten ihr die Worte, sie kämpfte bloß darum, nicht ohnmächtig zu werden. So weit war es mit ihr gekommen? Mit vierzig Jahren sollte sie wieder bei den Eltern einziehen, weil sie nicht fähig war, ein eigenständiges und glückliches Leben zu führen?

Herr im Himmel!

»Du würdest die Miete sparen«, sagte Werner.

Helga nickte eifrig. »Und wir streichen dein altes Zimmer neu. Wäre das nicht schön?«

Anne rang um Fassung, aber endlich fand sie ihre Sprache wieder.

»Es ist lieb von euch, dass ihr euch solche Sorgen um mich macht. Aber das ist nicht nötig. Wirklich. Ihr sollt euer gewohntes Leben nicht für mich aufgeben. Und ich habe sowieso andere Pläne.«

»Ach ja?«, fragten die Eltern wie aus einem Munde.

»Hast du jemanden kennengelernt?«, fügte Helga hoffnungsvoll hinzu.

»So schnell?«, brummte Werner.

»Nein«, erwiderte Anne. »Aber ich gehe fort.«

Helga hielt sich an Werner fest, beide schwankten auf einmal hin und her, ganz ähnlich wie eben noch ihre einzige Tochter.

»Keine Angst«, sagte Anne schnell. »Ich fahre nicht weit weg, und ich werde euch oft besuchen. Versprochen. Außerdem werde ich euch weiterhin unterstützen.«

Werner machte ein verlegenes Gesicht, Helga war kalkweiß.

»Aber wo willst du denn nur hin?«

Kurz war Anne versucht, ihnen eine Lüge aufzutischen, doch dann blieb sie bei der Wahrheit. Und als sie den entsetzten Ausdruck in den Augen ihrer Eltern sah, wusste sie, dass sie diesen Anblick so schnell nicht würde vergessen können.

Eine Woche später machte sie sich auf den Weg.

8. Kapitel

Anne fuhr rechts ran und schaltete in den Leerlauf. Verwirrt starrte sie auf den von nur wenigen Laternen beleuchteten Marktplatz. In seiner Mitte stand eine uralte Eiche. Ihr Stamm war riesig. Eine Holzbank führte um ihn herum, und die Straße schlängelte sich wie entschuldigend an ihm vorbei, so als wüsste sie genau, wer zuerst da gewesen war.

Um die Backsteinkirche mit dem hohen spitzen Turm gruppierten sich Fachwerkhäuser und ein paar wenige modernere Gebäude. Es gab ein Lebensmittelgeschäft, zwei Apotheken und ein paar Kneipen.

Auch ein Restaurant der gehobenen Klasse entdeckte Anne.

»Nordwind« stand über der Eingangstür.

Ob sie dort hineingehen und nach dem Weg fragen sollte?

Sie zögerte.

Es hätte doch ganz einfach sein sollen. Immer die Hauptstraße entlang, quer über den Marktplatz und dann die erste Straße links. Dumm war nur, dass sie jetzt schon dreimal dort entlanggefahren war, an der Eiche und an der Kirche vorbei, ohne eine Möglichkeit zu finden, links abzubiegen. Also wieder zurück und noch mal von vorn.

Half bloß nichts.

Sie stand mit ihrem bis unters Dach vollgepackten Auto wieder vor dem Platz und wusste nicht weiter.

»Mist, verdammter!«

Mit aller Kraft hieb sie auf das Steuerrad ein. Ein langgezogener Hupton jaulte durch den frühen Abend. Vor Schreck schlug Anne gleich noch einmal zu. Dann stellte sie den Motor aus, schnallte sich mit fliegenden Fingern ab und stieß die Fahrertür auf. Mit einem Satz sprang sie aus dem Auto. Keine einzige Sekunde hielt sie es mehr darin aus. Ihr war, als bekäme sie plötzlich keine Luft mehr, und als sie auf ihren beiden Beinen wackelig auf dem Kopfsteinpflaster stand, musste sie sich zwingen, tief und gleichmäßig zu atmen.

Ein paar Leute kamen aus der Kneipe links von ihr und starrten zu ihr herüber. Es waren Männer mit den wettergegerbten Gesichtern von Bauern. Dann schüttelten sie bloß den Kopf, überquerten den Marktplatz und verschwanden.

»Herzlichen Dank für Ihre Hilfe«, murmelte Anne.

Was nun? In das Restaurant gehen? Oder warten, bis jemand anderes vorbeikam? Wieso wirkte eigentlich alles wie ausgestorben? Sie war an das Leben der Großstadt gewöhnt, an Krach und ständige Bewegung, an helle Lichter und Menschenmengen. Diese Ruhe hier war ihr unheimlich.

Anne fischte ihr Handy aus dem Wagen und rief Tilly an.

Mailbox.

Na klasse.

Sie sah zu der alten Eiche hinüber und traf eine Entscheidung. Für ein paar Minuten würde sie sich dort auf die Bank setzen. Einfach mal gar nichts tun, nur nachdenken. Mit etwas Glück fand sie sogar ihren Verstand wieder. Dann konnte sie zurück nach Hamburg fahren und ihr Leben dort fortsetzen, wo sie es in einem Anfall geistiger Umnachtung unterbrochen hatte. Oder, wenn sie es genau betrachtete, in mehreren kleinen Anfällen, die schließlich dazu geführt hatten, dass sie an diesem letzten Sonntag im August in einem Kaff namens Glückshafen festsaß.

Rasch nahm sie ihren Rucksack heraus und machte sich auf den kurzen Weg über den Platz. Von nahem wirkte die Eiche noch mächtiger. Anne schätzte den Stamm auf gut anderthalb Meter im Durchmesser. Ihr Blätterwerk war noch grün, soweit sie es in dem schwachen Licht erkennen konnte. Tilly hatte gemeint, hier an der Küste setze der Herbst früher als andernorts ein, manchmal schon, bevor der September ins Land zog. Aber dieser Abend war lieblich und mild, als hätte den ganzen Tag lang eine südliche Sonne auf das Städtchen geschienen. Mit einem Seufzer ließ sich Anne auf die Bank sinken und sah sich um.

Interessant, dachte sie.

Von hier aus wirkte das Zentrum von Glückshafen viel einladender. Es kam wohl auf den richtigen Blickwinkel an, oder auf den eigenen Stresspegel.

Erst jetzt bemerkte Anne, wie sorgsam gepflegt die Häuser waren. Sie entdeckte große Blumenkübel vor den Läden und Gaststätten, stellte fest, dass nirgends auch nur ein Kaugummipapier herumlag, und nahm auch langsam die Geräusche des Kleinstadtlebens wahr: das dumpfe Gelächter in einer Kneipe, die Gespräche der wenigen Spaziergänger, die in einiger Entfernung vorbeigingen, das flackernde Licht von Fernsehgeräten hinter Wohnzimmerfenstern, Musikfetzen aus Radios und Stereoanlagen. Sie kam zur Ruhe, lehnte sich entspannt zurück, fühlte, wie ihr Pulsschlag sich normalisierte.

Ich bin dort, wo ich sein will, dachte sie. Jedenfalls fast. Aber bis zum Holunderdorf war es nicht mehr weit, und nach dieser kleinen Pause würde sie nach dem Weg fragen.

Sie schloss die Augen.

Keine gute Idee.

Sofort sah sie die entsetzten Gesichter ihrer Eltern vor sich, als sie ihnen ihre Entscheidung mitgeteilt hatte. Schnell riss sie die Augen wieder auf, starrte geradeaus und kreuzte den Blick eines fremden Mannes. Sie schaute weg, tat unbeteiligt, aber wie von einem Magneten angezogen, musste sie ihn wieder ansehen.

Er stand nur ein paar Meter von ihr entfernt. Hochgewachsen, mit blondem, von silbrigen Fäden durchzogenem Haar, das einen Schnitt gebraucht hätte, mit Schultern, die nach vorn fielen, und mit Augen, die trotz ihrer warmen dunkelbraunen Farbe leer und kühl wirkten. Ein Schauder lief über ihren Rücken, und sie fragte sich, wie er so plötzlich in ihrer Nähe hatte auftauchen können. Leise wie ein Gespenst, heimlich wie ein Dieb.

Bei mir gibt es nichts zu stehlen, hätte sie fast laut zu ihm gesagt. Ich bin bloß eine Verrückte, die sich verirrt hat. Die ihre sichere Existenz aufgegeben hat, um das Abenteuer zu suchen.

Anne presste sehr fest die Lippen aufeinander, um bloß keinen Ton von sich zu geben.

Das fehlte noch, dass sie in Glückshafen gleich für Gesprächsstoff sorgte. In einem ihrer wenigen Telefonate hatte Tilly knapp erwähnt, dass sie in der Ortschaft nicht sonderlich gut angesehen sei.

»Aber mach dir nichts draus. Wir haben mit den Leuten kaum was zu tun.«

Wir hatte sie gesagt, als sei es schon beschlossene Sache gewesen, dass Anne zu ihr kommen würde. Dabei hatte Anne zu dem Zeitpunkt, zwei oder drei Tage nach Tillys Besuch mit dem traumatisierten Hugo, noch nicht ernsthaft an einen solchen Schritt gedacht. Für Tilly jedoch hatte es offenbar von Anfang an keinen Zweifel gegeben.

Wie viel Zeit war vergangen? Zwei, drei Sekunden? Oder ein paar Minuten?

Erschrocken stellte Anne fest, dass sie immer noch den dünnen Mann anstarrte. Auch er hatte den Blick nicht von ihr gelöst. Es war, als seien sie eingefroren in der Zeit, stumm, unfähig, sich abzuwenden.

Kälte kroch durch ihr Innerstes, zugleich verspürte sie den Wunsch zu lächeln. Vielleicht nur, um zu sehen, ob er zurücklächeln würde.

Es gelang ihr nicht.

Ein Mädchen tauchte an seiner Seite auf. Es mochte sechzehn oder siebzehn Jahre alt sein und ähnelte ihm auf eine jugendliche, lebendige Weise.

»Papa, was stehst du hier rum und glotzt die olle Eiche an? Ich bin schon seit einer Stunde am Verhungern.«

Erst jetzt entdeckte es Anne, die im Halbdunkel unter dem Blätterdach saß.

»Hi.«

»Hallo.«

Das Mädchen schaute von seinem Vater zu Anne und wieder zurück.

»Sorry, der ist sonst nicht so.«

»Wie denn?«, fragte Anne, die nach wie vor das Gefühl hatte, nicht ganz da zu sein.

»So stumm und glotzend.« Das Mädchen näherte sich Anne und reichte ihr die Hand. »Hi, ich bin Kyra, und das ist mein Vater, Doktor Carsten Sörensen.«

»Ach ... Sie ...«, stammelte Anne. Hatte Tilly den Arzt nicht erwähnt? Kurz war sie unsicher. Doch, jetzt wusste sie es wieder. Das war der Beinahe-Mops-Mörder.

Dann kam sie endlich wieder zu sich, stand auf und erwiderte den Händedruck. »Anne Winkler.«

Auf einmal kam Bewegung in Doktor Sörensen. Er trat ebenfalls auf sie zu, verschränkte die Arme jedoch auf dem Rücken, als müsse er vermeiden, Anne zu berühren.

»Winkler? Sind Sie mit Tilly Winkler verwandt?«

»Ich bin ihre Nichte.«

»So.«

Er zögerte, fuhr dann aber fort: »Es ist gut, dass Sie da sind.«

»Wie meinen Sie das?«

»Nun, jemand muss sich um Frau Winkler kümmern. Sie ist ... sehr allein da draußen.«

»Woher wollen Sie das wissen?«

Anne fand dieses Gespräch absurd. Soweit sie informiert war, hatte Tilly den Arzt nur einmal gesehen. An dem Tag, an dem er Hugo überfahren hatte. Was ging ihn Tillys oder ihr eigenes Leben an? Selbst wenn er in den vergangenen zwei Wochen ihrer Tante weitere Besuche abgestattet haben sollte, war die Bemerkung pure Anmaßung. Sie hatte sich schon eine scharfe Antwort zurechtgelegt, als sie wieder den Blick aus seinen dunklen Augen auffing.

Diesmal entdeckte sie Wärme darin, und für diesen einen kurzen Moment schien es ihr, als läge sie in seinen Armen und ließe sich sanft umfangen.

»Uff!«

»Bitte?«

Anne konzentrierte sich auf ihre Schuhe und verscheuchte mit aller Macht die absolut unpassende Vision. »Ich habe gefragt, woher Sie wissen wollen, dass Tilly einsam ist. Sie sind kein Freund von ihr.«

»Das ist unerheblich«, erwiderte er steif. »Ihre Tante hat bekanntlich keine Freunde, aber ich schaue nach ihr, wann immer ich Zeit habe. Und ich hoffe, dass Sie eine Weile bleiben.«

Wegen Tilly oder wegen dir?, wollte sie am liebsten fragen. Hast du auch diese Schwingung zwischen uns gespürt? Oder bilde ich mir alles nur ein?

Sie tippte auf Letzteres, als sie sah, wie sein Interesse schlagartig erlosch.

Dafür lag auf Kyras Gesicht ein Strahlen.

»Hey, das ist ja klasse. Ich wusste gar nicht, dass Tilly Verwandte hat. Ich mag die alte Dame echt gern. Sie benimmt sich überhaupt nicht wie andere Frauen. Hab sie kennengelernt, nachdem Papa den armen Mops umgenagelt hat. Wenn ich Zeit habe, besuche ich sie. Und Hugo. Aber das ist ein komischer Hund, der knurrt mich immer an.«

Sörensen warf ihr einen kurzen Blick zu. Offenbar wusste er nicht, ob ihm diese Neuigkeit gefiel. Anne schätzte, er hatte es nicht gern, wenn seine Tochter Zeit bei der verrückten Tilly verbrachte.

Kyra achtete nicht auf ihn, sondern sprach munter weiter. »So eine lustige Oma hätte jeder gern. Meine sind ja beide schon tot.«

Sörensen zuckte bei dem Wort »tot« sichtlich zusammen, aber Kyra nahm es gar nicht wahr.

»Neulich wollte sie mit mir um den Riesenholunder herumtanzen und dazu ein Kinderlied singen. Irgendwas vom Hollerbusch oder so. Aber ich hatte keine Zeit dafür. Hab immer viel zu tun. Deswegen kann ich nicht so oft hin. Schule und so. Hat gerade wieder angefangen und ist ziemlich anstrengend.«

Ein Schatten flog über ihr Gesicht, ganz kurz nur, aber Anne sah ihn deutlich. Hinter der lockeren Art des Mädchens steckte ein tiefer Kummer.

Anne rieb sich die Stirn. Seit wann war sie mit hellseherischen Fähigkeiten ausgestattet? Wahrscheinlich hatte Kyra bloß Ärger mit den Lehrern oder mit einem Freund.

Und doch. Da war etwas Dunkles, sie spürte es, und in diesem kurzen Augenblick hatte Kyra ihrem Vater noch sehr viel ähnlicher gesehen. Auf eine Weise, die Anne nicht verstand, fühlte sie sich zu dem Mädchen hingezogen. Nur zu dem Mädchen, betonte sie im Stillen. Nicht zu dem Landarzt, der aussah wie der Ritter von der traurigen Gestalt – ganz ohne glänzende Rüstung und ohne edles weißes Pferd.

Hm.

Der Gedanke an einen Ritter war jetzt kontraproduktiv, befand Anne. Sie musste ziemlich viel Willensstärke aufbieten, um sich daran zu erinnern, dass sie hier war, um ein neues Leben zu beginnen. Ein Mann hatte in diesem Plan nichts zu suchen.

Zumindest vorerst.

Für eine Weile.

Fünf Minuten?

Anne kaute auf der Innenseite ihrer Wange herum, damit sie bloß nichts Falsches tat oder sagte.

Stille war entstanden, und keiner der drei durchbrach sie.

Dann klingelte ein Handy. Doktor Sörensen griff in seine Hosentasche und holte ein altmodisches Gerät hervor.

Kurz lauschte er und sagte dann: »Ich bin in zehn Minuten da. Wenn wir Glück haben, schafft sie es noch ins Krankenhaus nach Travemünde.«

Kyra zog einen Flunsch und sah damit aus wie höchstens zwölf.

»Mann, Papa! Es ist Sonntagabend. Du hast es mir fest versprochen!« Sie deutete mit dem ausgestreckten Arm zum Restaurant »Nordwind«.

»Es tut mir leid«, murmelte er.

»Glaub ich nicht. Du bist froh, dass du mich schon wieder los bist.«

»Rede keinen Unsinn, Kyra. Das Baby von Birthe Möller hält sich nicht an einen Zeitplan.«

»Sie sind Gynäkologe?«, fragte Anne dazwischen. Die plötzlich so angespannte Stimmung zwischen Vater und Tochter war ihr unangenehm. Sie fühlte sich wie ein Eindringling und wünschte sich ganz weit weg. Am liebsten zurück nach Hamburg.

»Allgemeinmediziner«, erwiderte er knapp, schon halb zum Gehen gewandt.

»Papa bringt alles in Ordnung«, fügte Kyra hinzu. »Vom Hühnerauge bis zum Gerstenkorn.« Sie grinste dazu. Offensichtlich war sie an seine unmöglichen Arbeitszeiten gewöhnt und hatte ihm bereits verziehen. »Nun hau schon ab. Sonst geht Bauer Möller noch mit der Mistgabel auf dich los, weil du seinen Erstgeborenen warten lässt. Oder er lädt dich zu einem Bad in der Jauchegrube ein. Dann stinkst du unsere Bude voll.«

Sie schaute über den Marktplatz zu einem zweistöckigen Gebäude mit spitzem Dach. Anne vermutete, dass sich dort sowohl die Arztpraxis als auch die Wohnung der Sörensens befand.

Selbst im schwachen Licht der Laternen wirkte es weniger gepflegt als die übrigen Häuser. Es gab keine Blumenkübel vor der Haustür, hier und da blätterte der Putz ab, und die Fenster waren schmierig.

Kyra gab ihrem Vater einen schmatzenden Kuss auf die Wange und winkte ihm nach, als er zu einem Jeep eilte, der am Rande des Marktplatzes geparkt war. Dann drehte sie sich zu Anne um.

»Mein Problem ist, dass ich nichts zu essen im Haus habe. Und allein gehe ich nicht in den schicken Laden da. Die Kneipe ist auch nicht mein Ding, und der schöne Döner-Imbiss hat letzten Monat dichtgemacht. Zu wenig Kundschaft. Sie wissen schon: Was der Bauer nicht kennt, das frisst er nicht.«

Anne zwinkerte ihr zu. Im Stillen fragte sie sich, wo die Mutter des Mädchens war, laut sagte sie jedoch nur: »Ich würde Sie ja begleiten, aber Tilly wartet auf mich, und ich bin schon überfällig.«

»Bitte sagen Sie du und Kyra zu mir. Bloß nicht solche Steifheiten. Das finde ich schon in der Schule ziemlich anstrengend.«

»Dann bin ich Anne.«

»Super.«

Wieder gaben sie sich die Hand, und es war, als schlössen sie einen Bund, den keine von beiden so recht verstand.

»Krass«, sagte Kyra.

»Verrückt«, meinte Anne.

Dann grinsten sie sich an, und nur ganz kurz war da wieder der Schatten auf Kyras jungem Gesicht. Aber sofort fing sie sich wieder.

»Ich weiß, was wir machen. Ich zeige dir den Weg zu Tilly. Vielleicht brät sie mir ja ein paar Spiegeleier. Das ist so ziemlich das Einzige, was sie gut kann, aber es ist okay. Papa soll mich nachher da abholen.«

»Abgemacht.«

Wie zwei alte Freundinnen überquerten sie den Marktplatz. Oder wie Mutter und Tochter, dachte Anne verwirrt. Schnell schüttelte sie den Gedanken ab.

Kyra lotste sie zu der winzigen Straße, die eher eine Gasse war und die Anne dreimal übersehen hatte. Sie war so schmal, dass sie Angst um ihren Wagen bekam, aber zum Glück hörte sie keinerlei Schleifgeräusche.

»Hier fährt sonst keiner längs«, erklärte Kyra. »Ist eigentlich nur für Fußgänger oder Radfahrer. Du hättest außen rum die neue Umgehungsstraße nehmen müssen, dann wärst du viel schneller zum Holunderdorf gekommen.«

»Tilly hat es mir so erklärt.«

»Typisch. Die Straße ist schon im Juni eingeweiht worden, aber sie scheint das ständig zu vergessen. Dein Navi hätte es allerdings richtig machen können.«

»Ich habe keins«, gestand Anne. »In Hamburg kenne ich mich aus, und für größere Autotouren hatte ich in den letzten Jahren nie Zeit.«

»Was machst du denn so?«

Sie erzählte dem Mädchen von ihrem Partyservice und erntete mehrfach ein »Cool« und ein »Krass«.

Schließlich meinte Kyra noch: »Jetzt habe ich erst recht Hunger.«

Anne lächelte und konzentrierte sich aufs Fahren. Nach den letzten Häusern ging die Gasse in einen unebenen Feldweg über, den offenbar sonst nur landwirtschaftliche Fahrzeuge benutzten. Ihr Kleinwagen jedenfalls holperte schwer durch die breiten Radspuren von Traktoren. Dunkelheit hatte sich übers Land gelegt, und Anne starrte angestrengt auf die kurze Strecke, die von den Scheinwerfern beleuchtet wurde.

»Es ist bestimmt sehr schön hier«, sagte sie zu Kyra. »Tilly hat mir einiges über die Gegend erzählt. Bloß sehe ich nichts davon.«

»Dafür hast du noch genug Zeit«, gab das Mädchen zurück. »Ab morgen früh kannst du Felder, Wiesen, Hügel und Knicks so lange bewundern, bis dir langweilig wird. Und den Riesenholunder, auf den Tilly so abfährt, und das Meer, die Steilküste, den ganzen Kram.«

Nach ausgeprägter Heimatliebe klang das nicht.

Anne schenkte ihr ein schnelles Lächeln. »Lass mich raten. Du kannst es kaum abwarten, von hier wegzukommen.«

»Ja und nein«, erwiderte Kyra. »Ich würde schon gern weg, vielleicht ein Jahr nach Australien oder so. Aber es ist kompliziert.«

Als keine weitere Erklärung folgte, ließ Anne es gut sein. Nur nach Kyras Alter erkundigte sie sich noch.

»Siebzehn. Wenn alles klappt, mache ich nächstes Jahr mein Abi.«

»Das ist toll.«

Es schien, als wollte Kyra noch etwas hinzufügen, stattdessen streckte sie den Arm aus.

»Da vorn, siehst du die Asphaltstraße? Die führt von der Umgehung direkt auf diesen Weg. Und da drüben ist auch schon das Holunderdorf. Blöder Name, findest du nicht? Ich kann dieses Gewächs nicht ausstehen.«

Anne wollte fragen, warum, aber da sprach Kyra schon weiter: »Tilly hat sogar ein selbstgemaltes Schild aufgestellt. Meine Freunde und ich hätten auch ein paar andere Vorschläge gehabt.«

»Nämlich?«, fragte Anne, nahm den Fuß vom Gas und fuhr im Schritttempo weiter. Sie musste plötzlich an Doktor Sörensen und den armen Hugo denken. Ihr Auto besaß definitiv keine so hohe Karosserie wie ein Jeep. Also, schön vorsichtig!

»Ach, Villa Schreckenstein, zum Beispiel. Oder Place of Horror.« Sie kicherte. »Der alte Fischer Thies hat mal gehört, wie wir uns Namen ausgedacht haben, und dann hat er gemeint, es sei doch ganz einfach. Zu seiner Zeit hätte man so was ein Zigeunerlager genannt.«

Anne wollte sie schon zurechtweisen und dem alten Fischer bestellen lassen, rassistische Bemerkungen würde sie nicht dulden, als sie das Holunderdorf erreichten. Sie bremste das Auto ab, hielt, stieg aus und schaute sich in der Dämmerung mit einer Mischung aus Belustigung und Entsetzen um.

»Ich finde«, sagte sie langsam, »Place of Horror trifft es am besten.«

9. Kapitel

Oder Geisterdorf, dachte Anne bei sich. Nichts regte sich, kein Laut war zu hören. Nur die Pappeln am Rand des Grundstücks rauschten leise im Abendwind. Zwei große und ein kleiner Wohnwagen standen um einen zentralen Platz herum, in dessen Mitte sich eine erloschene Feuerstelle befand. In rund zehn Metern Entfernung gab es noch einen alten Bauwagen, von dem eine schmutzig grüne Farbe abblätterte, und wiederum vielleicht zwanzig Meter weiter stand das einzige aus Ziegelsteinen errichtete Gebäude. Es wirkte massiv, war aber, soweit Anne es erkennen konnte, von einmaliger Hässlichkeit. Vier schiefe Wände und ein Flachdach, das aussah, als wollte es jeden Moment herunterrutschen.

»Tilly hat gesagt, der eine Mitbewohner hätte sie angelogen«, erklärte Kyra, die ebenfalls ausgestiegen war und nun neben Anne stand.

»Inwiefern?«

»Er hat behauptet, er wäre nicht nur Musiker, sondern auch Maurer. Der hat das Ding da verbrochen. Vielleicht war er beim Bau auch bekifft.«

Sie feixte, als sie Annes besorgte Miene sah.

»Kein Stress. Hat bloß Tilly erzählt. Ich habe hier noch

kein Gras gesehen, also außer dem, was reichlich auf der Erde wächst.«

»Was sollte das denn mal werden?«, fragte Anne, die bereits brennend bereute, überhaupt hergekommen zu sein. Sie hatte geahnt, dass in Tillys Ökodorf nicht alles perfekt war, aber sie hätte sich im Leben nicht vorstellen können, wie primitiv, halb fertig und verlassen dieser Ort sein würde.

»So eine Art Hofladen, wo die eigenen Produkte verkauft werden sollten. Ziegenkäse, Hühnereier, Bauernbrot und so 'n Kram.«

»Interessant. Ich sehe hier bloß weder Ziegen noch Hühner.«

Kyras Grinsen wurde breiter. »Tja, dumm gelaufen. Bis zur Anschaffung von Tieren sind die Leute nicht gekommen. Sind ja alle nach und nach abgehauen. Und ein Feld haben die auch nie bestellt, um Weizen für ihr Bauernbrot zu ernten. Aber drinnen sieht die Bude besser aus, ehrlich. Da gibt es sogar eine Küche und eine Backstube mit einem großen Ofen. Alles voll funktionsfähig. Ich glaube, da sind Handwerker aus Glückshafen eingesprungen. Ich habe gehört, eine der Frauen hier hatte was mit einem Elektriker. So eine depressive Managerin. Und mit einem Installateur auch. Oder es war nur ein einziger Typ, der gut war in beiden Berufen. Danach war sie anscheinend wieder besser drauf. Ein paar andere Männer haben auch noch geholfen und dafür ... Tja, keine Ahnung, wie die bezahlt wurden. Sodom und Gomorrha, hat Papa dazu gesagt.«

Im Stillen gab Anne Doktor Sörensen vorbehaltlos recht, dennoch gefiel ihr das schiefe Bauwerk immer besser, je länger sie es betrachtete. Vielleicht lag es an der zunehmenden Dunkelheit, oder ihr Blick war nach einem langen Tag nicht mehr so scharf wie gewohnt. Sie fand auf einmal, es hatte einen gewissen Charme. Mochte es hässlich sein und von niemandem genutzt werden – es strahlte etwas Trotziges, etwas Starkes aus.

»Uns kriegt keiner klein«, flüsterten die schiefen Mauern.

»Und mich weht kein Sturm aus Nordost weg«, fügte das Dach hinzu.

Ja, klar!

»Wir halten was aus«, raunten sie gemeinsam.

Anne schlug sich mit den Fingerspitzen auf die Ohren. Sie hatte das jetzt nicht gehört! Sie drehte nicht schon am Abend ihrer Ankunft durch! Das waren bloß die Pappeln, die ein bisschen lauter rauschten.

»Alles okay?«, fragte Kyra.

»Sicher.«

»Fließendes Wasser, Toiletten und Licht hat es auch«, fuhr das Mädchen fort. »Und eine Gasheizung. Dafür sind extra Rohre und Leitungen gelegt worden. Der volle Luxus hier draußen. Und der Stromanschluss reicht sogar bis zu den beiden größeren Wohnwagen. Tilly hat mal gesagt, irgendein Typ namens Carlo darf nie erfahren, wie weit sie mit der Erschließung des Areals schon gekommen ist. Sonst bringt der sie um die Ecke. Ich habe das nicht verstanden, aber manchmal redet sie halt ein bisschen wirres Zeug.«

»Interessant«, murmelte Anne. Ihr hatte Tilly auch nichts davon gesagt, dass zumindest dieses eine Gebäude schon vollständig an die Zivilisation angeschlossen war. Vielleicht misstraute sie sogar ihrer eigenen Nichte. Womöglich dachte sie, Anne würde sich hier ins gemachte Nest setzen und die Tante ins Altersheim abschieben.

Ach, Unsinn!

Tilly hatte bei ihrem Besuch wahrscheinlich nur vergessen, ihr von diesem geplanten Hofladen zu erzählen. Oder sie hatte es für unnötig gehalten, da aus dem Projekt ja nichts geworden war. Noch einmal ließ sie ihren Blick über die schiefen Mauern und das schräge Dach gleiten.

»Und es bricht nicht zusammen?«

Kyra schüttelte den Kopf. »Wenn ich das richtig mitgekriegt habe, wird das Ding mindestens so alt wie der Schiefe Turm von Pisa. Da ist mal einer vom Bauamt gekommen. Der hat gesagt, erklären kann er es nicht, aber die Statik stimmt. Willst du es dir anschauen? Ist nicht abgeschlossen.«

»Vielleicht morgen, bei Tageslicht.« Anne drehte sich um, obwohl die flüsternden Stimmen sie drängten, näher zu kommen.

Diesmal rieb sie sich nur unauffällig über die Ohren, und nachdem sie sich abgewandt hatte, fühlte sie sich besser. Gleichzeitig schien es ihr, als würde sie jemanden im Stich lassen.

Jemanden?

Oha!

Bloß einen hässlichen Kasten, der gemeinsam mit den Wohnwagen und dem Bauwagen die Landschaft verschandelte, entschied sie, konnte sich selbst aber nicht vollends überzeugen. Das merkwürdige Gefühl blieb, und erst, als sie sich vornahm, gleich am nächsten Morgen das Gebäude gründlich zu besichtigen, verhallten die leisen Stimmen.

Anne konzentrierte sich wieder auf das Hier und Jetzt, auf den Platz, das erloschene Feuer, die Wohnwagen.

»Wieso brennt hier nirgends Licht?«

»Keine Ahnung«, erwiderte Kyra. »Vielleicht schläft Tilly schon.«

»Um neun Uhr abends? Und obwohl sie weiß, dass ich heute ankomme?«

Kyra hob die Schultern. »Wir können ja nachsehen.«

»Okay.«

Kyra führte Anne zu einem der beiden größeren Wohnwagen und klopfte an die Tür. Als keine Reaktion kam, hieb sie mit der Faust dagegen. Von innen erklang hysterisches Gebell.

»Ich bin's, Hugo! Deine Freundin Kyra!«

Das Gebell nahm an Lautstärke zu, überschlug sich und wurde nur durch ein Japsen unterbrochen, als dem Mops zwischendurch die Luft ausging.

»Freundin, na ja«, bemerkte Kyra. »Ich arbeite daran.«

Anne legte ihr eine Hand auf die Schulter. »Mach dir nichts draus. Hugo mag niemanden außer Tilly.«

Endlich hörten sie leichte Schritte, ein mattes Licht ging an, und gleich darauf wurde die Tür aufgerissen.

Eine verschlafene alte Frau mit wirrem grauem Haar schaute heraus. Sie trug einen dunkelblauen Kaftan und eine Sandale am linken Fuß. Der rechte war, soweit Anne es erkennen konnte, nackt. Ihre Augen wirkten verschleiert. Anne fragte sich, ob ihre Tante dringend eine Brille brauchte und ob sie nur aus Eitelkeit keine trug. Vielleicht täuschte der Eindruck aber. Das Licht war wirklich schwach.

»Wer sind Sie? Was wollen Sie?«

»Ich bin es. Anne.«

»Und Kyra.«

Hugo kam hinter Tilly hervorgeschossen, baute sich vor den Besucherinnen auf und bellte heiser.

»Hast dich wohl schon ausgepowert, was?«, fragte Kyra. »Mir machst du keine Angst.« Trotzdem wirkte sie erleichtert, als Tilly ihm befahl, in sein Körbchen zu gehen. Der Mops trollte sich unter leisem Protest.

»Was wollt ihr hier?«, verlangte sie dann zu wissen. Ihre Stimme klang undeutlich. »Kyra, schickt dich etwa dein Vater, um bei mir zu spionieren? Und du, Anne? Will mein Bruder mich für unzurechnungsfähig erklären lassen, und du sollst ihm Beweise liefern?«

Die ganze Person wirkte unglaublich wütend, und die beiden jüngeren Frauen wichen unwillkürlich zurück.

»Frau Winkler«, begann Kyra unsicher.

»Tilly«, sagte Anne.

Dann verstummten sie beide.

Im nächsten Augenblick ging eine Verwandlung mit Tilly vor sich, so schnell, dass Anne es kaum mitbekam. Auf einmal war der Blick ihrer Tante scharf wie immer, die Stimme wurde fest, und selbst die Haare fielen glatt und kaum noch verstrubbelt auf ihre Schultern.

Wahrscheinlich hat sie tatsächlich schon geschlafen, dachte Anne bei sich. Und jetzt musste sie erst mal richtig wach werden.

Das mit den Haaren machte auch Kyra zu schaffen, denn sie starrte wie gebannt darauf, während Tilly nun loslegte: »Wieso kommst du erst um diese Zeit, Anne? Es ist ja schon mitten in der Nacht. Ich habe dich am Nachmittag erwartet. Verspätung ist unhöflich. Du hättest mir wenigstens mitteilen können, dass du unpünktlich bist. Das hast du von deiner Mutter. In meiner Familie halten wir Verabredungen auf die Minute genau ein. Vier Uhr war abgemacht, hast du das vergessen? Wenn das mit dir hier so anfängt, war es wahrscheinlich keine gute Idee, dich einzuladen.«

Als sie zwischendurch atmen musste, warf Anne ein: »Ich bin in Hamburg später losgekommen als geplant, weil ich noch ein paar letzte Dinge erledigen musste. Und ich habe mich in Glückshafen verfahren. Außerdem habe ich ein paarmal versucht, dir Bescheid zu geben, aber dein Handy war aus.«

»Papperlapapp. Alles faule Ausreden. Du hast eben kein Benehmen.«

»Und es ist erst neun Uhr abends«, sagte Anne eingeschnappt. »Mitten in der Nacht ist ja wohl übertrieben.«

Tilly hörte ihr gar nicht zu. Sie zeigte mit dem Finger auf Kyra. »Und was willst *du* hier? Außer meinen armen kleinen Mops verrückt machen?«

Das Mädchen ließ sich nicht länger einschüchtern. »Kann ich auch mal so ein Teil anziehen?«, fragte es unbeeindruckt und deutete auf den Kaftan. »Sieht toll aus. Wenn ich mit so einem Ding morgen in die Schule gehe, wird das echt witzig.«

»So witzig, dass du von deinen Lehrern eins hinter die Löffel kriegst«, gab Tilly zurück. Plötzlich friedlich, fügte sie hinzu: »Na komm, ich zeig dir, was ich so im Schrank habe. Und du kannst was zu essen machen, Anne. Die Deern hier sieht aus, als hätte sie Hunger.«

Sie machte zwei Schritte zurück, so dass Anne und Kyra nacheinander den Wohnwagen betreten konnten, nachdem sie die zwei Stufen des Treppchens vor der Tür hochgestiegen waren. Dann schaltete sie die Deckenbeleuchtung ein.

»Die Küche ist dahinten.«

Prima, dachte Anne bei sich. Sie hätte erst einmal auspacken und sich nebenan im zweiten großen Wohnwagen einrichten wollen, aber wenn Tilly Befehle erteilte, gab es anscheinend keinen angemessenen Widerspruch.

Sie fand die winzige, aber komplett eingerichtete Küche und inspizierte die eher mageren Vorräte. Einen Moment musste sie überlegen, dann entschied sie, was sie kochen würde, und machte sich an die Arbeit.

»Göttlich!«, rief Kyra eine halbe Stunde später mit vollem Mund aus. Über Jeans und T-Shirt trug sie einen nachtschwarzen Kaftan und sah damit ein bisschen aus wie ein Teenager in einer Schulaufführung von »Tausendundeiner Nacht«, während sie selbst wohl hoffte, exotisch und geheimnisvoll zu wirken.

»Igitt!«, sagte Tilly. »Viel zu süß! Gibt es nichts Vernünftiges? Ein Schmalzbrot? Bratkartoffeln? Spiegeleier?«

Anne beschloss, nicht schon wieder beleidigt zu sein. »Ich habe das Beste aus dem gemacht, was ich gefunden habe.«

Die drei drängten sich um einen winzigen Resopaltisch, der kaum Platz für eine Person bot.

»Aber das ist Babypampe«, gab Tilly zurück. »Nichts für eine erwachsene Frau.«

»Herzlichen Dank.« Anne war nun doch verdammt sauer. Tillys Art zerrte an ihren Nerven.

»Hör nicht auf sie«, sagte Kyra schnell. »Das ist superlecker. Habe ich ewig nicht gegessen.«

Sie beugte sich wieder über ihren Teller und schaufelte sich mehr Milchreis in den Mund.

»Woher hast du das Rezept?«, wollte sie dann wissen. »Ich koche oft zu Hause, und das hier wäre mal was anderes. Obwohl ich nicht weiß, ob Papa es essen würde. Als erwachsener Mann, meine ich.«

Und deine Mutter?, wollte Anne fragen. Sorgt sie denn nicht für die Mahlzeiten? Selbst in modernen Familien mit zwei arbeitenden Elternteilen blieb das Kochen meistens an den Frauen hängen. Jedenfalls in den Familien, die Anne kannte.

Aber sie verkniff sich die Frage.

Laut sagte sie: »Milchreis geht ganz leicht, man muss nur aufpassen, dass er nicht anbrennt, und deshalb immer wieder umrühren. Wenn du willst, zeige ich es dir mal.«

»Okay, aber warum ist der hier eigentlich so dunkel? Irgendwie lila, finde ich.«

Anne lächelte. »Zucker und Zimt fand ich ein bisschen langweilig. Deswegen habe ich Holunderbeerensirup dazugetan.«

»Ach so«, murmelte Kyra. Die Fröhlichkeit wich schlagartig aus ihrem Gesicht, die Schultern sackten nach vorn.

»Magst du keinen Holunder?«, fragte Anne. »Der wächst hier überall, nicht wahr? Und man kann viel daraus machen. Säfte und Tees, allerlei Gebäck und sogar natürliche Medizin.«

»Weiß ich«, erwiderte Kyra kurz angebunden.

Ratlos sah Anne zu Tilly. Die stand auf und räumte die Teller ab.

»Genug für heute. Es ist spät geworden. Kyra, du rufst jetzt deinen Vater an und fragst, ob er das Balg aus dem

Bauch dieser Bäuerin rausgezogen hat und dich abholen kann. Ich werde das Geschirr spülen, und du, Anne, machst dir nebenan dein Bett.«

»Äh ... in Ordnung.«

»Geht klar«, meinte Kyra.

»Und meinen schönen Kaftan ziehst du aus, bevor der Doktor dich darin sieht«, setzte Tilly hinzu. »Nachher wirft er mir noch vor, ich wolle aus seiner Tochter eine Hippiebraut machen.«

Auf Kyras Gesicht breitete sich ein frisches Grinsen aus, und sie war wieder das heitere Mädchen, das Anne bereits in ihr Herz geschlossen hatte.

»Ich versuch's mal eben bei Papa.« Sie griff unter den schwarzen Stoff und zog ihr Smartphone hervor. Das Gespräch war kurz. Sie erklärte ihrem Vater, wo sie war, wurde aber sofort unterbrochen, lauschte kurz und beendete dann den Anruf.

»Das kann noch dauern«, erklärte sie. »Aber macht nichts. Dann schicke ich jetzt Nils eine Nachricht, dass er mich abholt.«

Als sie die neugierigen Mienen der anderen beiden Frauen sah, setzte sie feixend hinzu: »Das ist meine On-off-Beziehung.«

»Deine was?«, fragte Tilly.

Anne tauschte ein kurzes Lächeln mit Kyra und erklärte dann ihrer Tante: »Ihr Freund, mit dem sie mal zusammen ist und mal nicht.«

»Aha. Ich sag's ja. Hippiebraut. Zieh den Kaftan aus. Der färbt auf dich ab.«

Anne und Kyra brachen in Gelächter aus, und es war, als hätte es den dunklen Moment eben nicht gegeben.

Sie wurden von einem Klopfen unterbrochen. Hugo, der friedlich geschlafen hatte, lief zur Höchstform auf. Er bellte wie verrückt und warf sich von innen gegen die Tür.

»Das geht hier heute ja zu wie auf einem Bahnhof«, murrte Tilly. »Wer will denn jetzt schon wieder was von mir? Mein armer kleiner Mops bricht sich noch sämtliche Knochen im Leib.«

»Dein Hund ist nicht normal«, bemerkte Anne.

»Definitiv«, stimmte ihr Kyra zu.

Erst als Tillys Stimme einen Befehlston annahm, bei dem auch Anne und Kyra unwillkürlich die Köpfe einzogen, kuschte Hugo und kehrte in sein Körbchen zurück. Allerdings blieb er aufrecht und angriffsbereit stehen, die Tür fest im Knopfaugen-Blick..

»Sie?«, hörte Anne ihre Tante sagen, nachdem diese geöffnet hatte. »Was zum Teufel wollen Sie schon wieder hier?«

»Papa?«, fragte Kyra verwirrt.

»Ich möchte nicht stören«, erklang eine Männerstimme, die Anne nicht kannte.

»Das tun Sie aber. Ich habe Besuch. Verschwinden Sie!«

»Wer ist das?«, raunte Anne Kyra zu.

»Ich glaube, Thies«, flüsterte diese zurück. »Thies Ahrens. Aber der redet sonst nicht so viel.«

Anne fand, dass vier Wörter nicht unbedingt viel waren, aber bevor sie etwas erwidern konnte, schoss Hugo wie eine Kanonenkugel aus seinem Körbchen und stürzte nach draußen.

Dass sein Frauchen die Stimme so laut erhoben hatte, war offenbar zu viel für sein ohnehin schwaches Nervenkostüm gewesen.

Ein tiefer Schmerzenslaut ertönte, ein kräftiger Fluch wurde hinterhergeschickt.

Tilly, die vermutlich um Hugos Leben fürchtete, schrie: »Fassen Sie ihn nicht an!«

»Der Mistköter hat mich in die Wade gebissen«, kam es zurück.

Im nächsten Moment zog Tilly den Mann samt Hund hoch in den Wohnwagen.

»Es ist wirklich der alte Fischer«, flüsterte Kyra.

Anne empfand augenblicklich Sympathie für ihn. Wer abgesehen von einem Schrei und einem Fluch die Fassung bewahrte, wenn ein Mops an seinem Bein hing, der musste ein besonderer Mensch sein.

»Aus, Hugo!«, rief Tilly.

Keine Reaktion.

»Er hat sich verbissen«, erklärte Thies ruhig. »Ist ein dicker Stoff, aber die Zähne sind durchgekommen.«

»Der erzählt ja Romane«, stellte Kyra fasziniert fest.

Tilly versuchte es wieder. »Hugo! Aus!«

Nichts zu machen. Anne, die der kleinen Küche am nächsten stand, dachte an den Inhalt des Kühlschranks und handelte. Sie erinnerte sich nämlich an zwei klägliche Scheiben Salami, die sie vorhin entdeckt hatte.

Ein Griff, dann drei Schritte zur Tür, wo Thies Ahrens kaum das Gesicht verzog, und schon wedelte sie mit der Wurst vor Hugos eingedrückter Nase herum.

Endlich ließ er die Männerwade los, schnappte sich die Salami und verschwand damit unter Tillys Bett. Sein Körbchen war ihm anscheinend nicht sicher genug. Mochte er ein kurzes Hundegedächtnis haben, aber Strafe fürchtete er schon.

»Die wollte ich selbst essen«, sagte Tilly böse, doch Anne spürte, wie erleichtert sie war.

»Dieser Mops ist ein Wurstmonster«, verkündete Kyra. »Meinem Vater hat er auch schon die Leberwurst weggefressen.«

Währenddessen krempelte Thies Ahrens sein Hosenbein hoch. Aus kleinen runden Wunden sickerte Blut.

»Ist nicht tief«, entschied er. »Aber Jod wäre gut.«

»Hab ich nicht«, knurrte Tilly.

»Nun, dann gehe ich ins Meer. Das Salzwasser desinfiziert am besten.«

»Sie sind bescheuert.«

»Ich weiß, was ich tue.«

Anne schaute zwischen Tilly und Thies hin und her. Ein schönes Paar gaben die beiden ab. Sie einen ganzen Kopf größer und nach wie vor sehr aufgebracht, er klein, kompakt und die Ruhe selbst. Da war etwas zwischen den beiden, befand sie. Etwas, das noch zu zart und scheu war, um es zu benennen. Im nächsten Moment musste sie grinsen. Zart und scheu waren keine Eigenschaften, die sich normalerweise beim Gedanken an ihre Tante aufdrängten. Auch zu dem Fischer passten sie nicht so gut.

Thies Ahrens ließ das Hosenbein wieder herunter und wandte sich zum Gehen. Draußen bückte er sich, hob einen länglichen Gegenstand auf und reichte ihn Tilly. Die nahm das Ding mit spitzen Fingern.

»Was soll das sein?«

»Ein Geschenk für Sie.«

»Für mich? Ich habe Ihnen nicht erlaubt, mir was zu schenken.«

Der Fischer hob kurz die Schultern, und in seinem Mundwinkel erschien der Anflug eines Lächelns.

»Als ich ihn unten am Strand gefunden habe, dachte ich, er könnte Ihnen gefallen.«

Kyra zückte unauffällig ihr Smartphone. »Ich muss das aufnehmen«, flüsterte sie. »Das glaubt mir sonst kein Mensch, dass der alte Thies hier massenhaft Reden schwingt. Ein kurzes Video auf YouTube, und er wird ein Star.«

»Untersteh dich«, befahl Anne und hörte wieder aufmerksam zu.

»Was sollte mir bitte schön an einem ollen Stein von der Form eines Rettichs gefallen?«, hakte Tilly nach. Sie wirkte nach wie vor wütend, aber sie schien sich auch bestens zu amüsieren.

»Er ist etwas Besonderes«, erklärte Thies geduldig. »Ein versteinerter Hering.«

Und als hätte er mit einem Schlag alle Worte aufgebraucht, verschwand er in der Dunkelheit.

Tilly knallte die Tür hinter ihm zu. Dann starrte sie Anne und Kyra an. »Ein versteinerter Hering. Ist das zu fassen? Kriege ich denn heute gar nichts Vernünftiges zu essen?«

Alle drei brachen in wieherndes Gelächter aus und beruhigten sich erst wieder, als draußen jemand nach Kyra rief.

»Das ist Nils«, sagte sie und schlüpfte rasch aus dem Kaftan. »Ciao. Bis bald mal.«

10. Kapitel

In der Lübecker Bucht zogen Mitte September die ersten starken Herbststürme ins Land. Die Ostsee schickte hohe Gischtwellen an die Ufer, Dünengras und niedrige Büsche duckten sich im Wind, und tief unter dem turmhohen Kliff trotzten mutige Sonntagsausflügler der Witterung und schritten, die Augen fest auf den nassen Sand gerichtet, auf der Suche nach Bernstein dicht am Wasser entlang.

Von ihrem umwehten Aussichtsposten aus konnte Tilly beobachten, wie die Menschen vor den heranbrechenden Wellen weghüpften, dann zurückliefen und im nächsten Augenblick schon wieder flüchteten. Sie hofften auf den einen großen Fund, den sie dann stolz wie einst die Sammler und Jäger um den Hals tragen würden, und entdeckten, wenn überhaupt, nur murmelgroße Stücke, die dann oft noch nicht einmal echt waren, sondern einfach nur hübsch gefärbte Steinchen.

Tja, dachte Tilly mit einer gewissen Genugtuung. Die kannten eben keinen alten Fischer, der genau wusste, wo man den Schatz der Ostsee suchen musste.

Heute früh hatte sie ein Stück Bernstein auf dem Treppchen vor dem Wohnwagen gefunden, während seine gedrungene Gestalt eilig hinter den Pappeln verschwunden war.

Idiot, hatte sie gedacht. Der traut sich nicht mehr, zu klopfen, legt mir aber seine Gaben vor die Tür.

Der Bernstein war groß wie ein Hühnerei, orangerot glänzend und mit einem Insekt darin, das vor rund fünfzig Millionen Jahren in der falschen Sekunde auf dem falschen Baum gesessen hatte und vom Harz eingeschlossen worden war. Eine Fliege vielleicht, oder eine überdimensionale Mücke. Tilly hatte es nicht bestimmen können.

An seiner Echtheit jedoch gab es keinen Zweifel. Sie war keine Expertin, aber sie hatte einige Bücher über ihre neue Heimat und deren Besonderheiten gelesen. Und so hatte Tilly zur Sicherheit mit dem Bernstein noch gegen ihre Zähne geklopft, und der ebenso dumpfe wie matte Ton war ein zusätzlicher Beweis gewesen.

Immerhin, hatte sie gedacht, mal ein anständiges Geschenk von dem Fischer. Allerdings schien er eine Vorliebe für eingeschlossene tote Tiere zu haben. Erst der versteinerte Hering am Abend von Annes Ankunft, dann vor etwa einer Woche ein großer, grünschwarz leuchtender Käfer in einem Stück Baumrinde – offenbar seit langem verendet und von winzigen Moospflänzchen bedeckt wie in einer Umarmung. Und nun diese Mückenfliege hier.

Wie auch immer. Dieses Präsent nahm sie ganz gern an. Was aber nicht bedeutete, dass Thies Ahrens sich irgendwas darauf einbilden durfte. Der sollte sich bloß von ihr fernhalten. Tilly hegte keineswegs die Absicht, mit dem kleinen Mann Freundschaft zu schließen. Nicht einmal eine lockere Bekanntschaft strebte sie an, und sie verstand nicht, was er überhaupt von ihr wollte. Ließ sich von Hugo beißen, ohne mit der Wimper zu zucken, und legte ihr trotzdem eine Woche später das besondere Stück Baumrinde und heute diesen prachtvollen Bernstein vor die Tür.

Vielleicht ließ sie sich den Stein sogar einfassen und trug ihn dann an einer Kette um den Hals. Dann würde sie unter den Touristen da unten herumstolzieren und mächtig mit ihrem Schmuckstück angeben.

Der Gedanke gefiel ihr, und sie lachte laut in den Wind hinaus, der sie jedoch mit seinem Tosen und Brausen glatt übertönte. Sie fühlte sich frei und klar im Kopf, bloß kalt war ihr. Tilly schlang die Arme um den Oberkörper. Sie hatte eine Jacke für ihren Spaziergang angezogen, trotzdem fror sie jetzt. Es war an der Zeit zurückzugehen. Hugo hatte sie gar nicht erst mitgenommen. Der hätte ihr bestimmt nur klägliche Blicke zugeworfen und ein Zittern nach dem anderen über sein kurzes Fell ziehen lassen. Er ließ sich sowieso kaum noch dazu bewegen, das Holunderdorf zu verlassen. Am liebsten lag er in seinem Körbchen, trottete nur für seine dringenden Bedürfnisse vor die Tür und spielte sich ansonsten als ihr Beschützer auf.

Dummer Hund!, dachte sie.

Nachdem er Thies Ahrens gebissen hatte, war sie ein paar Tage lang mit der Furcht aufgewacht, der Mann würde sie anzeigen.

Als nichts geschah, hatte sie sich wieder entspannt und dem alten Fischer insgeheim Respekt gezollt.

Na, und seine Geschenke konnten ja nur als Zeichen gewertet werden, dass alles vergeben und vergessen war.

Nach einem letzten Blick auf die tosende See machte Tilly kehrt und lief zurück.

Schon von weitem sah sie Anne am Riesenholunder stehen.

Tilly stieß ein Schnauben aus. Innerhalb von zwei Wochen hatte sich ihre Nichte zur Hollerexpertin entwickelt. Schon am Tag nach ihrer Ankunft war sie zu Tilly gekommen und hatte sie um all ihre Bücher über diese besondere Pflanze gebeten. Anschließend hatte sie sich kaum noch blicken lassen. Ja, sie war Tilly zur Hand gegangen, hatte eingekauft und gekocht, aber ihr Interesse an einem gemeinsamen Leben hier schien gleich null zu sein.

Wahrscheinlich, so mutmaßte Tilly, wollte ihre Nichte ein paar Experimente durchführen, vielleicht ein besonderes Rezept entwickeln und damit dann nach Hamburg zurückkehren, um ihren Partyservice aufzupeppen.

Diese Vorstellung machte sie verdammt wütend.

»Moin«, sagte sie missgelaunt, als sie näher gekommen war. Der Wind pfiff hier nicht so stark, dennoch war zu spüren, dass sich der Sommer vom Land verabschiedete.

»Hallo«, erwiderte Anne, ohne von ihrer Arbeit aufzusehen. Mit einer Gartenschere schnitt sie tellergroße Dolden ab, an denen reife, tiefschwarz glänzende Beeren hingen, und legte sie in einen geflochtenen Korb. Sie achtete peinlich genau darauf, die richtigen Triebe zu erwischen, denn sie wusste offenbar, dass die Beeren in Etappen reiften, und nahm nur jene Dolden, die sich schwer zur Erde neigten.

Tillys schlechte Laune entging ihr. Kein Wunder, sie lebte ja nur noch in ihrer eigenen Welt, und darin drehte sich anscheinend alles um den blöden Holunder.

Für den Moment vergaß Tilly einfach mal, wie sehr sie selbst den Riesenbusch liebte, und entschied, dass sie eine solche Nichte hier nicht brauchte. Sie hatte gedacht, sie könnte mit Anne lange Gespräche führen, ihr auf dem Weg in ein zufriedeneres Leben helfen, sich dabei – nun – nützlich und wertvoll fühlen.

Irgendetwas in der Art.

Aber nichts davon war bisher eingetreten. Anne schien ihre Traurigkeit schon am ersten Abend abgestreift zu haben und war so voller Tatendrang, dass Tilly sich überflüssig und alt vorkam.

Vielleicht spielte Anne ihr auch nur was vor, denn manchmal ertappte Tilly sie dabei, wie sie nachdenklich vor sich hin starrte. Aber schon im nächsten Moment rannte sie wieder los, erkundete die Gegend, besuchte in Glückshafen ein Internetcafé, um noch irgendwelche Recherchen über den Sch...-Holunder anzustellen, telefonierte stundenlang mit ihrer Kollegin Gesa und hatte sich, das wusste Tilly von der alten Paula, vorgestern, am Freitag, sogar mit dem Bürgermeister des Ortes getroffen.

Tilly ließ ein zweites Schnauben folgen, das glatt überhört wurde.

»Ich werde eine Leiter brauchen«, sagte Anne und richtete ihren Blick in die Höhe, wo schwere Dolden unerreichbar hingen. »Oder ich suche in den nächsten Tagen die Knicks der Gegend ab. Da ist der Holunder bestimmt auch schon reif.«

»Auf dass er dir zu den Ohren rauskommt«, brummte Tilly.

»Und wahrscheinlich muss ich einen Jungen finden, der mir bei der Ernte hilft. Ich habe eigentlich gar keine Zeit mehr dafür.«

Anne lächelte, und Tilly staunte über die Verwandlung,

die in dieser kurzen Zeit mit ihrer Nichte vorgegangen war. Alle Leblosigkeit war aus ihrem Gesicht gewichen, ihre Haut zeigte eine leichte Bräunung, der Blick war klar, die Fältchen rund um die Augen wirkten nicht mehr so tief eingegraben wie noch im August. Sogar ihr hellbraunes Haar hatte sich verändert. Weil Anne sich seit zwei Wochen oft im Freien aufhielt, hatte es einen goldenen Schimmer bekommen. Allerdings wurde es eher lieblos von einem Gummiband zusammengehalten.

Ohne nachzudenken, sagte Tilly: »Frag dich mal, ob es so klug ist, mit irgendeinem Geheimrezept wieder nach Hamburg zu fahren.«

Anne sah sie groß an. »Was?«

»Ist nur ein guter Rat von mir. Du scheinst ja hier regelrecht aufzublühen, auch wenn ich dich praktisch nicht zu Gesicht bekomme.«

Sie presste die Lippen zusammen. Verdammt! Das hatte stark nach Selbstmitleid geklungen, und sie war nicht die Frau, die Schwächen zeigte.

Nie gewesen!

Und sie würde heute nicht damit anfangen.

»Aber Tilly …«

»Vergiss es einfach!«

Anne stellte den Korb ab, legte die Gartenschere auf den Boden und verschränkte die Arme vor der Brust.

»Ich denke nicht daran. Komm schon! Was genau willst du mir sagen?«

Kämpferisch und stur, wie ich es einmal gewesen bin, dachte Tilly, und ihr Herz zog sich schmerzhaft zusammen. Stur war sie bis heute, aber echter Kampfeswille fehlte ihr. Sonst wäre sie mit ihrem Holunderdorf nicht so grandios gescheitert, sonst wäre es ihr vielleicht gelungen, mit den anderen Bewohnern besser auszukommen.

»Ist schon gut, Anne. Ich verstehe dich ja. Das hier ist kein Leben für dich. So abgeschieden vom Rest der Welt hält es niemand aus. Nur ich, vielleicht. Mach ruhig deine Experimente mit dem Holunder, backe ein paar Kuchen oder sonst was, und dann fahre mit den tollen Rezepten wieder heim. Du wirst in Hamburg bestimmt großen Erfolg damit haben.«

»Aha«, sagte Anne knapp.

Tilly wollte etwas hinzufügen, vielleicht, dass die Nichte ihr fehlen würde, dass auch andere Leute wie zum Beispiel Kyra oder sogar Doktor Sörensen sie vermissen würden, aber sie ließ es sein. Letzteres wäre ohnehin gelogen gewesen, da war sie sich ziemlich sicher.

Also schwieg sie.

»Hast du dein Geschenk bekommen?«, fragte Anne unvermittelt.

Tilly rollte mit den Augen. »Was hat das eine jetzt mit dem anderen zu tun?«

»Den Bernstein? Von Thies?«

»Ja, habe ich. Lag vor der Tür. Na und? Wieso weißt du überhaupt davon?«

»Gefällt er dir?«

»Den brauche ich so dringend wie ein Loch im Knie. Raus mit der Sprache! Was hast du mit dem Fischer zu schaffen?«

Anne räusperte sich umständlich, bevor sie fortfuhr: »Er war vorher bei mir. Ganz früh heute Morgen, als du noch geschlafen hast. Er fährt ja manchmal nachts mit seinem Kutter raus, das weißt du vielleicht.«

»Ja, ich frage mich nur, was er da macht, wenn er keine Netze mehr einholt. Hört er den Fischen beim Denken zu, oder was?«

»Zuzutrauen wär's ihm«, erwiderte Anne und wollte ein Lächeln mit ihr tauschen.

Tilly sah es in ihren Mundwinkeln zucken, blieb aber selbst todernst.

Seufzend fuhr Anne fort: »Als er zurückkam, haben wir uns beim ersten Tageslicht am schiefen Häuschen getroffen. Und in meiner ersten Woche hier sind wir uns in Glückshafen begegnet. Vor ein paar Tagen habe ich ihn sogar mal in seiner Kate besucht.«

»So«, sagte Tilly. Sie war verwirrt, begriff nicht, worauf Anne hinauswollte. »Wozu das Ganze? Seid ihr jetzt die besten Freunde oder was? Findest du keine Leute in deinem Alter, mit denen du dicke tun kannst? Der gute Doktor Sörensen zum Beispiel. Warum läufst du dem nicht mal zufällig vor die Füße?«

Sie sah, wie eine feine Röte über Annes Wangen zog.

Volltreffer, dachte sie. Da interessiert sich aber jemand mächtig für unseren Landarzt.

Anne wischte sich die Hände an ihren Jeans ab und merkte nicht, dass sie eine dunkle Saftspur von einigen geplatzten Holunderbeeren hinterließ. Sah aus wie altes Blut, fand Tilly.

»Doktor Sörensen ist ein vielbeschäftigter Mann«, sagte Anne leise und sah ihr dabei nicht in die Augen. »Und Kyra scheint mir leider aus dem Weg zu gehen. Ich verstehe das nicht. An meinem ersten Abend hier haben wir uns prima verstanden.«

»Bis du den Holundersirup in den Milchreis gekippt

hast«, korrigierte Tilly. Sie überlegte, ob sie Anne etwas über das Schicksal der Familie Sörensen erzählen sollte, das sie selbst inzwischen von ihrer Informationsquelle Paula Sievers erfahren hatte, entschied sich jedoch dagegen und kehrte zu ihren eigentlichen Fragen zurück. »Also? Was willst du von dem alten Mann? Es gefällt mir nicht, dass er hier rumlungert.«

Anne war in Gedanken noch woanders, aber endlich gab sie die gewünschte Antwort: »Wir werden Partner.«

»Was? Da brate mir doch einer einen Storch. Du und Thies?«

»Nicht, was du denkst, Tilly.«

»Ich denke überhaupt nichts.«

Nun, dachte sie, ein bisschen schon, aber das war zu lächerlich. Außerdem war Thies *ihr* Verehrer, oder wie immer man einen Kerl nennen wollte, der seltsame Gaben brachte.

»Wir werden Geschäftspartner.«

Es dauerte eine ganze Weile, bis das Wort in Tillys Kopf sickerte und nur noch mehr Fragen auslöste.

»Was für Geschäftspartner? Willst du ihn nach Hamburg verschleppen und als Kuriosität von der Ostsee ausstellen? Damit deine feinen Kunden fünfzig Euro für ein paar Holundertörtchen hinblättern?«

»Quatsch. Wie kommst du bloß darauf, dass ich wegwill? Ich eröffne ein Café. Und zwar hier bei uns. Es wird ›Annes schiefes Stübchen‹ heißen und Spezialitäten auf der Basis von Holunder anbieten. Ein, zwei Hauptgerichte und viele Nachspeisen, Törtchen und Kuchen.«

Tillys Knie wurden plötzlich weich, und sie ließ sich auf den Weg plumpsen.

»Herr im Himmel!«, stöhnte sie. »Wie kannst du mit so einer Neuigkeit so plötzlich herausplatzen? Nimm mal Rücksicht auf eine alte Frau.«

Anne hockte sich neben sie. »Entschuldige, ich wollte dich nicht erschrecken. Geht's wieder?«

»Ja«, brummte Tilly. Dann musste sie fast gegen ihren Willen lächeln. »Lass mich raten. Dein Café willst du in unserem schiefen Häuschen eröffnen.«

»Ganz genau.«

Sie gab sich Mühe, wieder ein strenges Gesicht aufzusetzen. So ganz gelang es ihr nicht. Wenigstens klang ihre Stimme scharf, als sie nachfragte: »Und wieso erfahre ich das erst jetzt?«

Anne schaute sie bittend an. »Ich hatte ja vor, es dir zu sagen. Spätestens an diesem Wochenende, aber ich wollte erst sicher sein, dass alles so klappt, wie ich es mir ausmale. Ich brauche ja auch die entsprechenden Lizenzen und Genehmigungen.«

Sie holte tief Luft und fuhr dann fort: »Und da kommt übrigens Thies ins Spiel. Er macht vielleicht den Eindruck eines Fischers, der nicht mehr ganz richtig im Kopf ist, aber das täuscht. Ich kenne ihn inzwischen besser. Der Mann ist mir eine große Hilfe. Vor allem bei den Behörden. Er kennt Gott und die Welt und hat mir schon einen Termin beim Bürgermeister und beim Bauamt verschafft. Außerdem wird er Werbung für mein Café machen und mir helfen, es herzurichten. Bisher habe ich ja nur in meinem Wohnwagen Rezepte ausprobiert, aber morgen wollen wir im Stübchen groß putzen, und dann nehme ich Küche und Backstube in Betrieb.«

»Pfft«, machte Tilly. Sie wusste nicht, was sie fühlen sollte. Enttäuschung, weil Anne sie bisher nicht in ihre Pläne einbezogen hatte? Erleichterung, weil Anne offenbar nicht vorhatte, so schnell nach Hamburg zurückzukehren? Oder gar Freude, weil Anne blieb und weil sogar neues Leben ins Holunderdorf ziehen würde, wenn das Café erst mal lief?

»Schätze, ich muss mich erst an den Gedanken gewöhnen. Das kommt alles ein bisschen verdammt plötzlich.«

»Ich weiß. Aber ich wollte dir keine falschen Versprechungen machen, bevor ich nicht sicher war, dass es klappen kann. Die Idee hatte ich übrigens schon in der ersten Nacht hier.«

»Ach was.«

»Ja«, sagte Anne fest. »Da habe ich von einer riesigen schiefen Holunderbeerentorte geträumt, die jeden Moment umzukippen drohte.«

»Interessant«, brummte Tilly schwach. »Von einer Torte zu einem Café in einem schiefen Häuschen muss man erst mal kommen.«

Anne grinste. »Die Luft hier hat mich anscheinend kreativ gemacht.«

»Hilf mir mal auf.«

Sie ließ sich auf die Füße ziehen und marschierte los, quer über die Wiese zum Holunderdorf.

Sie hörte, dass Anne ihr folgte und dann neben ihr herging. Der Korb schlug bei jedem Schritt gegen ihre Hüfte.

»Bist du wütend auf mich?« Annes Stimme klang verunsichert, beinahe ängstlich.

»Selbstverständlich. Du hättest mich von Anfang an einweihen sollen.«

»Aber …«

»Aber du hast dir gedacht, deine Tante ist bloß eine chaotische alte Frau im Kaftan, die dir mehr schaden als nützen kann.«

»Nein!« Annes gesenkter Blick sprach allerdings eine andere Sprache.

»Es ist in Ordnung, Kind. Ich verstehe dich sogar. Vielleicht hätte ich versucht, dir diese Schnapsidee auszureden. Du solltest ja hier zur Ruhe kommen und mal über dein Leben nachdenken. Dich nicht gleich mit aller Kraft in den Beruf stürzen.«

»Schnapsidee«, wiederholte Anne. »Genau das Wort hat Mama gebraucht, als es um dein Holunderdorf ging.«

Jetzt sahen sie sich an und lachten beide. Tilly schlug Anne so kräftig auf die Schulter, dass sie zusammenzuckte.

»Also gut«, sagte sie. »Ich bin einverstanden damit, dass hier bald schicke Cafébesucher naserümpfend über mein Grundstück dackeln werden. Unter einer Bedingung.«

»Und welcher?«

»Ab sofort mache ich mit.«

»Okay«, erwiderte Anne nach kurzem Zögern. »Und was möchtest du am liebsten tun?«

»Das wird sich finden. Bedienen vielleicht nicht, ich hab's nicht so mit der Freundlichkeit. Und mit Behördendingen kenne ich mich auch nicht aus. Das kannst du zusammen mit Thies erledigen. Mit irgendwelchen dummen Erbsenzählern würde ich nur die Geduld verlieren.«

»Hast du nicht erzählt, du wärst genau darin Fachfrau? Weil du einige Jahre lang bei einem Bauunternehmer gearbeitet hast?«

»Hab ich das? Bist du sicher? Ach ...« In ihrem Kopf

herrschte kurz ein heilloses Durcheinander, dann zuckte sie mit den Schultern. »Einerlei. Ich kann beim Backen helfen, oder ich putze. Irgendwas wird sich schon für mich finden.«

»High five.«

»Was?« Sie starrte auf Annes gehobene Hand und hob drohend den Zeigefinger. »Kenn ich nicht. Lass den Quatsch. Hast du das von Kyra?«

Anne ließ den Arm sinken, und alles Lachen verschwand aus ihrem Gesicht. »Ich habe dir doch schon gesagt, dass sie mich meidet. Nur letzte Woche habe ich sie einmal zufällig getroffen. Aber als ich ihr von meinem Café erzählen wollte, da ist sie einfach weggegangen. Ohne einen Gruß.«

»Wahrscheinlich hast du das böse Wort ›Holunder‹ ausgesprochen«, mutmaßte Tilly.

»Kann schon sein. Na und? Was ist denn so schlimm daran?«

Tilly seufzte. »Sagen wir mal, sie hat eine spezielle Allergie dagegen.«

»Was soll das denn sein? Etwa eine Krankheit? Du willst mich bloß veräppeln. Kannst du dich vielleicht etwas genauer ausdrücken?«

»Ich werd's versuchen. Du weißt, dass Sörensens Frau letztes Jahr gestorben ist?«

»Ja«, gab Anne leise zurück. »Thies hat es mir erzählt.«

»Und hat er dir auch verraten, was sie von Beruf war?«

»Nein. Er ist nicht besonders redselig, wie du weißt.«

»Nun, Mareike Sörensen war Heilpraktikerin, und sie hat sehr viel mit Holunder gearbeitet.«

»Oh … Mist!«

»Deshalb ist Kyra ein wenig empfindlich, wenn es um diese Pflanze geht.«

»Das konnte ich nicht wissen.«

Tilly grinste. »Deine Informationsquelle ist nicht halb so viel wert wie meine. Die alte Paula ist ein wahres Tratsch-Lexikon. Mach dir nichts draus, Anne. Die Deern wird das schon überwinden. Die ist nicht dumm. Sie braucht nur ein Weilchen, um ihren Kummer von der Freundschaft mit dir zu trennen. Aber mit unserem guten Doktor hast du ein echtes Problem.«

»Warum?«, kam es kleinlaut zurück.

Sie hatten inzwischen Tillys Wohnwagen erreicht. Drinnen winselte Hugo.

»Der Lütte muss raus«, sagte sie.

»Bitte antworte mir«, bat Anne.

»Ist aber eine ziemlich lange Geschichte.«

»Ich habe Zeit. Heute stehen nur Holundermuffins auf meinem Arbeitsplan, aber die kann ich auch am Nachmittag backen.«

»Du wirst etwas über deinen schicken dünnen Landarzt erfahren, was dir womöglich nicht besonders gefallen wird.«

Anne wurde blass. »Das ist mir egal.«

»Du lügst, doch ich werde es dir trotzdem erzählen. Vielleicht verstehst du dann besser, warum er dir aus dem Weg geht. Genau wie seine Tochter.«

»Der Doktor geht mir nicht aus dem Weg.«

»Und ob. Seit du hier bist, hat er mich nur zweimal besucht. Beide Male warst du unterwegs. Er schien darüber genauestens informiert zu sein, und wenn ich erwähnt habe, um welche Zeit ich dich zurückerwarte, hat er beide

Male peinlich genau darauf geachtet, vorher zu verschwinden.«

»Oh«, machte Anne.

Tilly achtete nicht auf sie, sondern dachte über Carsten Sörensen nach. Nun, da sie sein Schicksal kannte, verstand sie ihn besser. Offenbar suchte er ihre Nähe, weil er von ihr besonders unfreundlich behandelt wurde. Vermutlich war sie der einzige Mensch in weitem Umkreis, der ihn nicht mit Tonnen von Mitleid überschüttete und ihm insgeheim Vorwürfe machte.

Es musste die reinste Erholung für ihn sein. Sörensen hatte schwere Schuld auf sich geladen und einen entsetzlichen Verlust erlitten, und nur hier im Holunderdorf erlebte er so etwas wie einen normalen Umgang. Normal, na ja. Tilly Winkler war eine alte Kratzbürste, das wusste sie selbst. Aber offenbar schien ihm genau dieses Gebaren zu gefallen.

»Na, dann komm«, sagte sie zu Anne. »Und mach dich auf was gefasst.«

11. Kapitel

Anne saß auf der Bank unter der mächtigen Eiche und hielt ihr Gesicht in die warme Nachmittagssonne. Auf den Herbststurm am letzten Wochenende war nur drei Tage später ein herrlicher Altweibersommer gefolgt. Die Natur blühte noch einmal auf, und hier, auf dem Marktplatz von Glückshafen, liefen die Leute leicht bekleidet und mit lachenden Gesichtern an ihr vorbei. Nur von den zwei Menschen, die sie zu treffen hoffte, war keine Spur zu sehen. Ob sie es wagen sollte, einfach rüber zum Haus der Sörensens zu laufen? Sie könnte in die Praxis gehen und behaupten, sie wäre krank. Dann war der Doktor gezwungen, sie zu empfangen, und irgendwie würde sie vielleicht auch Kyra zu Gesicht bekommen.

Oder war es einfach nur idiotisch, ein Treffen erzwingen zu wollen? Warum lag ihr bloß so viel an diesen beiden Menschen?

Anne schloss die Augen und erinnerte sich an ihren ersten Abend hier in Glückshafen. Da war etwas passiert zwischen ihr und Carsten Sörensen, etwas, was sie seitdem nicht mehr losließ. Es war der Grund gewesen, warum sie sich mit so viel Eifer in ihr neues Projekt gestürzt hatte. Wenn sie hart arbeitete, Kalkulationen erstellte und mit Behörden verhandelte, musste sie nicht darüber nachdenken. Wenn sie das schiefe Häuschen mit Thies' Hilfe auf Vordermann brachte, hatte sie nicht ständig Sörensens Bild vor Augen. Wenn sie Holunderscones oder roten Käsekuchen buk und dabei mit den Zutaten experimentierte, bis sie das Besondere, das einzigartige Ergebnis erzielt hatte, das es auf ihre Speisekarte schaffen sollte, dann gelang es ihr für kurze Zeit, sie selbst zu sein: die erfolgreiche Geschäftsfrau, die selbständige Anne, die noch einmal neu begann und frei war von der sinnlosen Hoffnung auf Liebe und Zärtlichkeit. Wenn sie jedoch nichts zu tun hatte, lief sie Gefahr, an ihn zu denken. An die hagere Gestalt, das längliche Gesicht, an die dunklen, warmen Augen und an die silbrigen Fäden im etwas zu langen Haar. Dann schalt sie sich eine Idiotin, denn sie durfte nicht ihr Herz an einen Mann verlieren, dem sie nur einmal begegnet war. An einen Mann zudem, der schwach war und ihr nichts zu geben hatte. Kein Wort, keine Zuneigung. Der zwar pflichtbewusst seinem Beruf nachging, sich aber ansonsten vom Leben abschottete.

All dies wusste Anne von Tilly. Und sie kannte nun den Grund für sein Verhalten. Bloß – das machte es nicht besser, und sie hatte schwer damit zu kämpfen, weil sie sich einerseits nach ihm sehnte, ihn andererseits aber verachtete, seit sie seine Geschichte kannte. In ihren Augen war Carsten Sörensen ein Feigling, der lieber als leere Hülle durch seine Tage ging, anstatt einen neuen Anfang zu wagen.

Wirklich?, fragte sie sich sofort selbst. Durfte sie wirklich noch so hart über ihn urteilen, nachdem sie drei Tage lang über alles nachgedacht hatte?

Nein, eher nicht. Vielleicht begriff sie langsam, was

Tilly gemeint hatte, und vielleicht saß sie deshalb hier und hoffte auf ein Wiedersehen.

Wie hatte Tilly es am Sonntag formuliert? Anne sah stirnrunzelnd zum Blätterdach empor. Ach ja, sie wusste wieder jedes Wort: »Die Familie hat verdammtes Pech gehabt. Sörensen hat ein Jahr lang die Rückenschmerzen seiner Frau nicht ernst genommen. Und sie selbst ja auch nicht. Als Heilpraktikerin hat sie sich selbst behandelt, und sie war davon überzeugt, dass es nur Verspannungen waren. Tja, da haben die beiden ein echt beschissenes Team gebildet und dem Beelzebub alle Joker in die Hand gegeben. Als Mediziner hätte Sörensen darauf bestehen müssen, dass seine Frau alle möglichen Tests macht, und zwar bevor der Krebs in ihrem Körper eifrig Metastasen bilden konnte.«

»Ganz deiner Meinung«, hatte Anne erwidert, nachdem sie die Neuigkeit irgendwie verdaut hatte. »Das hätte er tun müssen. Und ich frage mich wirklich, warum er ausgerechnet bei seiner Frau so blind war. Er scheint doch sonst ein guter und geschätzter Arzt zu sein.«

Tilly hatte nur mit den Schultern gezuckt. »Tja, ich habe mir sagen lassen, Mareike Sörensen ist eine äußerst energische und selbstbewusste Frau gewesen. Vielleicht kam er einfach nicht gegen sie an.«

»Weil er ein schwacher Mensch ist.«

Da war es heraus gewesen, ihr Urteil über ihn. Ganz plötzlich und in jenem Moment voller Wahrheit. Und Anne hatte einen tiefen Seufzer hinterhergeschickt. Wieder so ein schwacher Mann, war es ihr durch den Kopf geschossen. Wieder einer, der sich nicht durchsetzen konnte und der dann, wenn etwas fürchterlich schiefgegangen war, einfach aufgab. Warum nur liefen ihr immer Männer dieses Schlages über den Weg? Wieso konnte sie nicht einmal jemanden kennenlernen, der stark war und der sein Leben im Griff hatte? Sie hatte grenzenlose Enttäuschung verspürt und war sogar wütend auf diesen Mann gewesen, obwohl da gar nichts war zwischen ihnen. Nur ein leises Empfinden, vielleicht.

Anne sah wieder den bösen Blick vor sich, den Tilly ihr zugeworfen hatte. »Du urteilst viel zu schnell, Kind. Das ist ausgesprochen dämlich.«

Anne hatte die Beleidigung hinuntergeschluckt. »Aber er hätte sich gegen seine Frau durchsetzen müssen. Sie auch gegen ihren Willen zu einem CT oder sonst was schleppen müssen.«

»Hätte, müsste, wäre. Wir waren nicht dabei. Wir können es nicht beurteilen.«

Eine Weile hatte Anne über alles nachgedacht, dann drängte sich ihr eine Frage auf. »Aber wenn seine verstorbene Frau sich so sehr gegen Untersuchungen gewehrt hat, warum glaubt Sörensen, dass er für ihren Tod verantwortlich ist?«

»Das ist kompliziert. Schuldgefühle sind ungefähr so nützlich wie ein Blindenstock für einen Tauben. Aber ich kenne keinen Menschen, der davon frei ist. Nimm zum Beispiel dich.«

Anne war verwirrt gewesen. »Mich?«

»Aber sicher. Willst du mir etwa weismachen, du hättest deinen Eltern gegenüber kein schlechtes Gewissen, weil du hierhergezogen bist? Und was ist mit deiner Geschäftspartnerin? Tut es dir nicht leid, sie mit der ganzen Arbeit alleingelassen zu haben?«

»Sie hat Sven«, hatte Anne gekontert. »Ihren Mann. Der ist in den Partyservice mit eingestiegen.«

»Das ist nebensächlich. Gib zu, dass du ebenfalls Schuldgefühle hast.«

Daraufhin hatte Anne einen Moment lang gegrübelt und sich bemüht, ehrlich zu sich selbst zu sein. Es war ihr nicht ganz leichtgefallen, vor allem, weil Tilly sie so streng fixierte.

»Ja, okay«, hatte sie schließlich zugegeben. »Vielleicht ein bisschen. Aber das ist nichts im Vergleich zu Carsten Sörensen. Der ist ja gar nicht richtig da. Der läuft wie ein Zombie durch sein Leben. Ist vielleicht kein Wunder. Er ist eben ein schwacher Mensch.«

Etwas in Tillys Blick hatte sich verändert. Etwas wie Mitleid hatte darin gelegen, oder Geringschätzung. Anne war sich nicht ganz sicher gewesen.

»Kind, du bist dümmer, als der Dorfbulle von Glückshafen erlaubt!«

»Na, hör mal! Ich …«

Mit erhobener Hand hatte Tilly sie zum Schweigen gebracht. »Du und deine unreife Vorstellung von starken Männern! Du kannst mir wirklich leidtun. Sörensen ist das genaue Gegenteil von schwach.«

»Wie man's nimmt.«

»Und ob! Er trägt sein schweres Schicksal, ohne zu zerbrechen. Er hält es aus, dass alle Welt schlecht von ihm denkt und ihn gleichzeitig mit Anteilnahme so zäh und stinkend wie ein verfaulter Ostseeaal verfolgt.«

»Oh.«

»Geht das langsam in deinen hohlen Kopf? Der Mann ist in meinen Augen ein Held. Er hätte auch aufgeben können, weißt du? Er hätte sich komplett von allem zurückziehen können. Von seiner Arbeit als Arzt und von seiner Verantwortung für Kyra. Aber das hat er nicht getan.«

»Nein«, hatte Anne geflüstert. Sie hatte Tilly den »hohlen Kopf« verziehen und sich gefragt, was in aller Welt sie dazu brachte, so schnell und so schlecht über einen Menschen, über diesen Mann, zu urteilen.

Gefühlschaos, hatte sie sich im Stillen gesagt. Sie war einfach furchtbar durcheinander und versuchte auf diese Weise, Distanz zu schaffen. Was nicht unbedingt ein Zeichen eigener Stärke war, wie sie wusste.

Tilly hatte ihr Zeit zum Nachdenken gelassen, bevor sie fortfuhr: »Sörensen gibt sich alle Mühe, zu seiner Tochter ein neues, enges Verhältnis aufzubauen, obwohl beide in den ersten Monaten gelähmt waren von ihrer Trauer. Kyra hat mir davon erzählt, wenn sie zu Besuch war. Ich glaube, sie traut dem Ganzen noch nicht, aber sie will ihm eine Chance geben. Obwohl die beiden es bestimmt nicht leicht haben.«

»Tatsächlich.« Anne hatte in dem Moment einen kurzen Anfall von Eifersucht erlebt. Wieso war ihre Tante so gut informiert? Warum wusste Tilly so viel über die Sörensens, und warum musste sie alles von ihr erfahren? Mit aller Kraft hatte sie dieses Gefühl beiseitegeschoben.

»Und wir wollen nicht vergessen«, hatte Tilly hinzugefügt, »dass er weiterhin einen verdammt guten Job macht. Die Leute hier vertrauen ihm. Er ist seit bald zwanzig Jahren ihr Arzt, und er lässt sie nicht im Stich. Natürlich kostet das viel Kraft, und vielleicht sieht er deshalb nur noch aus wie ein Schatten seiner selbst. Es sei ihm verziehen. Und dass er sich nicht gleich fröhlich in eine Beziehung mit dir stürzt, kaum dass er dein hübsches Antlitz mit der etwas zu langen Nase entdeckt, ist eventuell auch verständlich.«

Endlich war Tilly die Luft ausgegangen, und sie hatte ihre Rede abgebrochen.

Anne hatte den Blick gesenkt. Selten war sie so beschämt gewesen. Ich bin ein Idiot, hatte sie überlegt. Ich habe es überhaupt nicht verdient, dass Sörensen mich noch einmal auch nur eines Blickes würdigt. Der muss eine klügere und liebevollere Frau finden. Eine, die nicht so schnell mit einem Urteil zur Hand ist.

Ja, dachte Anne jetzt unter dem Blätterdach der Eiche. Vielleicht musste Sörensen wirklich eine bessere Frau finden. Ihr war nun endgültig klar, dass sie sich eine zu schnelle und zu schlechte Meinung über ihn gebildet hatte. Zu ihrer Verteidigung konnte sie lediglich anbringen, wie oft sie schon von Männern enttäuscht worden war und wie sehr sie die schwachen Kerle angezogen hatte. Möglicherweise war das ja das Schicksal der starken Frauen.

Ihr Problem war jetzt bloß, dass sie mit ihm keinen Schritt weitergekommen war, obwohl sie nicht mehr so schlecht über ihn dachte. Sie hatte ihn noch nicht wiedergesehen, und so war sie noch genauso ratlos wie am ersten Tag ihrer Begegnung. Sie hatte sich doch nicht geirrt! Auch mit ihm war etwas passiert, als sie einander hier unter der Eiche begegnet waren. Auch er musste es gespürt haben! Welchen Grund sollte er sonst haben, ihr so geflissentlich aus dem Weg zu gehen?

Anne seufzte tief. Ja, okay, sie selbst war ja auch entschlossen gewesen, sich von den Männern fernzuhalten. War bloß schwierig, wenn sie nachts sogar von ihm träumte. Wie sollte sie ihrem eigenen Unterbewusstsein befehlen, sie in Ruhe zu lassen? Wie konnte sie aufhören, im Traum einen ziemlich zerfledderten Ritter in rostiger Rüstung auf einem klapprigen alten Gaul zu sehen?

»Oh, verdammt!«, sagte sie laut und öffnete schnell wieder die Augen, weil das Bild von Carsten Sörensen erschreckend real wurde.

Ich hätte auch einfach wieder wegziehen können, überlegte sie. Zurück nach Hamburg. Dann hätte ich den traurigen Doktor schnell vergessen. Wäre gar nicht nötig gewesen, mich hier mit Arbeit einzudecken, um nicht ständig an ihn denken zu müssen.

Sie starrte auf das Kopfsteinpflaster. So verhielten sich dumme Leute.

Oder Verliebte.

Mist!

Anne wollte wieder seufzen, verkniff es sich aber. Damit kam sie auch nicht weiter. Ihr fiel ein, dass sie überhaupt nicht mehr an Roland dachte. War das nicht ein bisschen schnell gegangen?

Er war es eben nicht wert, dass sie ihm länger nachweinte, gab sie sich selbst die Antwort.

Oder ich habe mich verändert, dachte sie im nächsten Augenblick. Ich ... bin in Carsten verliebt.

Himmel!

Lieber schnell an etwas anderes denken!

Kyra. Sie war ein Thema für sich, und bei ihr wusste Anne erst recht nicht, wie sie sich verhalten sollte. Die Sympathie zwischen ihnen war gegenseitig gewesen, nur leider mochte sich Sörensens Tochter offenbar nicht mit dem Holunder befassen. Nun, Anne konnte nur hoffen, dass Kyra ihre Meinung noch änderte, damit sie so etwas wie Freundinnen werden konnten. Die Pflanze war nämlich die wichtigste Säule von Annes neuer Geschäftsidee. Der Holunder gehörte seit Jahrtausenden in diese Region, und er würde den Erfolg bringen. Da war sich Anne hundertprozentig sicher.

Na ja. Neunzigprozentig.

Oder weniger?

Oder war alles zum Scheitern verurteilt, weil sie sich mit zu viel blindem Eifer in ihr Projekt gestürzt hatte? Was, wenn niemand ihr Café besuchte? Feriengäste würden bald ausbleiben, die Saison ging zu Ende, und Glückshafen war ohnehin keine Touristenhochburg wie Travemünde und Timmendorfer Strand. Zudem lag das Holunderdorf recht abgelegen hinter dem Steilufer, und nur besonders findige Radfahrer und Wanderer könnten es überhaupt entdecken. Anne würde die Einheimischen gewinnen müssen, und manchmal nagten die Zweifel an ihr wie die Ostseewellen am Sandstrand.

Schluss jetzt!

Sie musste optimistisch bleiben! Und sie würde jetzt drüben in das Haus gehen und die Dinge klären! Diese Ungewissheit hielt sie nicht mehr aus!

Auf einmal ertönten laut die Kirchenglocken. Sie klangen unmelodisch, fand Anne, wild und wie befreit. Sie nahm es als Zeichen, sprang auf und überquerte den Marktplatz. Mit jedem Meter aber, den sie zurücklegte, wurden ihre Schritte zögerlicher, und als sie vor der Praxistür stand, waren ihre Arme wie gelähmt. Unmöglich, die Tür aufzustoßen, unmöglich, einer Arzthelferin zu erklären, sie müsse mit Doktor Sörensen sprechen, zur Not mit seiner Tochter.

Ein solcher Auftritt würde den Ruf der Winklers in der Gegend nicht unbedingt verbessern.

Während Anne noch mit sich kämpfte, wurde die Tür von innen aufgerissen, und Carsten Sörensen trat eilig heraus. Halb war er noch nach innen gewandt und rief jemandem in der Praxis zu: »Verschieben Sie bitte die nächsten drei, vier Termine. Ich werde frühestens in einer Stunde zurück sein.«

Dann wandte er den Kopf und schaute Anne direkt in die Augen. Sein Körper, noch im Schwung des Heraustretens, stieß gegen sie, seine Arme umfingen ihre Taille, während der Notfallkoffer mit einem dumpfen Geräusch zu Boden fiel. Irgendetwas klimperte darin, und etwas anderes schien zu zerbrechen.

Annes Lähmung verflog, als sie sich fest an ihn schmiegte. Sie musste sich nicht kleiner machen, als sie war, denn er überragte sie um eine halbe Kopflänge. Und obwohl er so dünn und klapprig wirkte, fühlte sie sich geborgen. Sie spürte seine spitzen Rippen, hörte sein Herz rasend schnell schlagen, atmete seinen Geruch nach herbem Rasierwasser und, ganz schwach, nach leidenschaftlichem Mann ein. Ihr Gesicht kam in seiner Halsbeuge zur Ruhe, ihr hellbraunes Haar vermischte sich mit seinen etwas zu langen silbrig-blonden Strähnen. Sie war ganz bei ihm, ganz bei sich selbst. Und gleichzeitig schien ihr, als stünde sie neben sich und beobachtete die Szene.

Alles Sehnen erfüllte sich, rationale Gedanken existierten nicht mehr. Der Tag blieb stehen, ein und derselbe tiefe Sonnenstrahl rührte sich nicht vom Fleck, tiefe Stille herrschte.

So bleiben. Ein Leben lang. Ohne gestern, heute, morgen. Nur fühlen und lieben.

Es muss ein Traum sein, dachte Anne.

»Herr Doktor!«, rief eine Frauenstimme von drinnen. »Sie haben die zusätzlichen Verbände vergessen. Hier ... oh ... pardon ... ich ...«

Eine etwa fünfzigjährige Arzthelferin bremste ihren Lauf so heftig ab, dass ihre Gummischuhe auf dem Linoleum ein lautes quietschendes Geräusch machten. Dann schnappte sie hörbar nach Luft, während ihre Augen fast aus den Höhlen traten. In Anne verstärkte sich das Gefühl, sich in diesem Moment selbst zu beobachten. Die Arzthelferin starrte Sörensen und Anne an, brach den Moment in zwei Teile, bis auch die Frau und der Mann voneinander abließen, den Blick senkten und wie in Zeitlupe zurücktraten. So als wüssten sie beide, was die Welt von ihnen erwartete, zögerten jedoch, ihren Traum aufzugeben.

Der Sonnenstrahl war weitergewandert, die Geräusche kehrten zurück, zwei Herzen wurden vom Verstand gezwungen, wieder normal zu schlagen.

Das Gesicht der Arzthelferin war ein einziges Fragezeichen.

Anne versuchte sich an einem Lächeln, das irgendwie signalisieren sollte: Wir sind nur zufällig zusammengestoßen.

Was ja auch stimmte.

Und wir haben uns dann nicht umarmt.

Was eine glatte Lüge war.

Sinnlos.

Das Lächeln misslang kläglich, und sie spürte, sie war knallrot geworden wie ein Teenager, der von seinen Eltern beim ersten Kuss erwischt wird. Wenigstens verlor sich dieses Gefühl, ein Beobachter zu sein, und sie war wieder sie selbst.

Carsten Sörensen fing sich schneller. Sein Gesicht war ausdruckslos, der Blick ohne Glanz, die Bewegungen waren die eines Arztes, der zu einem Notfall gerufen wurde. Dieser Moment eben, der passte nicht in sein Leben, und deshalb musste er wohl so tun, als hätte es ihn nie gegeben.

Schon hatte er den Koffer aufgehoben und sich die Verbände geben lassen.

»Sie entschuldigen mich«, sagte er mit freundlicher, emotionsloser Stimme. »Ich muss zu einem Notfall. Wenn Sie einen Termin brauchen, wenden Sie sich bitte an Martha.«

Und wenn du glaubst, erwiderte Anne in Gedanken, du kannst einfach ungeschehen machen, was passiert ist, dann irrst du dich gewaltig.

Kurz flackerte Verwirrung in seinem Blick auf, ganz so, als hätte sie laut geredet.

Und sie hatte plötzlich große Lust, ihm einen Kinnhaken zu verpassen. Irgendwie musste sie ihre übersprudelnden Gefühle loswerden.

Zur Not mit Gewalt.

Aber da lief er bereits quer über den Marktplatz auf die Kirche zu.

»Ist ja alles kein Beinbruch«, sagte Arzthelferin Martha unsicher. »Obwohl, irgendwie schon.«

»Wie bitte?«

»Unser Küster ist vom Glockenturm gefallen und hat sich das linke Bein gebrochen.«

Anne spürte, wie ein hysterisches Kichern in ihrer Kehle aufstieg. Sirenengeheul erklang, und ein Krankenwagen kam angerast.

»Sieh mal einer an«, sagte Martha, »die sind heute aber schnell aus Travemünde da. Das geht sonst nicht so fix. Ich schätze mal, unser Doktor wird gleich nicht mehr gebraucht, und Sie können noch ein bisschen weiterschmusen.«

Anne starrte die Frau so lange an, bis diese den Blick senkte und eine Entschuldigung stammelte.

Dann wirbelte Anne herum, lief zu ihrem Wagen und fuhr mit aufheulendem Motor davon, durch die enge Gasse, was ihrem Auto einen erheblichen Lackschaden eintrug, dann holpernd über den Wirtschaftsweg, bis die Stoßdämpfer hörbar um Gnade bettelten, und mit hoher Geschwindigkeit bis kurz vor die Wohnwagen, wo sie mit aller Kraft auf die Bremse stieg.

Tilly kam mit wehendem Kaftan angerannt.

»Bist du wahnsinnig? Wenn jetzt mein armer kleiner Hugo draußen gewesen wäre, dann hättest du ihn auf dem Gewissen.«

»Es ist etwas Furchtbares passiert!«, rief Anne und stürzte auf ihre Tante zu. Eine Tränenflut schoss ihr aus den Augen, worüber sie entsetzlich erschrak. So weinte sie sonst nur, wenn eine Liebe endgültig zu Ende war.

Jetzt also schon, bevor sie überhaupt begonnen hatte.

»Das ist grauenhaft!«, schluchzte sie.

»Wer ist gestorben?«, fragte Tilly ruhig.

»Er … ich …«

»Er ich was? Wer? Ich verstehe kein Wort. Komm erst mal rein und trink was.«

Als ob das helfen würde, dachte Anne. Aber dann schenkte ihr Tilly einen hochprozentigen Schnaps ein, Anne kippte ihn hinunter und beruhigte sich tatsächlich ein wenig.

»Er hat mich umarmt«, sagte sie schließlich, nur noch leise schniefend.

»Wer?«

»Er ... ich ...«

»Rede Klartext!«

»Carsten. Ich meine, Doktor Sörensen.«

»Potzblitz!«

»Und die Zeit ist stehengeblieben.«

»Was?«

»So hat es sich angefühlt.«

»Gütiger Gott!«, rief Tilly aus. »Es ist schlimmer, als ich dachte.«

Anne kämpfte gegen eine neue Tränenwelle an und schluckte ein paarmal hart.

»Bitte. Kannst du deinen Sarkasmus beiseiteschieben und mir sagen, was ich tun soll?«

»Nummer eins kann ich versuchen, Nummer zwei lasse ich schön bleiben. Sich in den Liebeskram anderer Leute einzumischen bringt nur Ärger.«

Anne schwieg, Tilly schnaubte.

Endlich sprach die ältere Frau weiter. »Ein Mann, der schwer am Tod seiner Frau trägt, ist möglicherweise nicht der Richtige für dich.«

»Tja, das kommt jetzt ein bisschen spät.« Sie fühlte wieder seinen Körper an ihrem und musste ein Zittern unterdrücken.

Tilly nestelte an ihren wirren grauen Haaren. Sie wirkte

auf merkwürdige Weise unsicher. »Ich habe dir doch erklärt, was mit ihm los ist.«

»Schon.«

»Zumal er sich selbst die Schuld daran gibt.«

»Aber das ist doch idiotisch«, begehrte Anne auf. »Mareike Sörensen ist an einem Rückenmarkstumor gestorben. Er hat sie nicht ermordet oder so.«

»Ja, aber den anderen Teil der Geschichte hast du offenbar vergessen. Und zwar innerhalb von drei Tagen. Wie kommt das, Anne? Wenn überhaupt, bin ich hier diejenige, der mal was entfallen darf. Ich bin schließlich siebzig, da kann man schon ein wenig verwirrt sein.«

»Du lenkst vom Thema ab«, sagte Anne. Zugleich fühlte sie einen winzigen Stich der Sorge. So ging ihr das schon, seit sie im Holunderdorf lebte. Kleine, kaum spürbare Nadelstiche, einzeln betrachtet nicht der Rede wert, aber in ihrer Gesamtheit beängstigend.

Tilly war mehr als nur ein bisschen verwirrt. Tilly war an manchen Tagen, zu mancher Stunde geradezu geistesabwesend.

Okay, nein, sagte sich Anne schnell. Jetzt übertrieb sie. Aber doch, sie hatte immer mal wieder das Gefühl, dass Tillys scharfer Verstand sich für kurze Zeit von der Welt zurückzog.

Mit aller Kraft erstickte sie ein Aufstöhnen. Sie würde sich mehr um Tilly kümmern müssen, und vielleicht musste sie mit ihr zu einem Facharzt gehen. Dummerweise wurde ihr sofort klar, dass ihre Tante sich eher erschießen würde, als sich untersuchen zu lassen. Sie hielt nicht viel von Ärzten, Doktor Sörensen mal ausgenommen. Aber der nervte sie auch nicht mit medizinischem Dünnpfiff, wie Tilly es auszudrücken pflegte. Er hatte ihr nur mal eine Salbe gegen ihren Sonnenbrand geben dürfen.

Anne stöhnte nun doch. Ohne es zu wollen, war sie mit ihren Gedanken wieder bei Sörensen gelandet, und die Sehnsucht packte sie mit voller Wucht.

Verdammtes Unterbewusstsein!

»Lass das sein«, befahl Tilly. »Rumgeseufze bringt nichts.«

Anne presste die Lippen zusammen und blickte dumpf in ihr leeres Schnapsglas.

»Wie dem auch sei«, fuhr Tilly fort, »Sörensen hat es schon schwer genug, und deshalb denke ich, es ist keine gute Idee, wenn ihr zwei zusammenkommt. Ein Mann wie er ist zu gut für dich.«

Obwohl sie schon dasselbe gedacht hatte, war ihr, als hätte Tilly ihr ein Messer mitten ins Herz gerammt. Sie krümmte sich wie unter Schmerzen zusammen.

»Du hast ihn mal eben so als schwachen Mann abgestempelt, obwohl du kaum etwas über ihn wusstest.«

Verdammt!, dachte Anne. Sie hatte inzwischen selbst ihren Fehler erkannt, Tilly musste nicht noch darauf rumreiten.

Tat sie natürlich trotzdem. »Und du hast nicht begriffen, welche innere Stärke er in Wahrheit besitzt.«

»Habe ich doch«, murmelte Anne. Aber das nützt mir wahrscheinlich sowieso nichts, fügte sie in Gedanken hinzu.

Tilly schien sie gar nicht gehört zu haben.

»Schätze mal, ich habe immer noch nicht begriffen, warum ein Mann für dich so eine Art Herkules sein muss.«

»Das stimmt nicht«, begehrte Anne auf. »Ich möchte

nur keinen Schwächling mehr in meinem Leben. Ich will keinen Mann, der nicht damit zurechtkommt, dass ich eine selbständige und starke Frau bin.«

Tilly starrte sie an, dann lachte sie plötzlich und schlug sich mit den Händen auf die Schenkel.

»Jetzt weiß ich endlich, was dein Problem ist.«

»Was denn?«, fragte Anne misstrauisch.

»Du denkst zu viel nach. Du baust dir lauter schöne Theorien auf, und die funktionieren prima als Mauern gegen die Herren der Schöpfung.«

Einen Moment lang war Anne sprachlos. Sie konnte ihre Tante nur anstarren.

»Jetzt guck nicht so, Deern. Nimm diesen weisen Rat einer alten Frau an, und mach es beim nächsten Mann besser. Bloß den Sörensen musst du abschreiben.«

Bevor Anne etwas erwidern konnte, wurde die Tür aufgerissen, und Kyra stürzte herein. Sie brachte einen Schwall frischer Meeresluft in den Wohnwagen. Ihr Gesicht war hochrot, ihre zusammengepressten Lippen kämpften gegen ein Grinsen an.

Hugo, der die ganze Zeit über brav in seinem Körbchen gelegen hatte, bellte los. Aber schon in der nächsten Sekunde kaute er zufrieden an einem Würstchen, das Kyra ihm hingeworfen hatte.

Sie fixierte Anne aus großen, ungläubigen Augen. »Du hast mit meinem Vater geknutscht.«

12. Kapitel

»Habe ich nicht«, sagte Anne erschrocken. Sie musterte das Mädchen und versuchte zu ergründen, ob es wütend, traurig oder verwirrt war.

Schwierig, befand sie. In Kyras Gesicht schienen die Emotionen alle zwei Sekunden zu wechseln. Vielleicht wusste sie selbst nicht so genau, was sie fühlte.

Sie quetschte sich neben Tilly an den winzigen Tisch und griff nach der Schnapsflasche.

»Davon könnte ich jetzt einen gebrauchen. Auf den Schreck.«

»Finger weg von der Buddel«, sagte Tilly und nahm sie ihr weg. »Du kannst einen Saft haben.«

Kyra zog eine Grimasse. »Sei nicht so spießig. Nächstes Jahr bin ich achtzehn.«

»Aber dieses Jahr nicht. Also Schluss damit.«

Anne feixte. Wahrscheinlich war es für Tilly das erste Mal in ihrem Leben, dass sie spießig genannt wurde.

Kyra gab ein dramatisches Stöhnen von sich. »Das war ein Schock vorhin, als Anne und Papa geknutscht haben. Der Anblick könnte mich fürs Leben traumatisieren.«

Anne entspannte sich ein wenig. Wenn Kyra Witze reißen konnte, war alles halb so wild.

»Wir haben nicht ge… ähm … uns geküsst.«

»Ha! Leugne nicht! Ich habe aus dem Fenster gesehen, als die Kirchenglocken so laut gebimmelt haben, dass die alten Leute dachten, es wäre Fliegeralarm. Und dann habe ich euch drei Meter unter mir gesehen.«

»Wir haben uns nicht geküsst«, wiederholte Anne hilflos.

»Nee? Was war das denn sonst? Ist Papa vielleicht ein Vampir und hat von dir sein tägliches Viertelliterchen Menschenblut gebraucht? Hey, das sollte ich wissen! Dann muss ich Schutzmaßnahmen ergreifen.«

»Kyra, hör auf«, mahnte Tilly.

Anne straffte die Schultern. Trotz der lockeren Art des Mädchens fühlte sie sich wie früher, wenn sie vor den Schulrektor zitiert wurde, weil sie irgendetwas angestellt hatte.

»Wir sind nur zufällig zusammengestoßen.«

Kyra schlug mit der flachen Hand so heftig auf die Tischplatte, dass Annes Schnapsglas in die Luft hüpfte. »Zusammengestoßen? Sag bloß. Und dann hat einer Pattex über euch ausgegossen, weil ihr volle zwei Minuten so kleben geblieben seid? Also, ich war's nicht. Ich schwöre.«

Zwei Minuten?

So lange?

So kurz?

Anne rieb sich die Schläfen.

Alles erschien ihr so unwirklich. Dieser Moment, diese Ewigkeit in Carstens Armen. War es wirklich geschehen? Und hatte er sie festgehalten, mit einer Kraft, die sie ihm nicht zugetraut hätte? Und mit einer Zärtlichkeit, die ihr das Gefühl gegeben hatte, sie sei nach langer Reise zu Hause angekommen?

»Mann! Mann! Mann!«, rief Kyra aus. »Dich hat's ja voll erwischt. Du Ärmste! Ausgerechnet in den Stockfisch von meinem Papa musst du dich verknallen. Na, mir soll's recht sein. Muss ich mich vielleicht bald nicht mehr um ihn kümmern. Dann bin ich frei. Mit Nils habe ich auch endgültig Schluss gemacht. Der geht mir auf die Nerven mit seiner ewigen Mitleidstour. Arme Halbwaise da, mutterlose Deern hier. Ätzend.«

Ihre Schultern zuckten, ihre Augen füllten sich mit Tränen, schon lag sie mit dem Oberkörper schluchzend über dem Tisch und heulte wie Anne in ihren besten Zeiten.

Tilly warf ihrer Nichte einen langen Blick zu. Mir wird das zu viel, schien der zu sagen. Mach du mal.

Damit rutschte sie unauffällig von ihrem Platz und schlich nach draußen. Hugo nahm sie mit.

Mach du mal. Na super, dachte Anne. Ich habe keine Ahnung, wie man mit traurigen Teenagern umgeht. Gestern war ich doch selbst noch einer.

Was sollte sie bloß tun?

Vernünftig mit Kyra reden, wäre eine Idee. Schwierig bloß, wenn das Schluchzen noch an Lautstärke zunahm.

Ihr vielleicht einen Schnaps anbieten?

Herr im Himmel! Wie konnte sie auch nur an so etwas denken!

Hilflos betrachtete sie das weinende Mädchen. Armes Schätzchen, dachte sie.

In der nächsten Sekunde flogen ihre Gedanken nach Hamburg zu Helga Winkler, die ihre Tochter so gern Schätzchen nannte, die ihre Fehler hatte und manchmal furchtbar anstrengend sein konnte, die jedoch genau gewusst hätte, was in dieser Situation zu tun war. Sie war eine Mutter.

Also tat Anne, was Helga getan hätte. Sie rutschte herum, bis sie auf Tillys Platz saß, und legte vorsichtig einen Arm um Kyra. Zunächst erzielte sie überhaupt keine Wirkung, aber als sie den Druck ein wenig verstärkte und leise sinnlose Worte flüsterte, irgendetwas über die Dinge, die sich schon richten würden, da warf sich ihr das Mädchen plötzlich an die Brust, klammerte sich an sie und durchtränkte ihre Bluse.

Anne ließ sie weinen. Draußen kam Wind auf, und die Dämmerung brach herein. Kurz machte sie sich Sorgen um Tilly. Sie würde doch hoffentlich nicht zu weit weggehen? Aber dann sah sie, dass in ihrem eigenen Wohnwagen das Licht eingeschaltet wurde. Gut, dachte sie. Tilly und Hugo waren in Sicherheit.

Schon schalt sie sich wegen ihrer Ängste. Ihre Tante war erwachsen, lebenserfahren und klug. Viel klüger als Anne. Sie musste sich nicht um sie sorgen. Wahrscheinlich staunte Tilly in diesem Moment über das neue Ambiente im Wohnwagen ihrer Nichte. Anne hatte sich mit der kargen Einrichtung nicht abfinden wollen und war, wann immer sie Zeit gefunden hatte, über Trödelmärkte gestreift. So lag jetzt eine schöne Patchworkdecke auf dem Bett, und die Küchenzeile wurde von buntem Bauerngeschirr verschönert. An den Wänden hatte Anne ein paar Drucke von der Ostsee mit Klebestreifen befestigt, weiche Kissen waren strategisch verteilt, und eine alte Milchkanne mit einem großen Trockenblumenstrauß hatte in einer Ecke Platz gefunden.

Wenn ich schon so spartanisch leben muss, hatte sich Anne gesagt, dann will ich es wenigstens so hübsch wie möglich haben. Und obwohl es nur unbedeutende Gegenstände waren, halfen sie ihr, besser klarzukommen.

Endlich stieß Kyra nur noch ein paar trockene Schluchzer aus, richtete sich dann auf und schnäuzte sich lautstark die Nase mit einer Papierserviette.

»Sorry«, sagte sie dann. »Ist mir peinlich. Ich bin sonst gar nicht so. Nicht mal bei Mamas Beerdigung habe ich geweint. Und auch danach nicht.«

»Dann wurde es aber mal Zeit«, erklärte Anne sanft. Sie wusste nicht, woher die Worte kamen, aber sie hatte das Gefühl, ihre Mutter würde neben ihr stehen und ihr soufflieren.

»Wieso? Papa hat nie die Kontrolle über sich verloren, und ich bin eigentlich stolz drauf, dass ich genauso cool bin wie er.«

»Aber Tränen können dir helfen. Sie lösen den inneren Druck.«

»Echt? Also muss ich mich jetzt erleichtert fühlen oder so was?«

Anne lächelte. »Vielleicht ein bisschen? Mir hat es immer geholfen, und glaub mir, ich bin die größte Heulsuse, die du dir nur vorstellen kannst. Frag Tilly.«

Auf Kyras rotgeflecktem Gesicht erschien ein zaghaftes Lächeln. »Mama hat auch immer gesagt, ich soll meine Gefühle rauslassen, weil sie mich sonst innerlich verstopfen.«

»Sie muss eine sehr kluge Frau gewesen sein«, sagte Anne vorsichtig.

»Hm.«

»Und sie fehlt dir.« Anne hätte sich selbst eine runterhauen können. Sie fehlt dir! Was für eine dumme Aussage. Das war definitiv auf ihrem eigenen Mist gewachsen. Helga Winkler hätte so etwas nie gesagt.

Schon füllten Kyras Augen sich erneut mit Tränen. »Mann! Scheiße!«

»Entschuldige.«

»Nee, ist okay. Ich bin bloß so wütend!«

»Warum?«, erkundigte sich Anne. Sie kam schon wieder nicht mit.

»Meine Eltern waren so was von bescheuert. Alle beide. Wieso haben die sich nicht um die Scheiß-Rückenschmerzen gekümmert? Wie konnten die nur so blöd sein?«

»Ja«, sagte Anne. »Ich verstehe dich.«

Und das stimmte. Dieses Mädchen hatte alles Recht der Welt, wütend auf die Erwachsenen zu sein, die sich nicht wie Erwachsene benommen hatten, sondern wie Kinder, die eine mögliche Gefahr lieber verdrängten, als sich ihr zu stellen.

»Außerdem war ich mitten in der Pubertät, als es mit Mama plötzlich ernst wurde. Ich konnte überhaupt keinen Mist mehr bauen.« Kyra versuchte sich an einem winzigen Grinsen. »Das ist echt unfair, wenn du mit fünfzehn von einem Tag auf den anderen die brave Tochter geben musst. Und mit sechzehn bist du dann die arme Halbwaise, über die alle Leute kübelweise Mitgefühl auskippen. Zum Kotzen!«

»Ähm …«, machte Anne. So langsam war sie erschöpft. Zu viele Emotionen, zu viele Neuigkeiten.

Es war ein langer und anstrengender Nachmittag gewesen.

Und jetzt, mit Kyra, war sie zum einen glücklich darüber, dass zwischen ihnen das Eis gebrochen war. Zum anderen fühlte sie sich zunehmend überfordert.

Helga Winkler wusste auch keinen Rat mehr für sie. Hätte Anne sie angerufen und fragen können, so hätte sie ihr vermutlich erklärt, dass die Situation so langsam über ihren Horizont ginge. Es sei schließlich viele Jahre her, dass Anne in diesem Alter gewesen sei, und ein solches Drama hätte es in ihrer Familie auch nie gegeben.

Anne fuhr sich müde durchs Haar, während ihr anderer Arm immer noch um Kyras Schultern lag. Auf einmal sehnte sie sich nach ihrer Arbeit. Sie wollte rühren, abmessen, wiegen, kochen oder backen. Es war das beste Mittel, um Stress abzubauen.

Auch Kyra ging buchstäblich die Luft aus. Sie sackte in sich zusammen, ließ den Kopf hängen und schwieg eine Weile dumpf vor sich hin.

»Können wir von was anderem reden?«, fragte sie dann. »Ich bin völlig alle. Äh ... sei bitte nicht böse. Du bist toll. Und danke, dass du zugehört hast. Ich kann bloß nicht mehr.«

»Geht mir genauso«, erwiderte Anne sanft. »Möchtest du etwas trinken? Wir haben Orangensaft oder auch Holunder...«

Schnell brach sie ab und beobachtete ängstlich Kyras Mienenspiel. Zu ihrer Erleichterung entdeckte sie das typische Grinsen des Mädchens.

»Sorry, Anne. Ich bin auch nicht besser als die Erwachsenen.«

»Unsinn.«

»Doch. Ich fand dich nämlich vom ersten Tag an total

nett, aber als du angefangen hast, dich ausgerechnet mit Holunder zu beschäftigen, da ...«

»... musstest du an deine Mutter denken«, beendete Anne für sie den Satz.

»Ja.«

»Und es fällt dir schwer, damit umzugehen.«

»Ja. Dabei ist das doch blöd. Mama war Heilpraktikerin und hat alle möglichen Krankheiten damit behandelt. Bei jeder noch so kleinen Erkältung hat sie mir literweise Tee aus Holunderblättern, Stechpalme, Eisenkraut, Veilchen- und Rosmarinblüten eingeflößt. Als ich mal Mandelentzündung hatte, da hat sie Salbei und Bockshornklee mit Blüten vom Holunder und von Schlüsselblumen gemixt und aufgegossen. Und, ach ja, meinen Husten vor zwei Jahren hat sie mit Malve, Augentrost, Holunderblüten und ... Mist, kriege ich nicht mehr zusammen. Sie hat mir immer ganz genau erklärt, was im jeweiligen Gesöff drin war. Hat meistens nicht besonders gut geschmeckt. Obwohl ich immer auf drei Löffeln Honig bestanden habe.« Kyra verzog das Gesicht. »Aber geholfen haben ihre Mittel schon, und einige Leute in der Gegend haben ihr mehr vertraut als Papas Schulmedizin. Eigentlich hat Mama ja nichts anderes getan, als die alten Bauernmittel aufzugreifen.«

»Interessant«, bemerkte Anne.

»Aber ich muss davon jetzt wegkommen. Es ist albern, wenn ich dir aus dem Weg gehe, nur weil du dich auch für Holunder interessierst. Für dein Alter bist du sonst ganz in Ordnung.«

Ein zweifelhaftes Kompliment, fand Anne.

»Zumal ich niemanden damit heilen werde.«

»Nee.«

»Eher das Gegenteil.«

»Hä?«

Anne lächelte über Kyras verdutztes Gesicht. Es tat gut, Leichtigkeit in die Unterhaltung zu bringen.

»Na, wer zu viel von meinen Törtchen und Kuchen isst, könnte Probleme mit seinem Gewicht bekommen.«

»O ja, dann werden die Leute fettleibig, und Papa muss sie behandeln.«

Beide lachten leise und kurz.

Wie schon bei ihrer ersten Begegnung dachte Anne, sie könnten gute Freundinnen werden, trotz der vielen Jahre, die zwischen ihnen lagen. Aber sie stellte sich nicht mehr vor, sie beide würden wie Mutter und Tochter sein. Das war unsinnig, und sie wusste es jetzt. Kyra hatte eine Mutter gehabt, und sie trauerte noch um sie.

Anne hielt sich selbst für den letzten Menschen, der Mareike Sörensen ersetzen könnte. Doch eine ältere Freundin zu sein musste wunderbar sein, und sie sehnte sich danach, Kyra fröhlich und unbeschwert statt traurig und zornig zu sehen.

»Apropos Papa«, unterbrach Kyra ihre Gedanken. »Dem würden ein paar Kilo mehr auf seinen Rippen gut stehen.«

»Stimmt«, sagte Anne, während ein helles, zärtliches Gefühl durch ihr Herz glitt. Sie stellte sich vor, wie sie Carsten Sörensen mit Kuchen und Torten füttern würde. Sie ... spürte eine Hitzewelle in sich aufsteigen und musste ganz schnell weg von dieser Vision.

»Du könntest mir helfen«, sagte sie zu Kyra.

»Wobei?«

»Ach, ich glaube, es ist doch nicht nötig.«

Rasch stand sie auf, öffnete Tillys kleinen Kühlschrank und holte eine Flasche Orangensaft heraus. Sie goss Kyra ein Glas ein und stellte es vor sie auf den Tisch. »Trink. Du hast viel Flüssigkeit verloren.«

»Sehr witzig.«

Anne glaubte schon, ihr kleines Ablenkungsmanöver sei gelungen, aber da hakte Kyra nach: »Wobei soll ich dir helfen?«

»Es ist ... vielleicht keine gute Idee. Ich wollte heute Abend noch einen Kuchen zur Probe backen, aber ... also ...«

Sie verhaspelte sich vollends und brach ab.

Kyra trank einen großen Schluck Orangensaft, bevor sie ruhig antwortete: »Du glaubst, die Theorie ist eine Sache und die Praxis eine andere.«

»So ungefähr.«

»Ich kann also mit dir über Holunder quatschen, fang mir aber ein Trauma ein, wenn ich das Zeug sehe oder anfasse.«

»Nun ...«

»Das ist Bullshit, Anne. Los, gehen wir. Ich will schon seit Tagen sehen, wie es inzwischen im schiefen Häuschen aussieht.«

Ohne auf Anne zu warten, verließ sie den Wohnwagen und lief quer über den Platz.

Anne folgte ihr nachdenklich. Offensichtlich hatte sie das Mädchen unterschätzt. Kyra war stärker, als sie wirkte, und nach ihrem Zusammenbruch vorhin hatte sie womöglich Kräfte entwickelt, die sie nun ungeduldig auf Anne warten ließen.

»Das ist alles?«, fragte Kyra zwei Minuten später. »Hier

sieht's ja aus wie immer. Es ist bloß nicht mehr ganz so dreckig.« Sie stand in dem Raum, der ursprünglich als Hofladen hatte dienen sollen, und drehte sich langsam um die eigene Achse. »Leer und ungemütlich, kalt und voll öde.«

»Die Einrichtung kommt noch«, verteidigte sich Anne. »Immerhin hat Thies mir geholfen, den riesigen hässlichen Tresen abzubauen. So wirkt es hier gleich viel größer, und es passen mehr Tische für die Gäste rein.«

»Thies?«, fragte Kyra mit großen Augen. »Thies Ahrens? Der alte Fischer hilft dir bei der Renovierung? Du sammelst wirklich die komischsten Menschen ein, Anne. Mich, Papa und jetzt auch noch Thies. Von Tilly wollen wir gar nicht anfangen.«

»Tilly hat eigentlich mich eingesammelt«, gab Anne zurück. »In Hamburg, als ich nicht mehr weiterwusste.«

Kyras Blick war jetzt voll konzentriert. »Wieso?«

»Das ist eine lange Geschichte. Sagen wir mal so: Ich hatte Liebeskummer und brauchte eine Luftveränderung.«

»Das ist ja schrecklich!«

Anne lächelte. »Ganz so schlimm nun auch wieder nicht.«

»Nein, ich meine, wenn ich mir vorstelle, dass ich mit vierzig auch noch Stress in der Liebe haben könnte. Grauenhafte Aussichten.«

»Ähm – lassen wir das lieber. Komm, ich zeige dir Küche und Backstube. Da sind wir fast mit allem fertig.«

Tatsächlich war sie stolz auf das, was sie schon geleistet hatte. Zwar waren die Elektrogeräte und die Möbel nicht mit der Hightech-Einrichtung des Partyservice zu vergleichen, aber alles in dem Raum blitzte vor Sauberkeit, und der große Arbeitstisch war eine Neuanschaffung, für die Anne als Erstes gesorgt hatte. Allerlei kleinere Gerätschaften sowie Töpfe, Pfannen, Schüsseln, Geschirr und weitere wichtige Utensilien waren ebenfalls dazugekommen.

Kyra pfiff durch die Zähne. »Große Klasse. Sieht aus wie im Fernsehen, nachdem ein Restauranttester mit einem Zauberstab durchgerauscht ist.«

Anne freute sich über das Lob. Wie selbstverständlich legte sie Kyra ganz leicht einen Arm um die Schultern. Kurz lehnte Kyra sich an sie, dann machte sie sich frei, als sei ihr diese plötzliche Nähe zu viel, zu schnell. Sie klatschte in die Hände. »Also. Was wollen wir backen? Oder kochen?«

»Ich dachte an einen Holunderplattenkuchen«, erwiderte Anne. »Das Rezept steht dort in dem aufgeschlagenen Backbuch.«

»Klingt gut.«

»Und wird mir hoffentlich besser gelingen. Mit Scones und Muffins habe ich so meine Schwierigkeiten gehabt. Äußerlich sind sie gut gelungen, aber der Geschmack hat mich nicht überzeugt.«

Kyra lachte. »Ist doch logisch. Der Holunder will nicht so 'n ausländisches Zeug. Der wächst hier vor der Haustür, und einen Plattenkuchen kann jede Oma. Das schaffst du auch. Ich helfe dir ja.«

»Danke«, sagte Anne leicht verwirrt.

Aber vielleicht, dachte sie, hat Kyra genau das Richtige gesagt. Sie sollte sich auf regionale Spezialitäten konzentrieren, so wie sie es schon das eine oder andere Mal in Hamburg erträumt hatte.

Also holte sie eine der größeren Schüsseln und schlug

darin Öl mit Zucker, Vanillezucker und Eiern schaumig. Dann gab sie Mehl dazu und rührte Wasser darunter. Kyra wusch in der Zeit die bereits von ihren Dolden abgesammelten Holunderbeeren und sortierte sorgfältig die noch hellroten, unreifen Beeren aus.

Anne beobachtete sie aus den Augenwinkeln, und ein Glücksgefühl erfasste sie, als sie sah, wie das Mädchen nach kurzem Zögern beherzt zu Werke ging. Dann gab Anne den Teig auf ein Backblech, und Kyra verteilte die Beeren darauf.

»Ab damit in den Ofen«, sagte Anne. »Bei 160 Grad braucht der Kuchen jetzt gute fünfzig Minuten. Nach dem Auskühlen muss er nur noch mit Puderzucker bestäubt werden.«

Kyra nickte und lutschte an ihren gefärbten Fingern. »Geht doch. Von wegen Scones und Muffins.«

»Ich werde öfter auf dich hören«, versprach Anne.

»Cool.«

In der nächsten Sekunde verdunkelte sich Kyras Gesicht, und Anne unterdrückte ein Seufzen. Es war verflixt ermüdend, sich auf die schnell wechselnden Stimmungen des Mädchens einzustellen.

»Nils ist so nett«, brach es aus Kyra hervor.

Anne schwieg, wartete ab. Erst als sich die Stille hinzog, fragte sie: »Seid ihr schon lange zusammen?«

»Zusammen, pah! Ich dachte echt, er ist meine große Liebe, aber er nervt nur noch.«

»Ich denke, er ist so nett?«

Kyra setzte sich auf die Kante der Arbeitsfläche. »Es war mal superschön mit ihm. Willst du wissen, wo unser erstes Date stattgefunden hat?«

»Klar«, meinte Anne leichthin, obwohl sie dessen keineswegs sicher war. Wieder hatte sie dieses deutliche Gefühl, überfordert zu sein.

»Auf der Ostsee.« Kyras Augen leuchteten bei der Erinnerung auf. »Ich war fünfzehn und er achtzehn. Und er hat mich zu einem Törn auf seiner Segeljolle mitgenommen. Das war so genial. Den ganzen Tag waren wir draußen, und ich dachte schon, er wollte mich entführen. Nach Dänemark oder hoch bis nach Schweden.«

Sie grinste. »Irgendwann hatte ich keinen Handyempfang mehr, und als ich abends nach Hause gekommen bin, habe ich den größten Ärger meines Lebens erwartet. Hätte ich aber überlebt. Nils hatte mich geküsst, und mir war alles andere egal.«

Erneut verdunkelte sich ihr Gesicht. »Aber dann hat es überhaupt keinen Stress gegeben. Mama hat mit Rückenschmerzen auf dem Sofa gelegen, Papa hat sich mit ihr gestritten, beide haben überhaupt nicht mitgekriegt, dass ich so lange weg gewesen war.«

»Das tut mir leid«, murmelte Anne hilflos.

»Ja, das war scheiße. Genau an dem Tag ging es nämlich richtig los mit Mamas Krankheit.«

Anne hatte nie etwas Vergleichbares erlebt, dennoch fühlte sie mit Kyra. Sie setzte sich neben sie und achtete nicht darauf, dass ihre Jeans mit Mehl beschmutzt wurden.

»Schlechtes Timing.«

»Du sagst es. Danach war einfach nichts mehr wie vorher. Nils war toll, ehrlich. Er hat zu mir gehalten, auch als es richtig hart wurde zu Hause. Bloß …«

»Bloß?«

Kyra nagte an ihrer Unterlippe. »Das ist echt kompliziert. Ich bin ihm dankbar und so. Ein anderer Junge hätte mich vielleicht verlassen, weil mein Leben so schwierig geworden war. Aber er blieb bei mir.«

Jetzt verstand Anne. »Man kann aber nicht aus lauter Dankbarkeit mit jemandem zusammenbleiben, wenn man ihn nicht wirklich liebt.«

»Woher weißt du das?«, fragte Kyra mit großen Augen. »Also, dass ich ihn nicht liebe. Ich habe das selbst nämlich ewig lange nicht gemerkt. Hab mir einfach eingebildet, das würde schon noch kommen.«

»Ich habe geraten.«

»Ah, okay. Endlich versteht mich mal eine.« Sie wirkte jetzt geradezu fröhlich. »Meine Freundinnen sagen ständig, ich wäre schön blöd, wenn ich ihn verlasse.«

»Aber dein Herz sagt etwas anderes.«

»Genau. Deswegen ging es auch ständig hin und her. Mal waren wir zusammen, mal nicht.«

»On-Off-Beziehung.«

»Hm. Aber jetzt kann ich nicht mehr. Willst du wissen, was er mich gestern Abend gefragt hat?«

Anne nickte.

»Okay, also, er will, dass wir gleich nach meinem Abitur nächstes Jahr heiraten. Er studiert in Kiel Schiffsbau, und ich soll zu ihm ziehen.«

»Das sind ziemlich große Pläne für zwei so junge Leute.«

»Du sagst es.«

»Und du kannst keinen Mann heiraten, den du nicht liebst.«

»Exakt. Danke.« Eine große Last schien von Kyras Schultern zu fallen. Trotzdem sagte sie leise: »Ich fühle mich echt mies, weil ich gesagt habe, dass ich nicht will. Jetzt habe ich ihm das Herz gebrochen.«

Anne lächelte. Das wurde ihr ein wenig zu melodramatisch. »Er wird sich schon davon erholen.«

»Meinst du?«

»Aber sicher. Und du musst tun, was für dich das Beste ist.«

»Wenn ich bloß wüsste, was das ist«, entgegnete Kyra und stand auf.

»Du hast noch Zeit, du wirst es herausfinden.«

»Hoffentlich. Und weißt du, eigentlich habe ich es dir und Tilly zu verdanken, dass ich wieder Single bin.«

»So?«

»Ja, ihr zwei seid so frei. Ihr macht hier euer eigenes Ding. Das finde ich toll.«

Anne senkte den Blick. Die plötzliche Wendung, die ihr Gespräch genommen hatte, war ihr nicht geheuer. Sie würde sich noch einmal mit Kyra unterhalten müssen, versuchen, ihr zu erklären, dass sie sich bloß keine falschen Vorbilder suchen sollte. Tilly und sie selbst frei? Mochte ja sein, aber sie waren auch, jede auf ihre Art, einsam und alles andere als glücklich.

Ein andermal, nahm sie sich vor.

Nicht mehr heute.

»Ich muss jetzt los«, sagte Kyra.

Anne schaute auf und verbarg ihre Erleichterung hinter einem weiteren Lächeln. »Soll ich dich heimbringen?«

»Nee, bin mit dem Fahrrad hier. Ciao.«

»Ciao«, erwiderte Anne schwach.

An der Tür drehte sich Kyra noch einmal um. »Ich muss dir noch was sagen. Ich habe vorhin ein bisschen mitgehört, was ihr so über Papa geredet habt. Ehrlich, das war hammermäßig blöd. Von wegen starker Mann und schwacher Mann. Auf so was können echt nur alte Leute kommen.«

»Kyra, bitte ...«

»Ist mein Ernst, Anne. Papa hat bloß viel mitgemacht, und er hat es halt schwer zurzeit. Deswegen muss hier keine von euch die Psychotante raushängen lassen.«

»Es tut mir leid.«

So schnell konnte man also vom Vorbild zur alten Psychotante mutieren.

»Ach, vergiss es.« Kyra warf Anne einen fragenden Blick zu. »Aber mal ehrlich. Bist du in ihn verknallt?«

»Ich ... kenne ihn kaum.«

»Na und? Was hat das damit zu tun?«

Kluges Mädchen, sagte sich Anne.

Viel zu klug.

»Okay. Also, ich glaube nicht.«

Lügnerin, fügte sie im Stillen hinzu.

Kyra wirkte nicht überzeugt, trotzdem meinte sie: »Na, denn ist ja gut. Würde nämlich nur schiefgehen, die Sache.«

Anne wusste, sie sollte es dabei belassen, aber sie konnte nicht anders und hakte nach: »Wieso?«

»Na, ist doch ganz einfach. Mama war Papas große Liebe. Er wird niemals eine andere Frau lieben. Also, ein bisschen habt ihr doch recht gehabt. Innerlich ist er echt wie tot.«

13. Kapitel

Mit dem September verabschiedete sich auch der Altweibersommer von der Lübecker Bucht und ließ die Menschen fröstelnd mit einem regnerischen Herbsttag zurück. Als hätte sich der Kalender mit dem Wetter abgesprochen, dachte Tilly, während sie zusah, wie das Wasser an den schmalen Fenstern ihres Wohnwagens hinunterrann. Wahre Sturzbäche ergossen sich aus dem Himmel. Auf dem Dach klang es wie Trommelfeuer, und draußen auf dem unbefestigten Platz bildeten sich tiefe Pfützen.

Dunkelheit legte sich über das Land, obwohl es erst früher Nachmittag war. Nur mit Mühe erkannte Tilly die hohen, schlanken Pappeln am Eingang zum Holunderdorf, und selbst Annes Wohnwagen, der über Eck direkt neben ihrem stand, war kaum mehr als ein großer quadratischer Schatten. Nur das Häuschen war zu erkennen, weil hinter den Fenstern helles Licht brannte.

Es hieß jetzt tatsächlich »Annes schiefes Stübchen«, genau wie Anne es sich erträumt hatte.

Schon erstaunlich, dachte Tilly, was die Deern in diesen Wochen auf die Beine gestellt hatte. Mit einer Energie, um die Tilly sie beneidete, und einem eisernen Willen, den sie an sich selbst immer häufiger vermisste.

Manchmal kam es ihr so vor, als ginge ihre eigene Kraft durch geheimnisvolle Kanäle auf ihre Nichte über, aber das war natürlich dummes Zeug, was sie sich da so ausdachte. Anne war jung, und sie selbst war alt. Das war die einzige Erklärung.

Sie kniff die Augen zusammen, um etwas zu erkennen. Bevor am Morgen der Regen eingesetzt hatte, war ein großes handbemaltes Holzschild über der Eingangstür angebracht worden. Tilly hätte zu gern gewusst, ob die Farbe wasserfest war.

Nicht, dass morgen zur Eröffnung die Leute als Erstes auf eine Schmiererei guckten. Kurz überlegte Tilly, ob sie hinüberlaufen sollte, um nachzusehen. Und bei der Gelegenheit könnte sie ins Café gehen und ihre Hilfe bei den letzten Vorbereitungen anbieten. Thies war auch dort, das wusste sie. Er hatte am Morgen das Firmenschild mit seinem alten Kleinlaster gebracht, der nun fast jeden Tag im Holunderdorf parkte. Und er war noch nicht wieder weggefahren.

Kurz vor der Mittagszeit hatte Tilly vorgeschlagen, für sie drei zu kochen.

Nun ja, vorgeschlagen war vielleicht nicht der richtige Ausdruck. Sie war rübermarschiert, hatte gegen die Tür gedonnert und gebrummt: »Es gibt Kartoffelsuppe aus der Dose. Mit Würstchen. Wer Hunger hat, kann was mitessen.«

Weder Anne noch Thies waren gekommen.

Zu beschäftigt, hatte Tilly voller Groll gedacht und allein ihren Teller leer gelöffelt. Oder Dosenfraß war ihnen nicht fein genug.

Und sie ärgerte sich noch über etwas anderes: Aus ihr

unerfindlichen Gründen war auch an diesem Tag ihre Hilfe nicht vonnöten gewesen. Und das ging schon die halbe Woche so. Deswegen hatte es auch gar keinen Sinn, dass sie es gleich noch einmal versuchte.

»Es sind wirklich nur noch ein paar Kleinigkeiten«, hatte Anne erklärt. »Das schaffe ich mit Thies allein. Ruhe du dich nur aus. Du siehst erschöpft aus.«

Obwohl es stimmte, obwohl sie wirklich müde war, hatte sich Tilly wie eine alte Frau gefühlt, die aufs Abstellgleis geschoben wurde.

Fröstelnd wandte sie sich ab und schaute zum Hundekorb.

»Na, mein kleiner Hugo? Bei dem Mistwetter willst du bestimmt nicht raus.«

Sie bekam nur ein Winseln zur Antwort. Der Mops lag fest eingerollt ganz am Rand seines Körbchens.

Tilly erschrak. War der Lütte etwa krank? Und wieso hatte sie nichts davon mitbekommen?

Mühsam sank sie auf die Knie und strich ihm über sein zitterndes Fell.

Und wieder fuhr ihr ein Schrecken durch die Glieder. Der Hund war ja klatschnass!

»Wieso ...«, stammelte sie.

Wie durch einen Schleier starrte sie auf Hugo hinunter. Was war nur mit ihm geschehen? Hatte er sich nach draußen geschlichen, während sie nach dem Mittagessen ein Nickerchen gehalten hatte?

Sie hatte sich doch hingelegt, oder?

Da drüben, ihr Bett war ungemacht, und Tilly war eine Frau, die vielleicht auf unkonventionelle Art und Weise lebte, aber dennoch sehr viel von Ordnung hielt. Jeden

Morgen lüftete sie Federbett und Kissen und zog dann die Tagesdecke glatt.

Und sie war vorhin so müde gewesen, das wusste sie noch genau.

Oder hatte sie doch nicht geschlafen und heute früh einfach das Bett so gelassen, wie es war?

Nein, ausgeschlossen.

Das passte nicht zu ihr.

Verwirrt fuhr sie sich durchs Haar, und dann stieß sie einen kleinen Schrei aus.

Sie war selbst nass!

Hugo jaulte auf, sprang aus seinem Körbchen und versteckte sich unter ihrem Bett.

»Ach, mein armer Kleiner. Hast du Angst vor mir? Brauchst du nicht. Ich verstehe es bloß nicht. Wir sind draußen im Regen gewesen? Wann denn? Und warum weiß ich nichts mehr davon?«

Sie wartete, aber natürlich gab er keine Antwort. Winselte nur leise vor sich hin, als müsse er das ganze Hundeelend dieser Welt auf sich nehmen.

Also stand sie ächzend auf und holte zwei Handtücher aus dem Wäscheschrank. Eines davon schlang sie sich um den Kopf. Tilly wusste, sie sollte sich auch schnell umziehen, bevor sie sich noch eine Erkältung einfing. Aber zunächst musste sie Hugo trockenrubbeln. Geduldig stieß sie kleine Lockrufe aus.

Endlich kam er hervorgekrochen, ließ sich in das große weiche Handtuch einwickeln und grunzte zufrieden, als Tilly ihn ausführlich massierte.

Die gleichmäßigen Bewegungen halfen ihr, die Angst im Zaum zu halten. Sie stellte fest, dass sie keinen Kaftan trug, sondern eine Wolljacke und Jeans, beide allerdings vollgesogen mit Wasser. Dennoch beruhigte sie sich ein wenig.

So müde war sie eben doch nicht gewesen, um in einem leichten Flattergewand nach draußen zu gehen.

Müde?

Oder eher durcheinander?

Geistesabwesend?

»Unsinn«, sagte sie leise. »Mit mir ist alles in Ordnung. Es war nur zu viel Aufregung in letzter Zeit. Ist ja kein Wunder, wenn ich da mal nachlasse.«

Dann legte sich wieder ein Schleier über ihre Gedanken, und sie rubbelte den Hund, auch als dieser längst trocken war, während sie selbst vor Kälte mit den Zähnen klapperte.

Irgendwann stand sie unter der heißen Dusche und merkte, wie ihr wieder warm wurde.

Na also, dachte sie zufrieden. In ihrem Kopf funktionierte alles ausgezeichnet.

Sie war mit Hugo draußen gewesen und hatte sich kurz nicht daran erinnert?

Kein Problem, so etwas konnte bei älteren Leuten schon mal vorkommen. Aber danach hatte sie alles richtig gemacht. Hugo abgetrocknet und selbst eine Dusche genommen.

Alles bestens.

Als das Wasser kalt wurde, verließ Tilly das winzige Bad, hüllte sich in einen Frottémantel und zog ein paar Minuten später frische Hosen und einen besonders dicken Pullover an.

Draußen war es noch dunkler geworden.

Seltsam. Man hätte beinahe meinen können, es sei schon Abend.

Bevor sie sich noch länger darüber wundern konnte, wurde kurz an die Wohnwagentür geklopft.

Hugo sprang auf und bellte los, bereit, jeden zu beißen, der in seine Nähe kam.

Oder in die seines Frauchens.

»Herein!«, rief sie unwirsch.

Anne steckte den Kopf durch die Tür. »Kannst du den Mops anleinen? Thies ist auch hier, und wir können keinen Unfall mit Hundezähnen gebrauchen.«

Tilly sah an sich hinunter und ärgerte sich, dass sie keinen Kaftan trug. Den schwarzen, den Kyra so liebte. Er gab ihr etwas Geheimnisvolles und ließ ihr stahlgraues Haar aufleuchten. Dazu hätte sie sich schminken können. Ein dicker Kajalstrich um die Augen, knallroter Lippenstift auf dem Mund. Das genügte schon, um ...

Idiotin!, schimpfte sie im Stillen mit sich selbst. Wie konnte sie auch nur an so etwas denken! Sie war aus dem Alter raus, in dem eine Frau sich für einen Mann hübsch machte. Besonders, wenn es sich dabei um einen alten hässlichen Fischer handelte, der die Zähne nicht auseinanderkriegte.

Sie rief Hugo zu sich. Er folgte zögernd ihrem Befehl, hockte sich vor sie hin und ließ sich an die Leine nehmen.

Dann machte er eine Pfütze.

»Was soll das denn? Seit wann bist du nicht mehr stubenrein?«

Anne und Thies kamen herein. Tilly sah, wie sie einen Blick tauschten, dann holte Anne Küchenpapier, Wischeimer und Mopp und machte sich daran, das Malheur zu beseitigen.

»Wann warst du denn zuletzt mit ihm draußen?«, fragte sie, als der Fußboden wieder blitzsauber war.

Tilly kratzte sich am Kopf und achtete nicht darauf, dass ihre Haare ihr sofort zu Berge standen. »Vorhin erst. Es hat furchtbar gegossen, und ich habe eine Weile gebraucht, bis ich uns beide trocken bekommen hatte.«

Wieder dieser Blick der beiden. So langsam wurde Tilly wütend.

»Was soll das?«, fragte sie. »Habt ihr zwei ein süßes Geheimnis, das ihr nicht mit mir teilen wollt, oder was?«

»Frau Winkler ...«, begann Thies Ahrens, stockte dann, senkte den Kopf.

»Tilly ...«, versuchte es Anne, kam aber ebenfalls nicht weiter.

»Jetzt reicht es mir. Ihr benehmt euch wie kleine Kinder. Raus mit der Sprache!«

Anne hüstelte, bevor sie weitersprach. »Es hat zuletzt um drei Uhr heute Nachmittag geregnet, und jetzt ist es acht Uhr abends.«

Ihr Herz setzte einen Schlag aus, und sie sah bunte Sterne vor den Augen. Eine schwere, bleierne Stille trat ein, nur unterbrochen von Hugos leisem Schnaufen.

Endlich tat Tilly das, was sie zeit ihres Lebens in schwierigen Situationen getan hatte: Sie riss sich heftig am Riemen, bog den Rücken durch, hob die Schultern, ließ ihre Augen scharf aufblitzen.

»Ihr habt mich falsch verstanden«, sagte sie mit klarer Stimme. »Ich weiß genau, dass der Regen schon vor Stunden nachgelassen hat. Aber draußen ist trotzdem alles noch feucht, und Hugo hatte sich in die Büsche geschlagen. Ich musste hinterher, weil er sich nicht mehr allein zurücktraute. Deshalb waren wir beide so durchnässt.«

Anne und Thies nickten, unsicher zunächst, aber schließlich mit einem Ausdruck der Erleichterung in den Gesichtern.

Gut so.

»Und bei dem Abenteuer hat Hugo sich wahrscheinlich sein bestes Stück verkühlt«, fügte sie sicherheitshalber hinzu. »Deswegen kann er jetzt sein Wasser nicht halten. Das ist ihm schon mal passiert.«

»Ach so«, meinte Anne.

»Verständlich«, brummte Thies.

Tilly entspannte sich. Mehr oder weniger waren die beiden jetzt überzeugt. Was sie selbst fühlte, wie viel Angst sie auf einmal hatte – das ging niemanden etwas an. Sie war daran gewöhnt, mit allem selbst klarzukommen.

»Wie sieht's drüben aus?«, fragte sie, um endlich das Thema zu wechseln.

»Deswegen sind wir hier«, gab Anne zurück. »Wir möchten, dass du es dir anschaust. Kommst du?«

»Ja, Moment. Ich gehe nur kurz noch einmal mit Hugo raus. Nicht dass er gleich die nächste Pfütze macht.« Sie hoffte, das klang plausibel. Nur sie allein ahnte, dass Hugo viel zu lange im Wohnwagen eingesperrt gewesen war. Und als er sich eben in großer Not erleichtert hatte, war das vielleicht nicht genug gewesen.

Sie nahm den Mops auf den Arm und drängte sich an ihrer Nichte vorbei.

Als sie ganz nah bei Thies war, knurrte der Mops los.

Unbeeindruckt griff der alte Fischer in seine hintere Hosentasche und zog etwas Buntes, Wolliges hervor.

»Was soll das sein? Ein Eierwärmer für meinen Hugo?«

Thies stieß ein Geräusch aus, das einem Lachen ziemlich nahekam.

»Nein, Frau Winkler. Eine Pudelmütze. Für Sie.«

»Sehe ich aus wie jemand, der so etwas trägt?«

Sie starrte auf das gestreifte Ding, in dem sämtliche Farben des Regenbogens verarbeitet waren. Nur der dicke Bommel war einheitlich in schreiendem Pink gehalten.

»Wie alt, glauben Sie, bin ich? Zehn?«

Unbeirrt hielt er ihr sein Geschenk hin.

»Es wird kalt werden in nächster Zeit. Sie sind das Wetter hier nicht gewohnt.«

Weil sie nicht an ihm vorbeikam und weil Hugo auf ihrem Arm schon wie wild zappelte, senkte sie endlich den Kopf, ging leicht in die Knie und ließ sich die schreckliche Mütze aufsetzen.

Seine rauen Finger berührten dabei ihre Ohren, und ein Schauder erfasste sie.

»Danke«, entfuhr es Tilly. Aber schon im nächsten Moment setzte sie heftig hinzu: »Hoffentlich sieht mich keiner damit. Sonst werde ich zur Lachnummer der Gegend.«

Der alte Fischer sagte nichts, sondern machte ihr nur Platz. Aber in seinen faltigen Augenwinkeln blitzte es belustigt auf.

Hugo wollte schnell wieder zurück in den warmen Wohnwagen, kaum dass er einmal kurz sein Bein gehoben hatte. Also ließ Tilly ihn in seinem Körbchen und folgte Anne und Thies zum schiefen Häuschen.

Dort angekommen, fixierte sie das große Holzschild, konnte aber nichts erkennen, da keine Außenbeleuchtung eingeschaltet war.

»Ist die Schrift weggewaschen worden?«

»Aber nein«, erklärte Anne. »Thies hat das Schild sorgfältig lackiert. Da kann nichts verwischen.«

Im Gegensatz zu meinem Verstand, dachte Tilly bei sich. Da verschwimmt manchmal alles.

Sie verdrängte ihre Angst, trat ein – und blieb staunend stehen. Klar, sie hatte in den letzten Wochen mitgeholfen, hatte geputzt und Möbel auf Vordermann gebracht, hatte Lampen poliert und tiefe Kratzer in alten Tischen bearbeitet. Aber in den vergangenen zwei, drei Tagen war sie verdammt lustlos gewesen, und häufig hatte Anne, so wie heute Morgen, ihre Hilfe auch abgelehnt. Nun also sah sie die fertige Einrichtung zum ersten Mal.

»Das nenne ich ein Sammelsurium!«, stieß sie aus. Und das stimmte. Im Stübchen versammelte sich eine wilde Mischung aus Möbeln. Sie waren gebraucht in der Gegend gekauft, bei eBay ersteigert oder beim Sperrmüll gesammelt worden. Annes Budget war äußerst begrenzt, das wusste Tilly. Was sie aber wirklich überraschte, war das harmonische Ergebnis. Polsterstühle gruppierten sich um runde Bistrotische mit Marmorplatten, ein großer länglicher Buchenholztisch, der aus einer aufgegebenen Kneipe in Travemünde stammte, stand vor einer knallroten amerikanischen Dinnerbank, und zwei tiefe Sessel am größten Fenster standen rechts und links von einem alten Nachtschränkchen. Es gab eine kleine Bar mit Kaffeemaschine und Getränkeregal. Davor gruppierten sich Hocker mit und ohne Lehne, mit und ohne Polsterung. An der Decke waren Messingstrahler angebracht, auf einigen Tischen standen Nostalgielampen und Windlichter.

Das wirklich Besondere aber waren die schiefen Wände, die mit ihrer Dekoration jeden neuen Gast sofort daran erinnerten, dass die See nicht allzu weit entfernt von hier gegen die Steilküste brandete. Da waren verwitterte Schiffsplanken angenagelt worden, und da hingen Ölgemälde von historischen Seglern. Da baumelte ein löchriges Fischernetz neben einer Holzplatte mit einem großen ausgestopften Kabeljau. Ein komplettes altes Steuerruder befand sich neben einem bauchigen Gegenstand, der aussah wie ein halbes Rumfass. Überall waren Muscheln angeklebt, und auf einem kurzen Regal gab es ein paar Buddelschiffe zu bewundern.

Tilly ließ alles eine Weile auf sich wirken und sagte dann: »Man könnte meinen, man befindet sich mitten auf dem Meer, und der Kahn hat schwer Schlagseite.«

Anne klatschte begeistert in die Hände.

»Genau so war es gedacht. Diese Wirkung wollten wir erzielen.«

»Hauptsache, die Leute werden nicht seekrank und spucken deine Holundertorten gleich wieder aus.«

Anne lachte. Dann fiel sie Tilly um den Hals und küsste sie auf beide Wangen. »Danke.«

»Wofür?«

»Ich war mir nicht sicher, ob wir es hingekriegt haben. Du bist sozusagen unser Testgast. Deswegen habe ich dich auch ein paar Tage ferngehalten.«

»Aha.«

Sie fand den Gedanken beruhigend. Es hatte also einen guten Grund dafür gegeben, dass ihre Hilfe zuletzt abgelehnt worden war. Anne hatte sich in Wahrheit nicht um Tillys Gesundheitszustand gesorgt. Sie brauchte diesmal nur ihren besonderen Rat.

Tilly schaute sich noch einmal gründlich um. In ihrem Kopf funktionierte alles anstandslos, sie fühlte geradezu einen neuen Energieschub. Ihr Blick traf auf Thies, der regungslos an der Bar lehnte und sie beobachtete. Sein kahler Schädel schimmerte im Lampenlicht, sein Bauch wölbte sich über dem Gürtel. Eine Witzfigur von einem Mann, dachte Tilly wie schon oft zuvor. Und doch – da waren seine Augen, in denen tiefe Menschenkenntnis schimmerte, da waren die enorm breiten Schultern, da waren seine narbigen Hände, die sie vorhin so zart berührt hatten. Der ganze Mann war ein Widerspruch in sich, und sie begriff nicht, was er von ihr wollte.

Er brachte ihr Geschenke?

Okay, die seltsamsten Sachen.

Aber warum?

Aus reiner Freundschaft?

Oder hoffte er etwa, sie beide würden ein Liebespaar? In ihrem Alter?

Allein die Vorstellung war grotesk!

Und dennoch überlief sie wieder ein Schauder.

Aber warum tat er sonst nichts? Warum bat er sie nicht um eine Verabredung, um einen gemeinsamen Spaziergang, um irgendwas?

Vielleicht ist er zu schüchtern, überlegte sie. Er hat keine Übung im Umgang mit Frauen. Die alte Paula hatte ihr erzählt, Thies Ahrens habe nie eine feste Freundin gehabt. Auch früher nicht, als er noch jung und um einiges ansehnlicher gewesen war. Keine gute Schulbildung, kein

Vermögen, keine Wortgewandtheit. Dazu der harte, wenig einträgliche Job als Fischer. Das waren wohl die Hauptgründe gewesen, weshalb keine was von ihm wissen wollte.

Aber wenn sie ihn jetzt so ansah, dann dachte sie, dass die Mädchen damals schön dumm gewesen waren.

Einen besseren Mann als Thies Ahrens hätten sie nicht bekommen können. Ruhig, treu, hilfsbereit, mit einem goldenen Herzen.

Nun. So stellte sie ihn sich wenigstens vor.

Und wenn ich ihn jetzt noch lange anstarre, sagte sie sich im Stillen, dann mache ich mich so lächerlich wie noch nie in meinem Leben!

Schnell sah sie weg und konzentrierte sich auf die Einrichtung des Stübchens.

»Der Durchgang zur Küche«, sagte sie endlich. »Der könnte hübscher gestaltet werden. Diese bunten Plastikstreifen sind potthässlich und gehören nach Italien. Nicht an die Ostsee. Ich schlage vor, die nehmt ihr schleunigst ab und hängt stattdessen rechts und links zwei weitere Fischernetze auf. Schön gerafft, damit keiner drin hängenbleibt und dann wie ein Steinbutt auf dem Trockenen zappelt.«

Wieder klatschte Anne in die Hände. »Toll! Du hast ja so recht! Das Teil habe ich ganz am Anfang angebracht, weil ich die Fliegen von Küche und Backstube fernhalten musste. Und dann habe ich es wohl vergessen und hängen lassen. Oder nein, wahrscheinlich hat es mich die ganze Zeit gestört, aber ich hatte einfach zu viel anderes zu tun.«

Thies löste sich von der Bar und kam auf Tilly zu. »Sie haben ein gutes Auge, Frau Winkler.«

Tilly nickte gnädig und hoffte inständig, dass sie nicht rot wurde. Als er jetzt so vor ihr stand, ziemlich dicht und ohne den knurrenden Hugo zwischen ihnen, da begriff sie schlagartig, was es war, was sie zu ihm hinzog. Oder, besser gesagt, was fehlte.

Die Wand, die in ihrer Vorstellung stets zwischen ihr und anderen Menschen stand.

Sie war nicht da.

Selbst bei Anne, mit der sich Tilly so gut verstand, war es ihr nie gelungen, diese Wand vollkommen einzureißen. Aber zwischen ihr und Thies existierte sie nicht. Und das geschah ihr zum ersten Mal seit ihrer Hippiezeit in den Sechzigern, als die Joints ihr eine Zeitlang geholfen hatten, auf die andere Seite, zu den anderen Leuten zu gelangen.

Wie kam das nur?

Warum musste sie ausgerechnet jetzt, im Alter, einen solchen Mann finden?

»Weil das Meer keine Wände hat«, sagte sie. Dann schlug sie sich die Hand vor den Mund.

Zu spät.

Anne runzelte bereits die Stirn, Thies' Blick bekam etwas Dunkles, Ahnendes.

»Alles in Ordnung mit Ihnen, Frau Winkler?«

»Natürlich. Ich habe nur laut über etwas nachgedacht.«

»Verstehe.«

»Über die Einrichtung hier.«

»Aha.«

Ihr wurde heiß, und sie trat einen Schritt zurück. Dabei stieß sie heftig gegen einen Bistrotisch, der wackelte, aber stehenblieb.

»Es war ein langer Tag«, sagte sie und strebte zur Tür. »Ich muss schlafen. Viel Glück bei der Eröffnung.«

»Aber Tilly!«, rief Anne ihr nach. »Du bist doch morgen dabei, oder?«

Sie antwortete nicht mehr, rannte auf ihren Wohnwagen zu, stürzte hinein und schloss hinter sich ab.

14. Kapitel

Ganz bewusst hatte Anne die Eröffnung des Stübchens auf den frühen Sonntagnachmittag gelegt. Ihre Hoffnung war, dass viele Gäste bis dahin nur ein spätes Frühstück zu sich genommen hatten und hungrig ihre Spezialitäten kosten würden. Heute gab es alles gratis, und auf dem langen Buchenholztisch war ein reichhaltiges Büfett aufgebaut. Zu ihrer Erleichterung waren eine Menge Leute gekommen, und die meisten stammten aus der Gegend. Das Stübchen war schon eine halbe Stunde, nachdem sie gemeinsam mit Thies und Kyra die Tür geöffnet hatte, brechend voll, und Anne fürchtete plötzlich um die schiefen Wände. Mochten die Fachleute im Bauamt über die Statik behaupten, was sie wollten: Wenn sich nur ein halbes Dutzend Gäste gegen eine Wand lehnte, konnte das ganze Gebäude über ihnen allen zusammenbrechen.

Ach, Quatsch! Anne kniff sich in den Arm, um wieder Vernunft anzunehmen. Es würde keine Katastrophe geben.

Höchstens eine kulinarische.

Sie stand am Durchgang zur Küche und beobachtete einen Moment lang das Treiben.

»He!« Kyra stieß sie von hinten an. »Lass mich durch!«

Auf den Händen trug sie eine Platte mit Holunderherzen. »Die Dinger gehen weg wie warme Semmeln. Na, blöder Vergleich, sorry.«

Anne lächelte schief. »Immerhin. Diese Teile werden gegessen.«

Sie hatte die kleinen Backformen vor ein paar Tagen in einem Haushaltswarengeschäft in Glückshafen entdeckt. Warum nicht?, hatte sie gedacht. Warum nicht Holundertörtchen in Herzform backen? Und sie waren ihr wunderbar gelungen. Der Teig aus Butter, Zucker, Vanillezucker, Eiern, Mehl, gemahlenen Mandeln und Backpulver ließ sich mit einem Spritzbeutel leicht einfüllen. Dann kam auf jedes Herz ein Teelöffel Holunderbeeren, und nach dem Backen wurden sie noch mit Puderzucker bestreut. Einfach, aber köstlich.

Anne machte Kyra schnell Platz und sah sich dann wieder aufmerksam um. Ja, die Herzen wurden gern gekostet, ebenso wie der Plattenkuchen und die Holunderrolle aus Biskuitteig.

Aber was war mit den zwei zur Auswahl stehenden Hauptgängen? Die Wildschweinkoteletts und der geräucherte Aal lagen beinahe unberührt auf einem Nebentisch. Auch die zwei Holunderbeersoßen wurden verschmäht. Dabei hatte sie sich damit besonders viel Mühe gegeben. Tagelang hatte Anne experimentiert. Die Soßen sollten kräftig schmecken, aber ihren süßen Beigeschmack behalten. Würzig sein, aber nicht zu dominierend. Sie sollten zu Wild passen, aber auch, und das war ihre eigene Erfindung, zu Fisch. So hatte Anne dunklen Rohrzucker karamellisiert, mit Apfelsaft abgelöscht und auf die Hälfte eingekocht. Ein wenig Bratenjus für die eine Soße, aber Fischfond für die andere war dazugekommen, außerdem einige Gewürze wie Kardamom und Koriandersamen, die sie immer wieder neu zusammenstellte, schließlich noch kalte Butterflocken.

Am Ende, als ihre eigenen Geschmacksknospen schon beinahe überfordert gewesen waren, hatte sie sich selbst davon überzeugt, dass sie zwei perfekte Soßen geschaffen hatte.

Verlorene Liebesmüh, wenn kein Mensch sich dafür interessierte, wenn sich alle nur auf das Gebäck stürzten.

»Geahnt habe ich es ja«, murmelte Anne halblaut. Allein deshalb hatte sie die herzhaften Gerichte nicht in die entgegengesetzte Ecke des Stübchens verbannt, wo sie womöglich übersehen worden wären. Und so hatte sie es in Kauf genommen, dass sich die Düfte von Wild, Fisch und Kuchen vermischten, was sonst gar nicht ihre Art war.

Gesa würde sich schlapplachen, fügte sie in Gedanken hinzu. Die überkorrekte Anne Winkler, die mal alle fünfe gerade sein ließ. Das kam schon einem kleinen Wunder gleich.

Anne seufzte. Wie gern hätte sie ihre Freundin und Kollegin heute hiergehabt, aber das war unmöglich.

»Ich würde alles darum geben«, hatte Gesa am Telefon gesagt. »Es wäre total spannend zu sehen, was du in so kurzer Zeit da oben an der Ostsee auf die Beine gestellt hast. Bloß haben wir Sonntag zwei Geburtstagspartys. Keine Chance, Anne. Aber es wird bestimmt ganz toll. Versuch bloß nicht, alles perfekt zu machen.«

»Ich werde mir Mühe geben«, hatte Anne erwidert.

Gesa war für einen Moment still gewesen, dann jedoch hatte sie nachgehakt: »Nach einer einfachen Auszeit sieht mir das aber nicht mehr aus, oder? Ich meine, wenn dein

Café gut läuft, wirst du wahrscheinlich nicht so schnell zurückkommen.«

Anne war sich bewusst gewesen, dass die Freundin langsam eine Entscheidung brauchte, dennoch bat sie um noch ein wenig Zeit. »Lass mich sehen, wie es hier klappt. Sagen wir, bis Ende des Monats, in Ordnung?«

»Okay«, hatte Gesa erwidert. »Aber spätestens im November müssen Sven und ich wissen, wie es weitergehen soll.«

»Abgemacht.«

Sie hatten noch eine Weile über den Partyservice geplaudert, der weiterhin gut lief, obwohl Anne fehlte, wie Gesa behauptete. Erst als die Freundin wissen wollte, was es denn sonst so für Neuigkeiten gebe, hatte Anne es eilig gehabt, das Gespräch zu beenden.

Was hätte sie Gesa auch sagen sollen? Dass es da einen Mann gab, einen Arzt, den sie am Abend ihrer Ankunft in Glückshafen zum ersten Mal gesehen hatte? Einen schönen, traurigen, mageren Mann mit einem Herzen aus Eis? Einen, den sie nur einmal umarmt hatte, vor vier Tagen, und zwar bloß aus Versehen?

Keine gute Idee. Anne konnte förmlich sehen, wie sich Gesa gegen die Stirn tippte.

»Du bist ein hoffnungsvoller Fall«, würde sie wahrscheinlich sagen. Oder: »Lass bloß die Finger von depressiven Landärzten. Ich bin zu weit weg, um dich zu trösten.«

So etwas in der Art.

Nein, es war klüger gewesen zu schweigen. Irgendwann einmal würde sie Gesa erzählen, dass es da vorübergehend eine Verwirrung der Gefühle gegeben hatte. Irgendwann, wenn es nicht mehr weh tat.

Erneut seufzend verließ Anne ihren Beobachtungsposten und ging zur Bar, wo Thies mit der Kaffeemaschine kämpfte. Cappuccino, Espresso oder Latte macchiato waren offensichtlich nicht seins. Und dieses chromglänzende, zischende und dampfende Ungetüm jagte ihm mehr Angst ein als eine Monsterwelle auf der Ostsee.

»Lass mal, ich mach das schon.«

Der alte Fischer brummte etwas über den guten alten deutschen Filterkaffee, den man nirgends mehr bekam, durchquerte dann eilig das Stübchen und verschwand nach draußen.

Anne lächelte. Den würde sie heute nicht mehr sehen. Er hasste es, wenn mehr als drei Leute in einem Raum waren. Er war nun mal nicht der Typ für Small Talk und Partys. Trotzdem hatte sie ihn gebeten, wenigstens beim ersten Ansturm da zu sein. Sie hatte befürchtet, es allein mit Kyra und Tilly nicht zu schaffen, obwohl alles auf den Punkt vorbereitet war und die Gäste sich selbst bedienen konnten.

Apropos Tilly, dachte sie und sah sich um. Wo war ihre Tante?

Sie konnte keine Spur von ihr entdecken, dabei wäre sie in dem knallgelben Kaftan, in dem sie am Morgen aufgetaucht war, nicht zu übersehen.

Anne hatte möglichst diplomatisch vorgeschlagen, etwas anderes anzuziehen. So ein Flattergewand wäre doch eventuell unpraktisch, aber Tilly war stur geblieben.

»Sei froh, dass die Sonne wieder scheint«, hatte sie erwidert, als habe sie das gute Wetter ganz allein mit ihrer Kleiderwahl herbeigelockt.

Zu Annes Erleichterung hatte sich sonst niemand an Tillys Outfit gestört. Zwar war ihr gleich zu Anfang eine

Bemerkung über den riesenhaften Kanarienvogel zu Ohren gekommen, aber davon abgesehen schienen die Glückshafener Tilly Winkler inzwischen zu akzeptieren. Mehr noch: Anne hatte beobachtet, wie ein paar Frauen sich regelrecht freundlich mit ihr unterhielten. Sie hoffte, das möge so bleiben, und sie glaubte, sie selbst hatte auch einen winzigen Anteil daran. War sie doch mittlerweile als taffe Geschäftsfrau bekannt, die den Schandfleck des Ortes in etwas Vernünftiges verwandelte.

Das Wort ›Schandfleck‹ hatte Kyra an sie weitergegeben und dazu breit gegrinst. »Aber mit einem Café sind die Leute einverstanden. Wahrscheinlich kommt halb Glückshafen, um sich davon zu überzeugen, dass du hier keine Haschplätzchen oder Schlimmeres anbietest.«

So weit, so gut, dachte Anne. Aber wo war Tilly jetzt? Und warum probierte bloß kein einziger Gast von den zwei Hauptgerichten?

Kyra trat an die Bar, in der Hand eine leere Kuchenplatte. »Wenn das so weitergeht, ist bald alles aufgegessen.«

»Bis auf die Koteletts und den Aal«, erwiderte Anne. »Ich verstehe das nicht. Warum essen alle nur Kuchen? Ist denen das vielleicht zu exotisch? Aber Wildschweine leben in den heimischen Wäldern, und der Aal schwimmt in der Ostsee. Die Holunderbeersoße dazu ist vielleicht ein wenig gewagt, aber ...«

»Quatsch. Du bist auf dem völlig falschen Dampfer.« Kyra kam um die Bar herum und bereitete gekonnt zwei Latte zu, die sie dann einer jungen Frau über den Tresen reichte.

»Wir sind ja kein zurückgebliebenes Bauernvolk, das nichts Neues kosten will.«

»Da hast du aber mal etwas anderes behauptet«, entgegnete Anne. »Weißt du noch? Als wir uns kennengelernt haben, auf dem Marktplatz. Da hast du von dem Döner-Imbiss erzählt, der schließen musste, weil die Leute so etwas nicht mögen.«

Kyra lachte. »Da war ich nur sauer auf Papa, und mir wurde alles zu viel. Der Döner-Typ hat bloß Pleite gemacht, weil er nicht wirtschaften konnte.«

»Ach so.« Anne wies zu dem Tisch mit den unangetasteten Gerichten. »Deswegen weiß ich aber immer noch nicht, warum das nicht probiert wird.«

»Ist doch ganz einfach. Die Leute haben schon Mittag gegessen. Was das betrifft, sind wir hier doch noch ziemlich ländlich. Frühstück zwischen sieben und acht, Mittag um Punkt zwölf, Abendessen um sieben, und jetzt am Nachmittag gibt's leckeren Kuchen. Gern auch mit italienischen Kaffeespezialitäten.«

»Verstehe«, sagte Anne. »Dann gibt es ja noch Hoffnung.«

»Klar. Aber ich glaube, mit Kuchen und Torten machst du die besten Geschäfte.«

»Hm.« Annes Aufmerksamkeit wurde auf einen Mann gelenkt, der an den Backwaren vorbeiging und sich den Hauptspeisen näherte.

Ihr Puls raste. Sie trat unwillkürlich einen Schritt zurück und kreuzte die Arme vor der Brust, als brauche sie Schutz. Oder als müsste sie sich selbst daran hindern, etwas Unüberlegtes zu tun. Zu ihm hinlaufen und die Hände nach ihm ausstrecken, zum Beispiel. In ihrem Rücken spürte sie das Regal mit Flaschen, in ihrem Herzen herrschte heilloses Durcheinander.

Kyra, die ihrem Blick gefolgt war, gluckste leise. »Da siehst du die Ausnahme von der Regel. Papa hat heute Bereitschaft. Der ist ganz klar noch nicht zum Essen gekommen.«

»Warum ...« Anne merkte, dass ihre Stimme kratzig klang, und hüstelte. »Warum ist er hier?«

Kyra hob die Schultern. »Ich hab's ihm erzählt. Also, dass heute Eröffnung ist und dass ich hier einen prima Nebenjob habe. Außerdem hat er wahrscheinlich zu Hause den leeren Kühlschrank gesehen. Da er ein kluger Kopf ist, wusste er, wo er am schnellsten was zu essen kriegt.«

Enttäuschung wollte sich in Anne breitmachen, aber sie kämpfte dagegen an. Sörensen wollte nur sehen, was seine Tochter so trieb?

Das war in Ordnung.

Er hatte einfach Hunger nach einem langen Dienst?

Auch das war okay.

Selbstverständlich tauchte er nicht im Stübchen auf, weil er Sehnsucht nach Anne verspürte oder weil er sich davon überzeugen wollte, was sie geleistet hatte. Weil er gar stolz auf sie war. Nein. Dieser Zusammenstoß, dieser kleine Unfall neulich – er hatte nichts zu bedeuten.

Mit einiger Mühe löste sie ihre gekreuzten Arme, schnappte sich ein paar Gläser und begann, sie zu polieren. Möglichst beiläufig sagte sie dabei zu Kyra: »Es wird Zeit für die Blütenbowle. Holst du sie aus dem Kühlschrank? Und für die Kinder gibt es den Fliedersekt. Dann stoßen wir offiziell auf die Eröffnung an.«

Die Bowle hatte Anne mit Holunderblüten, Weißwein, Sekt, Zitronenscheiben und etwas Honig angesetzt. Für den Fliedersekt hingegen hatte sie auf Alkohol verzichtet.

Er enthielt ebenfalls Blüten und Zitrone, bestand jedoch hauptsächlich aus Wasser und war mit viel Zucker gesüßt.

Kyra rührte sich nicht vom Fleck. »Habe ich mich eigentlich schon für den Job bedankt?«

Anne bemühte sich um ein Lächeln, während sie beinahe zwanghaft auf die Gläser schaute, um bloß nicht den Blick zu heben, um bloß nicht Sörensen anzusehen.

»Ungefähr tausendmal.«

»Echt? Kam mir gar nicht so vor. Jedenfalls bin ich wirklich glücklich darüber. Es ist viel besser als Babysitten oder Zeitungen austragen. Ich kann hier jeden Nachmittag arbeiten, und ich verdiene mehr.«

Anne schaffte es, sich auf das Mädchen zu konzentrieren. »Aber du weißt, dass es keine Garantie gibt. Wenn das Stübchen nicht läuft, muss ich vielleicht schon bald wieder dichtmachen.«

»Ach was, das wird schon. Und wir müssen eben auch die Touristen anziehen. Davon gibt's auch im Herbst und Winter genug.«

»Tatsächlich?«, erwiderte Anne staunend.

Kyra nickte eifrig. »Klar doch. Ich sage nur Herbstferien, Weihnachtsferien, Winterferien. In Travemünde ist immer was los. Und wir könnten Flyer drucken lassen, vielleicht irgendwas Besonderes veranstalten. Eine Wanderung an der Steilküste zum Beispiel, oder eine Suche nach Bernstein. Und anschließend Einkehr ins Stübchen.«

Anne klopfte ihr anerkennend auf die Schulter. »Du solltest nach dem Abitur in die Werbung gehen. Ich glaube, du hast Talent.«

»Na, mal sehen. Ich will Geld sparen, die Schule hinter mich bringen, und dann ...« Ihr Blick verlor sich im Gastraum, doch Anne hatte das sichere Gefühl, Kyra sähe etwas, das in weiter Ferne lag. Ein Land am anderen Ende der Welt, wo der Winter ein Sommer war und wo die Schatten der Vergangenheit nicht hinkamen, weil ihnen der Weg zu weit war.

»Du solltest es tun«, sagte sie leise.

Kyra zuckte zusammen, als wache sie aus einem Traum auf. »Was denn?«

»Dieses Jahr in Australien, von dem du schwärmst. Mach das. Es wird dir guttun.«

Sie wusste nicht, woher plötzlich diese Sicherheit kam, aber sie war einfach da.

»Ich weiß aber gar nicht, ob es das ist, was ich will«, sagte Kyra leise.

Anne stellte die letzten Gläser ab und nahm die Bestellung für drei Cappuccini entgegen. Während sie die Milch aufschäumte, dachte sie über eine kluge Erwiderung nach. Ihr fiel keine ein. Auch gut, sagte sie sich. Kyra würde schon noch ihre Träume entdecken.

Als sie die Tassen über den Tresen gereicht hatte, stieß sie das Mädchen leicht in die Seite. »Schaust du mal nach, ob noch Holunderherzen da sind? Die Platte ist schon wieder leer. Und dann schenken wir Bowle und Sekt ein.«

»Okay. Und Anne, es tut mir leid.«

»Was denn?«

»Ich hätte Papa nicht herbestellen sollen.«

Ihre Knie wurden weich, aber sie zwang sich, ruhig stehen zu bleiben.

»Das ist doch Unsinn. Warum sollte er denn nicht kommen?«

Sie schaute zu Sörensen, und ihr Herz machte einen gewaltigen Satz. Dabei stand er bloß an eine schiefe Wand gelehnt, tunkte ein Kotelett in Holunderbeersoße und lauschte höflich einer älteren Dame, die ihn vermutlich mit irgendwelchen Wehwehchen zutextete. Das Schicksal eines Arztes, dachte sie zärtlich. Der arme Mann hat nie Feierabend.

»Na ja«, meinte Kyra gedehnt. »Ich will nicht, dass du traurig bist.«

»Bin ich nicht.«

»Schwörst du?«

»Ich schwöre.«

Zwei Lügen hintereinander, dachte Anne. Hoffentlich kamen nicht noch mehr heikle Fragen.

»Super«, sagte Kyra, klang aber nicht wirklich überzeugt. Trotzdem fuhr sie fort: »Ich habe mir nämlich gedacht, ihr könntet Freunde werden. Du und Papa. Das würde mir gefallen.«

»Freunde, klar.«

»Glaub mir, er ist ein guter Mensch.«

»Sicher.«

»Auch wenn er nicht mehr lieben kann.«

»Ja«, sagte Anne nur.

»Und er kümmert sich um seine Freunde.«

Bevor sie sich zurückhalten konnte, brach es aus Anne heraus: »Ich brauche kein Mitleid.«

Kyra sah sie aus großen Augen an. »So war das nicht gemeint.«

Mag sein, dachte sie, aber es klang so. Und der Gedanke setzte sich in ihrem Kopf fest und ließ sich nicht mehr vertreiben. Carsten Sörensen empfand vielleicht etwas für sie, aber es war das falsche Gefühl. Er mochte sie ein wenig, aber hauptsächlich tat sie ihm leid, weil sie ... ja ... weil sie so allein war. Ohne Mann, ohne eigene Familie.

Verdammt!

»Schön locker bleiben, Anne!«

Sie merkte, dass sie sich verspannt hatte, und zwang sich zu einem Lächeln.

»Geht doch.« Diesmal klopfte Kyra ihr auf die Schulter und verschwand dann endlich in der Küche.

Anne hatte kaum Zeit, sich wieder zu sammeln, als sie sah, dass Doktor Sörensen auf die Bar zusteuerte. Die alte Dame blieb an ihm kleben, und als die beiden sich durch die Menge gedrängt hatten, hörte Anne, wie sie etwas über ihre Arthritis sagte.

»Wissen Sie, Herr Doktor, die arme, arme Mareike hat mir immer so einen wunderbaren Tee zubereitet. Aus Fliederblüten und Johanniskraut. Und ich glaube, Weidenrinde war auch darin. Oder waren es Lindenblüten? Herrjemine! Hätte ich mir doch nur das Rezept geben lassen. Jetzt kommt bald der Winter, und dann werden die Schmerzen wieder schlimmer. Können Sie nicht einmal nachschauen, ob die arme, arme Mareike irgendwo die Zutaten für meinen persönlichen Tee aufgeschrieben hat? Sie hat doch bestimmt ein Rezeptbuch geschrieben, oder? Ach, die arme, arme Mareike ...«

»Ich werde sehen, was ich tun kann, Frau Vogt«, stieß Sörensen zwischen zusammengebissenen Zähnen hervor.

Anne war sicher: Wenn die alte Frau noch einmal »arme, arme Mareike« sagte, würde er ihr an die Gurgel springen.

Schnell ging sie um den Tresen herum und nahm die taktlose Patientin am Ellenbogen.

»Frau Vogt!«, rief sie mit gespielter Begeisterung. »Wie schön, dass Sie kommen konnten.«

Die Angesprochene musterte sie ausgiebig von oben bis unten.

»Kennen wir uns?«

»Aber sicher. Ich bin Anne Winkler, die Besitzerin des Stübchens. Kommen Sie. Haben Sie schon etwas von meinen Kuchen probiert? Ich lasse Sie nicht gehen, bevor Sie mir nicht sagen, ob ich Ihren Geschmack getroffen habe. Es ist mir nämlich sehr wichtig, meine Gäste zufriedenzustellen.«

Während sie sprach, zog sie Frau Vogt sanft, aber energisch von Doktor Sörensen weg und steuerte mit ihr das Büfett an. Sie spürte seinen Blick im Rücken und hoffte, es läge ein Hauch von Zärtlichkeit darin. Nicht bloß Dankbarkeit, weil sie ihn von einer lästigen Patientin befreite. Aber sofort sagte sie sich, dass sie auf nichts hoffen durfte.

Zwei weitere Frauen in den Achtzigern, offenbar Freundinnen der alten Dame, kamen auf sie zu. Anne kannte nur eine von ihnen.

»Lina«, sagte Paula Sievers, die trotz ihres Alters noch immer in Glückshafen die Poststelle führte und so etwas wie eine gute Bekannte von Tilly war. »Du musst unbedingt eins von diesen Holunderherzen probieren. Die sind köstlich. Wenn ich bloß wüsste, was da genau drin ist.«

Drei Augenpaare richteten sich gespannt auf Anne.

»Bedauere. Aber meine Rezepte kann ich nicht verraten.«

Enttäuschung machte sich auf den faltigen Gesichtern breit.

Lina Vogt nahm sich ein Gebäckstück, biss davon ab und kaute lange, bevor sie es hinunterschluckte.

Endlich meinte sie: »Sehr gelungen, Kompliment. Aber, meine Liebe, Sie sind genau wie die arme, arme Mareike. Die hat auch immer ein großes Geheimnis aus ihren Zutaten gemacht. Und was habe ich nun davon? Schmerzen, nichts als Schmerzen.«

Anne sah zu, dass sie von den Frauen wegkam.

15. Kapitel

Zurück an der Bar, hielt Anne vergeblich nach der hohen Gestalt Sörensens Ausschau. War er etwa gegangen, ohne sich wenigstens zu verabschieden? Ohne ein einziges persönliches Wort mit ihr zu wechseln?

Mist!

Sie überlegte, ob sie kurz das Stübchen verlassen konnte. Vielleicht war er ja bei Tilly.

Aber da kam Kyra mit der riesigen Bowleschüssel in den Gastraum, und Anne eilte ihr zu Hilfe. Gemeinsam brachten sie die Schüssel zu dem Buchenholztisch und stellten sie vorsichtig ab. Dann begann Kyra mit dem Ausschank, während Anne den Fliedersekt für die Kinder holte. Sie bemerkte, dass ein junger Mann mit dunkelbraunen Locken und hellen Augen sich in Kyras Nähe aufhielt und ihr mit seinen Blicken folgte. Das Mädchen gab sich alle Mühe, ihn zu ignorieren. Als er ihr helfen wollte, wehrte sie ihn ab.

»Lass gut sein, Nils.«

Er lächelte, sie lächelte.

Na, dachte Anne bei sich. So ganz *off* war diese Beziehung aber nicht. Mochte Kyra Schluss gemacht haben und fest davon überzeugt sein, dass sie ihn nicht liebte – das letzte Wort war noch nicht gesprochen, der letzte Kuss noch nicht getauscht.

Nachdem alle Gläser gefüllt waren, forderte jemand eine Rede.

Kyra hielt Anne einen Stuhl hin, auf den sie steigen sollte. Sie spürte, dass sie dunkelrot anlief, doch ihr blieb nichts anderes übrig. Etwas von ihrer Bowle schwappte über, als sie nach einem sicheren Stand suchte, während ihr Kopf fast gegen die Decke stieß. Sie hob ihr Glas und suchte verzweifelt nach den richtigen Worten.

»Sag einfach ›Prost‹«, riet Kyra von unten. »Das reicht schon. Die Leute haben es nicht gern, wenn zu lange so förmlich geschnackt wird.«

Anne grinste. »Herzlich willkommen allerseits. Auf den Erfolg des Stübchens. Prost!«

Applaus brandete auf, dann wurden die Gespräche wieder dort aufgenommen, wo sie unterbrochen worden waren.

Anne wollte schon wieder heruntersteigen, als sie über die Köpfe hinweg ein Paar entdeckte, das etwas verloren direkt am Eingang stand.

Helga und Werner Winkler hielten sich an den Händen und wirkten wie zwei Kinder im dunklen Wald, die sich verlaufen hatten. Helga ging in der Menge fast unter, Werner hingegen überragte die meisten Leute, obwohl er sich bewusst klein machte, die Schultern hängen ließ, den Kopf gesenkt hielt.

Anne schluckte schwer, stieg vom Stuhl und ging auf sie zu.

»Wie schön, dass ihr da seid«, sagte sie gestelzt, als sie ihre Eltern erreicht hatte. Von nahem sahen sie weniger verloren aus. Zwei Augenpaare fixierten streng das abtrünnige einzige Kind, bevor ihr Vater erwiderte: »Offensichtlich musste der Berg zum Propheten kommen.«

»Es ... tut mir leid ...«, stammelte Anne. Dann riss sie sich zusammen. Dies hier waren ihre Eltern, die sie zärtlich liebten und die ihr bestimmt längst verziehen hatten, dass sie so plötzlich fortgegangen war. Und – ja, die stolz auf ihre Tochter waren, weil sie in so kurzer Zeit so viel geschafft hatte.

»Das ist ja furchtbar hier«, sagte Helga.

Oder auch nicht.

»Die krumme Hütte kann jeden Moment in sich zusammenstürzen«, ergänzte Werner.

Definitiv nicht.

»Bist du lebensmüde?«, fragten sie wie aus einem Mund.

Anne spürte heißen Zorn in sich aufsteigen. »Regt euch bitte wieder ab. Ich habe euch eine Einladung geschickt, damit wir uns nach einem Monat wiedersehen und damit ihr euch davon überzeugen könnt, dass ich mein Leben wieder im Griff habe. Es tut mir leid, dass ich mich selten gemeldet habe, aber wie ihr euch denken könnt, hatte ich viel zu tun. Das Häuschen ist stabil, es gibt sogar ein amtliches Gutachten darüber. Und wenn ihr nur hergekommen seid, um mich fertigzumachen, dann ...«

Werner hob die Hand, um ihr Einhalt zu gebieten. Aus alter Gewohnheit klappte Anne folgsam den Mund zu.

Helga legte los: »Inwiefern hast du dein Leben wieder im Griff, bloß weil du ein neues Geschäft eröffnet hast?«

Anne knirschte mit den Zähnen. Zielsicher hatte ihre Mutter den Finger auf die Wunde gelegt.

»Du siehst schlecht aus, Schätzchen. Hast du abgenommen? Und seit wann hast du diese Augenringe? Bist du so unglücklich, dass du dich noch mehr in deiner Arbeit vergräbst, als du es in Hamburg getan hast?«

In Annes Kopf formten sich Mordgedanken.

»Es reicht ...«, begann sie, kam aber nicht weiter.

»Hallo«, sagte Kyra, die plötzlich neben ihr aufgetaucht war. In den Händen hielt sie zwei Gläser Blütenbowle, auf ihrem Gesicht lag ein liebreizendes Lächeln, das Anne noch nie an ihr gesehen hatte.

»Ich bin Kyra Sörensen, Annes neue beste Freundin und nebenbei auch ihre Angestellte. Und Sie sind ... Nein, lassen Sie mich raten. Sie müssen Annes Eltern sein. Anne sieht Ihnen sehr ähnlich, Herr Winkler, aber von Ihnen, Frau Winkler, muss sie ihren wunderbaren Charakter haben. Ich freue mich so, dass sie kommen konnten. Und Anne ist überglücklich, das weiß ich.«

Überglücklich? Anne musste sich hart auf die Lippen beißen, um nicht laut loszuprusten. Immerhin, die Mordgedanken verkrümelten sich aus ihrem Kopf.

Wo hatte das Mädchen bloß dieses schauspielerische Talent her?

Irgendwann in den vergangenen hektischen Tagen hatte Kyra mal nach Annes Familie gefragt. Sie wusste also genau, dass im Augenblick Eiszeit zwischen Eltern und Tochter herrschte, und sie hatte ebenso wie Anne daran gezweifelt, dass die Winklers den Weg an die Ostsee finden würden.

»Eltern können voll stur sein«, hatte sie bemerkt. »Glaub mir, ich kenne mich da aus. Wahrscheinlich wirst du irgendwann auf Knien nach Hamburg kriechen müssen und sie um Verzeihung dafür bitten, dass du dein eigenes Ding machst.«

Anne hatte ihr zugestimmt. Die wenigen Telefonate, die sie mit Helga und Werner geführt hatte, waren knapp und voller Misstöne gewesen.

»Vielleicht wird es sogar besser sein, wenn sie zu Hause bleiben«, hatte sie noch erwidert. »Ich möchte lieber vermeiden, dass sie ausgerechnet am Tag der Eröffnung mit Tilly zusammentreffen.«

»Du meinst, weil sie blutige Rache nehmen könnten? Weil Tilly dich hierher verschleppt hat?«

Annes Lachen war bitter ausgefallen, dann hatte sie lieber das Thema gewechselt. Es war ihr unangenehm gewesen, mit Kyra über ihren familiären Stress zu reden. Das Mädchen hatte genug eigene Probleme, und Anne hielt sich selbst für erwachsen genug, diesen Konflikt allein lösen zu können.

Na ja.

Ohne Kyra wäre ich aufgeschmissen, dachte sie jetzt. Sie warf ihr einen dankbaren Blick zu, der mit einem Augenzwinkern beantwortet wurde.

Dann reichte Kyra den neuen Gästen die vollen Bowlegläser.

»Bitte schön, ein Begrüßungstrunk. Von Anne selbst angesetzt. Und darf ich Sie nun zum Büfett führen? Sie müssen unbedingt den leckeren Holunderkuchen probieren, bevor er alle ist. Ich sage Ihnen, ein Gedicht. Nachher haben Sie ja noch genug Zeit, mit Ihrer Tochter zu plaudern.«

Wieder ein Augenzwinkern in Annes Richtung und ein kurzes Nicken zur Tür. Geh mal an die frische Luft, sollte das wohl heißen. Ich kümmere mich solange um deine Eltern.

Dankbar stammelte Anne was von ein paar Wasserkisten, die sie dringend holen musste, und schlüpfte hinaus.

Sie hörte noch, wie Helga fragte: »Wo ist eigentlich die verrückte Tilly? Mit der muss ich mal ein Hühnchen rupfen. Wie kann sie es zulassen, dass meine Tochter ihr Leben in dieser windschiefen Hütte riskiert? Ist es nicht genug, dass sie meine geliebte Anne entführt hat?«

Die Antwort von Werner oder Kyra bekam sie nicht mehr mit. Vielleicht fiel auch niemandem etwas dazu ein. Anne stieß einen Seufzer aus. Es wurde höchste Zeit, dass ihre Mutter mal ihren Realitätssinn überprüfte.

Dann jedoch, als sie sich bereits ein paar Meter vom Stübchen entfernt hatte und tief den salzigen Duft des Meeres einatmete, wurde ihr klar, dass sie sich in ihren Eltern getäuscht hatte. Mochten sie im Moment so viel schimpfen, wie sie wollten – sie waren nicht stur geblieben. Sie hatten Anne vielleicht noch nicht verziehen, dass sie fortgegangen war, aber sie hatten mit ihrem Besuch im Holunderdorf ein klares Zeichen gesetzt: Du bist unsere Tochter, und wir lieben dich, egal, wo du lebst oder was du tust.

Jedenfalls so ungefähr. Möglicherweise mussten sie noch ein wenig an sich arbeiten, damit die Botschaft klarer rüberkam.

Unentschlossen sah sie sich um. Bleierne Müdigkeit überfiel sie, und sie wusste, wenn sie jetzt in ihren Wohnwagen ging, würde sie sich hinlegen und auf der Stelle einschlafen. Dasselbe galt für Tillys Domizil. Anne hatte in den vergangenen zwei Tagen und Nächten kaum Ruhe gefunden. Sie hatte gebacken und gekocht, Fliedersekt und Blütenbowle vorbereitet, letzte Hand bei der Ausstattung des Stübchens angelegt und die Tische eingedeckt. Erst hier draußen machte sich die Erschöpfung so richtig bemerkbar. Aber natürlich musste sie wach bleiben. Sollte sie zurückgehen und den vierten oder fünften Espresso trinken?

Nein, es tat ihr gut, mal weg von allem zu sein.

Ein kleiner Spaziergang würde bestimmt Wunder wirken, und sie wäre zurück, bevor jemand sie vermissen würde.

Am liebsten wäre sie bis zur Steilküste gelaufen. Sie kannte inzwischen Tillys geheimen Weg, und sie liebte es selbst, dort oben zu stehen und über die weite See zu schauen. Aber die Strecke war jetzt zu lang, und sie beschloss, nur über das Brachland bis zum Riesenholunder zu gehen. Fünf Minuten hin, fünf Minuten wieder zurück. Genug Zeit, um den Kopf freizubekommen.

Mit langen Schritten lief Anne los.

Sie hatte erst gute zwanzig Meter zurückgelegt, als sie bemerkte, dass schon andere vor ihr auf dieselbe Idee gekommen waren.

Als Erstes entdeckte sie zwischen den nun abgeernteten Ästen des Holunders einen großen gelben Fleck.

Noch ein paar Schritte, und sie erkannte Tilly in ihrem Kaftan. Sie schien auf der Erde zu hocken, und über sie gebeugt stand Doktor Sörensen.

Auch Thies war dort, und auf einmal wirkte die Szene auf Anne bedrohlich. Sie wollte umkehren, zurück ins Stübchen gehen, ihre Eröffnung feiern, mit den Gästen anstoßen, sich mit ihren Eltern versöhnen. Sie würden reden, alle Missverständnisse aus der Welt schaffen und wieder eine Familie sein.

Anne war auch bereit, sich noch mehr Vorwürfe anzuhören. Alles würde sie tun. Nur nicht näher herangehen und womöglich mit etwas konfrontiert werden, was sie nicht aushalten konnte. Nicht heute, wo sie so müde war.

Niemals.

Aber als sie sich schon halb umgewandt hatte, den Blick immer noch fest auf Tilly und die beiden Männer geheftet, da richtete sich Sörensen plötzlich auf und schaute sie an.

Als hätte er gespürt, dass sie da war.

Er wechselte ein paar Worte mit Thies, der sich daraufhin neben Tilly ins Gras fallen ließ, und kam auf Anne zu.

Sie wäre am liebsten ebenfalls zu Boden gesunken, so schwach fühlte sie sich. Aber seine dunklen Augen hielten sie umfangen und gaben ihr Kraft, bis er bei ihr war.

Ganz dicht blieb er vor ihr stehen, hob eine Hand, ließ sie wieder sinken, öffnete den Mund, schloss ihn wieder, hielt sie weiterhin nur mit seinem Blick fest.

»Was ist denn los?«, flüsterte sie. »Ist Tilly verletzt?«

»Nein«, sagte er endlich. »Es geht ihr gut. So weit.«

Sie hätte jetzt nachfragen, genaue Auskunft verlangen müssen. Aber jedes weitere Wort, jede Silbe erschien ihr plötzlich zu schwer.

Es gab nur eins, was jetzt möglich war. Sich an diesen Mann lehnen, ihn spüren, den Kopf heben, ihre Lippen auf seine legen.

Carsten erwiderte ihren Kuss, sanft, beinahe flüchtig. Dann lag seine kratzige Wange an ihrer, seine Arme umschlossen sie, sein Herz suchte den Takt ihres Herzens und folgte ihm.

Erneut verlor Anne jedes Zeitgefühl, und als er sich von ihr löste, mit einem Ruck, so als müsste er alle ihm zur Verfügung stehende Kraft dafür aufbieten, schwankte sie hin und her und wäre doch noch gefallen, hätte er sie nicht mit festem Griff am Arm gepackt.

»Frau Winkler«, begann er. »Anne ... Wir ... dürfen das nicht tun ... Ich bin nicht ... Es ist ...«

Sie wunderte sich, dass keine Tränen kamen. Sie zwang sich zur Ruhe, schüttelte seine Hand ab. Mochte er ihren Kuss auch erwidert haben – es war nur ein Reflex gewesen oder ein kurzer freundschaftlicher Akt. Und er hatte sie im Arm gehalten, aber nur, um sie zu stützen. Er war eben ein guter Mensch, der sich um andere kümmerte. Und weil sie ihm leidgetan hatte, war er ihr für ein paar Sekunden nah gewesen. Oder Minuten. Sie wusste es nicht genau.

»Es tut mir leid«, sagte sie schnell. »Ich habe mich nur einen Moment lang schwach gefühlt. Vergessen wir es einfach.«

Sein Aufatmen stach wie ein Messer in ihre Brust.

Und nun brauchte sie noch viel mehr Mut, um noch einmal nach Tilly zu fragen.

»Also? Was ist mit meiner Tante los?«

Sie konnte regelrecht zusehen, wie sein Gesicht den sachlichen Ausdruck eines Mediziners annahm, aber seine Antwort überraschte sie dennoch.

»Es geht nicht um Tilly, sondern um Hugo.«

Erleichterung durchflutete sie. Mit Tilly war alles in Ordnung. Um Tilly musste sie sich nicht sorgen. Ein winziger Zweifel blieb, aber sie schob ihn beiseite.

»Hugo? Was hat er denn angestellt?«

»Wenn wir das wüssten, wären wir schon weiter. Er ist

unauffindbar. Tilly hat bereits die Steilküste abgesucht, Thies hat ihr geholfen.«

Anne verspürte plötzlich den Drang, von ihm wegzukommen.

»Am besten, ich frage die beiden selbst«, sagte sie, ging um ihn herum und marschierte auf den Riesenholunder zu.

»In Ordnung«, rief Carsten ihr nach. »Ich muss zurück nach Glückshafen. Ein dringender Verdacht auf Hirnhautentzündung. Ich bekam den Notruf gerade erst auf dem Handy.«

Sie ertrug seine Stimme kaum, zwang sich jedoch, nicht die Hände auf die Ohren zu pressen, sondern versuchte einfach, so schnell wie möglich die Distanz zwischen ihnen zu vergrößern.

Als sie den Holunder erreicht hatte, blieb sie unsicher stehen. Sie hoffte, weder Tilly noch Thies würden ihr den inneren Aufruhr anmerken. Noch immer spürte sie Carstens Lippen auf ihren, wieder und wieder durchlebte sie diesen Kuss, der alles versprochen und nichts gehalten hatte.

16. Kapitel

Anne atmete ein paarmal tief durch, um sich zu beruhigen.

»Hallo.«

Tilly sah hoch. Ihr Blick schwirrte an ihr vorbei, verlor sich am hügeligen Horizont.

Thies stand auf und nickte ihr zu.

»Wie läuft's drüben?«, fragte er.

»Alles in Ordnung. Kyra ist da und kümmert sich, aber ich muss gleich zurück.«

Wieder nickte er.

»Was ist mit Hugo?«

»Hugo?«, wollte Tilly wissen. Ihre befehlsgewohnte Stimme klang flach und leise. »Welcher Hugo?«

Dann ging ein Ruck durch sie hindurch. Anne konnte sehen, wie die Muskeln sich anspannten, wie ihr Gesicht hart und entschlossen wurde. Behände wie eine Zwanzigjährige sprang sie auf und funkelte abwechselnd Anne und Thies an.

»Wir müssen ihn finden!«

»Hier ist er nicht«, erwiderte Thies mit einer Sanftheit, die Anne ihm niemals zugetraut hätte. »Weder an der Steilküste noch unten am Ufer. Wir haben alles abgesucht.

Der Hund ist bestimmt nicht ertrunken. Frau Winkler hat gesagt, er ist wasserscheu. Ich glaube nicht, dass er überhaupt bis zum Strand gelaufen ist. Und selbst wenn, heute sind kaum Wellen, er kann nicht ins Meer gespült worden sein.«

Müde von so vielen Sätzen nacheinander, verfiel er wieder in Schweigen, stand nur ganz nah bei Tilly, bereit, sie zu stützen, wenn sie strauchelte.

Ein ganz und gar unpassender Gedanke schoss Anne durch den Kopf: Sollte Thies jemals Tilly küssen oder von ihr geküsst werden, so wie Carsten eben von ihr, so würde dieser Kuss lang und innig sein. Nicht kurz und flüchtig.

»Verdammt!«, rief sie aus.

Thies rieb sich über seine Glatze, Tilly stemmte die Fäuste in die Hüften.

»Was ist los mit dir? Weißt du etwa was über meinen Hugo? Na los! Raus mit der Sprache!«

»Nein ... ich ...« Da kam ihr eine Idee. »Wahrscheinlich hat er es mit der Angst gekriegt. Es sind doch so viele Autos auf den Hof gefahren, und du weißt doch, wie schreckhaft er immer noch ist.«

»Das stimmt. Und?«

»Er muss sich irgendwo versteckt haben.«

»Bist gar nicht so dumm, Kind. Aber im Holunderdorf ist er nicht. Irgendein Idiot hat an meinem Wohnwagen die Tür aufgemacht, und Hugo ist rausgeschlüpft, während ich mit den Spießerdamen aus Glückshafen schöntun musste, damit du deinen Erfolg feiern kannst.«

Prima, dachte Anne. Ich bin schuld. Und wer sollte schon Tillys Tür öffnen, wenn nicht sie selbst?

»Hast du denn nicht abgeschlossen? Ich schon. Bei den vielen fremden Leuten ...«

»Papperlapapp. Wir sind hier nicht in der Bronx. Wie auch immer. Ich habe dann überall nachgesehen. In meinem Wohnwagen und auf dem ganzen Platz. Sogar zwischen den geparkten Autos bin ich herumgekrochen, obwohl mein Lütter Angst vor den Ungetümen hat. Er muss woanders sein. Bei dir war alles verrammelt, da habe ich es gar nicht erst versucht. Und alles Rufen half auch nichts. Das Stübchen konnte ich gleich vergessen. Hugo würde sich niemals in ein solches Getümmel trauen. Blieb nur der Weg zur Küste, den kennt er, den ist er immer mit mir zusammen gelaufen.«

»Seit dem Unfall aber nicht mehr, richtig? Seit Car... Doktor Sörensen ihn überfahren hat.«

»Richtig«, entgegnete Tilly widerwillig. »Trotzdem. Irgendwo muss er ja sein.«

Thies zog nachdenklich die Brauen zusammen, während Tilly ihre Nichte jetzt scharf musterte.

O Gott, dachte Anne. Sie hat was gemerkt.

»Wo ist er eigentlich?«, erkundigte sich Tilly.

Anne tat ahnungslos. »Wer?«

»Doktor Sörensen. Eben war er doch noch hier. Hat er sich in Luft aufgelöst?«

»Er ... musste zu einem Notfall.«

»Aha. Das hier ist auch ein Notfall. Ich habe ihn angerufen, damit er uns bei der Suche nach Hugo hilft. Schließlich ist er für den Lütten verantwortlich, seit er ihn fast totgefahren hat.«

Seltsame Logik, dachte Anne, aber es klang ganz nach der Tilly, die sie kannte. Immer schön die Leute herumkommandieren und sich die Gründe dafür im Zweifelsfall selbst basteln.

Thies brach sein Schweigen. »Sie hat ihm gesagt, es ginge um Leben oder Tod.«

»Stimmt ja auch«, erklärte Tilly fest. »Und nun Schluss mit dem Gequatsche. Hilf uns suchen, Anne.«

»Nein«, warf Thies ein. »Das wird nicht nötig sein. Ich weiß, wo er sein kann.«

Beide Frauen starrten ihn an.

Tilly sprach als Erste. »Sind Sie jetzt völlig verblödet, alter Mann?«

»Was meinst du?«, fragte Anne in der nächsten Sekunde.

»Überleg mal genau, dann kommst du drauf. Mir ist es auch erst jetzt wieder eingefallen.«

»Denkst du etwa ... Oh, Mist. Das ist möglich, aber ...«

»Halt!«, rief Tilly. »Worüber redet ihr? Und seit wann duzt ihr euch?«

»Das hat sich so ergeben«, murmelte Anne. Als ob das jetzt wichtig wäre, fügte sie in Gedanken hinzu.

Tilly boxte Thies gegen den Oberarm. »Ist mir egal. Aber dass Sie ja nie auf die Idee kommen, mit mir Brüderschaft trinken zu wollen!«

»Im Leben nicht«, kam es mit Inbrunst zurück.

»Das will ich Ihnen auch geraten haben. Und nun Abmarsch.« Sie lief los in Richtung Holunderdorf. Ihr gelber Kaftan wies Spuren von Erde und Gräsern auf und flatterte in der nachmittäglichen Brise.

»Tilly, wo willst du denn hin?«

»Na, ich denke, ihr zwei wisst, wo mein Hugo ist«, kam es über die Schulter zurück. »Ich schätze mal, ihr habt den armen Kleinen irgendwo eingesperrt.«

Anne und Thies sahen sich kurz an, dann liefen sie hinter Tilly her.

»Ganz so war es nicht«, erklärte Anne, als sie zu dritt vor ihrem Wohnwagen standen, dem einzigen Ort außer dem Stübchen, der noch nicht abgesucht worden war. Erst in der vergangenen Woche hatte sie den kleinen Caravan und den Bauwagen abtransportieren lassen, damit das Holunderdorf weniger einem provisorischen Lager glich und mehr wie ein hübscher Ort der Entspannung wirkte. Auch die Feuerstelle war inzwischen zugeschüttet worden. An ihrer Stelle stand eine gusseiserne Bank, die zum Verweilen einlud und von großen Blumenkübeln mit prächtig blühenden Rosen eingerahmt wurde.

»Es ging um die Teller«, fügte Thies hinzu.

Tilly hob eine Augenbraue.

»Ja«, ergänzte Anne schnell, während sie ihre Schlüssel aus der Hosentasche fischte. »Im Stübchen kamen wir mit dem Abwasch nicht nach. Wir haben nur eine Geschirrspülmaschine, und die war glatt überfordert. Da habe ich zwischendurch alle Teller hier aus der kleinen Küche geholt. Und weil ich zweimal gehen musste, habe ich die Tür solange offen gelassen.«

»So«, knurrte Tilly. »So.«

Von drinnen war kein Laut zu hören. Kein Jaulen, kein noch so schwaches Winseln.

Anne schloss auf.

Tilly betrat den Wohnwagen, Anne und Thies folgten ihr.

Aus den Augenwinkeln nahm Anne eine rasend schnelle Bewegung wahr. Im nächsten Moment hing Hugo an Thies' Unterarm.

»Aua«, sagte sie.

»Hugo!«, rief Tilly. »Warum hast du nicht gebellt? Bist du ein stummer Mops geworden?«

»Dieser Hund«, sagte Thies bedächtig, während kleine Rinnsale aus Blut von seinem Arm tropften, »hat einen Dachschaden.«

Hugo knurrte und blieb an ihm hängen.

»Er hat sich wieder verbissen«, stellte Tilly fest.

Thies nickte ruhig, so als würde er etwas Derartiges täglich erleben. Er trat ganz nahe an Tilly heran. »Wären Sie so freundlich, ihn wegzunehmen?«

Anne musste auf einmal kichern. Die Situation war aber auch zu absurd.

Dann bemerkte sie den Blick, den Thies auf Tilly gerichtet hielt, und sie las darin alle Liebe und Zärtlichkeit dieser Welt. Schmerzhafte Mopsbisse würden daran niemals etwas ändern.

Eine Traurigkeit, für die sie keine Worte fand, überfiel sie. Mit ihr selbst und Carsten und der Aussichtslosigkeit ihrer Gefühle für ihn hatte das nichts zu tun. So viel zumindest war ihr klar. Sie war nicht einfach nur neidisch auf Tilly, die geliebt wurde. Und doch – warum empfand sie keine Freude? Anne war ratlos.

Für ein paar Sekunden bewegte sich niemand, abgesehen von Hugo, der leicht hin und her schaukelte.

Dann schnappte Anne sich einen Rest Bratwurst aus dem Kühlschrank, während Tilly den Hund auf den Arm nahm und Thies ganz kurz erleichtert aufstöhnte, weil wenigstens das zerrende Gewicht nachließ.

Anne musste eine ganze Weile mit der Bratwurst vor Hugos platter Nase herumwedeln, bis er es endlich schaffte, seine Schnauze aufzuklappen.

»Aaaah …«, machte Thies. Und dann, während er sich ein Küchentuch um den Unterarm wickelte: »Das muss behandelt werden. Ins Meer halten wird diesmal nicht reichen. Und eine Tetanus-Spritze brauche ich auch.«

Weg war er.

»Mein Hugo hat keine Tollwut!«, rief Tilly ihm nach.

»Lass gut sein«, mahnte Anne. »Sei froh, dass Thies dich nicht verklagt.«

»Warum sollte er? Er liebt mich.«

»Das … weißt du?«

»Selbstverständlich. Glaubst du, ich bin senil? Der Kerl schleicht ständig um mich herum und beehrt mich mit seinen bescheuerten Geschenken. Ehrlich gesagt, hätte ich nichts dagegen, wenn Hugo ihm das nächste Mal an die Kehle geht.«

Lügnerin, dachte Anne bei sich. Du bist in Wahrheit unendlich geschmeichelt, und du empfindest auch was für den Mann. Das sehe ich dir an.

»Und nun lass mich in Ruhe«, setzte Tilly hinzu. Sie sank mit Hugo auf einen Stuhl und legte den Kopf in den Nacken.

Der Mops leckte sich die Schnauze und schaute Anne aus unschuldigen Knopfaugen an.

Gibt's noch mehr?, schien er zu fragen.

»Männerarme oder Bratwurst?«

Hugo rollte sich auf Tillys Schoß zusammen.

»Wenn ich es nicht besser wüsste, würde ich denken, du hast ein schlechtes Gewissen.«

»Hör auf«, befahl Tilly. »Er will mich nur beschützen.«

»Vor einem freundlichen Mann, der dich verehrt und mir im Stübchen hilft.«

»Hugo weiß, was er tut«, gab Tilly zurück. Dabei fuhr sie sich mit dem Daumen quer über den Hals und verbreiterte ihren Mund zu einem diabolischen Grinsen. »Er übt noch. Geh jetzt. Ich muss mich ausruhen.«

»Da du mich so nett darum bittest, kannst du gern in meinem Wohnwagen bleiben, bis du dich besser fühlst.«

»Ja, ja. Sarkasmus steht dir nicht. Ab mit dir! Hast du nichts Besseres zu tun? Gästen einen angebrannten Kuchen unterjubeln, zum Beispiel?«

Anne gab es auf, ging auf die Tür zu, war mit einem kurzen Sprung draußen und – prallte mit ihrer Mutter zusammen.

»Autsch!«, rief Helga und rieb sich die Stirn, die gegen das Schlüsselbein ihrer Tochter geprallt war.

»Das gibt heute noch Tote«, bemerkte Anne.

»Ogottogott! Werner, hast du das gehört? Nur gut, dass wir aus der krummen Hütte raus sind.«

»So war das nicht gemeint«, sagte Anne erschöpft. »Was macht ihr überhaupt hier draußen? Habt ihr schon was gegessen?«

Werner Winkler schüttelte den Kopf. »Deine Kellnerin wollte uns mit Bowle abfüllen. Ich fürchte, sie hat da auch noch was Hochprozentiges reingekippt. Vielleicht hat sie ja gedacht, es könnte Ärger geben, wenn wir nüchtern auf Tilly treffen.« Er lächelte schmal. »Jedenfalls mussten wir mal an die frische Luft.«

»Außerdem sind wir hier, um dich zu sehen«, ergänzte Helga, rieb sich die Stirn und hickste leise. »Wir haben ja nicht die weite Reise nach Norden unternommen, um uns mit wildfremden und feindseligen Leuten abzugeben.«

Aus ihrem Mund klang das wie ein Trip zu einem kriegerischen Naturvolk, fand Anne. Irgendwo nahe des Polarkreises.

Ein paar dieser wildfremden und feindlichen Leute kamen gerade aus dem Stübchen und steuerten direkt auf Anne und ihre Eltern zu. Es waren die drei alten Damen von vorhin, Paula Sievers, Lina Vogt mit ihrer Arthritis und die Dritte, deren Namen Anne nicht wusste.

»Das haben wir gehört«, sagte Lina Vogt zu Helga. »Wir sind zwar alt, aber nicht taub. Wollen Sie uns beleidigen?«

»Nichts liegt mir ferner. Ich meinte nur ...«

Weiter kam sie nicht, denn nun erschien Tilly in der Tür. Imposant trotz der herabhängenden Schultern, sehr gelb, ohne Hugo und mit einem Blick, der nirgendwo Halt fand. Nicht bei Anne, nicht bei Helga und Werner, nicht bei den drei alten Damen.

Helga, die augenblicklich eine Art Kampfstellung eingenommen hatte – vorgeschobene Schultern und hochgerecktes Kinn –, hielt verwirrt inne. Werner, der den Mund geöffnet hatte, um seiner Schwester ganz offensichtlich die Meinung zu sagen, machte ihn wieder zu. Anne wünschte sich auf einmal, ganz woanders zu sein. Zurück im Stübchen, inmitten der ausgelassen feiernden Gäste, oder draußen auf dem Meer, unterwegs zu einem Ort, an dem es keine bohrenden Sorgen gab. Wo sie nicht darüber nachdenken musste, warum ihre Tante in einer Minute so streng sein konnte und in der nächsten so anders. So – abwesend.

Lina Vogt und ihre Freundinnen traten vor.

»Liebe Frau Winkler«, sagten sie wie aus einem Mund, und sowohl Anne als auch Helga wandten sich ihnen zu, bis sie merkten, dass Tilly gemeint war.

»Wie hübsch Sie heute sind«, sagte Lina Vogt, und Paula Sievers ergänzte: »Wie ein Sonnenstrahl im Frühling. Hübsch, wirklich sehr hübsch.«

Die dritte, kleinste und fülligste der Damen nickte energisch mit dem Kopf. »Eine Augenweide!«

Sie bildeten einen Kreis um Tilly, die inzwischen ganz aus dem Wohnwagen getreten war und die Tür hinter sich zugezogen hatte. Dann rührte sie sich keinen Millimeter mehr. Die Damen taten, als sei all das normal. Sie plauderten über bequeme Kleidung, über das wieder so freundliche Herbstwetter, über leckeren Holunderkuchen.

Tilly sagte keinen Ton. Sie wirkte blass, und in ihrem Gesicht fehlte jegliche Mimik.

Anne begriff jetzt, warum die Frauen des Ortes ihr seit neuestem mit Freundlichkeit begegneten. Sie hatten schneller als jeder andere verstanden, dass mit Tilly etwas nicht stimmte, dass die unfreundliche neue Mitbürgerin ihren Schutz brauchte.

Schneller als ich jedenfalls, dachte Anne. Aber schneller auch als Carsten Sörensen? Da hatte sie so ihre Zweifel, und sie nahm sich vor, so bald wie möglich mit ihm zu sprechen. Ganz sachlich. Nur von besorgter Angehöriger zu Arzt.

Und Thies?, fragte sie sich im nächsten Moment. Wie viel wusste, wie viel ahnte er?

Dann sah sie zu ihren Eltern. Sie las Unverständnis in den Augen ihrer Mutter und Schmerz im Blick ihres Vaters. Beide schienen von der Situation überfordert zu sein. Sie waren hergekommen, um ihre Tochter zu sehen und um Tilly mal ordentlich ihre Meinung sagen. Nun standen sie einer verwandelten Tilly gegenüber, einer reglosen Frau, die sie nicht kannten.

Für einen Moment waren alle still, selbst der Wortfluss der alten Damen versiegte.

Aus dem Stübchen klang lautes Gelächter herüber, die sanfte Brise frischte zu einem kräftigen Wind auf, ein paar Silbermöwen flogen kreischend über ihre Köpfe hinweg. Anne dachte, sie müsste etwas tun, aber sie wusste nicht, was.

Mit Tilly sprechen? Sie schütteln? Sie anschreien? Sie irgendwie zurückholen?

Bloß – von wo zurückholen?

Aber dann erkannte sie, dass sie gar nicht eingreifen musste. Andere taten es für sie, plauderten nach der kurzen Atempause erneut drauflos und lächelten eisern.

Ganz langsam kehrte Tillys Blick zurück, wurde wieder klar.

Schon strebten die drei Damen mit ihrem Schützling in der Mitte langsam auf Tillys Wohnwagen zu. Tilly schritt steif, so als müsste sie sich erst wieder daran gewöhnen, ihre Glieder zu bewegen.

»Wo ist denn Ihr süßer kleiner Hund?«, fragte Paula Sievers. »Will er nicht mitkommen?«

»Der schläft«, erklärte Tilly mit ungewohnt leiser Stimme. »Er hatte einen anstrengenden Tag.«

»Hugo kann bei mir bleiben«, sagte Anne.

»In Ordnung.« Tilly blieb stehen. Erst jetzt schien sie die Besucher wahrzunehmen, und in dieser Sekunde kehrte alles Leben in sie zurück. Mit einem Schlag war sie wieder ganz die Alte.

»Was habt ihr denn hier zu suchen?«

»Wir möchten sehen, wie es unserer Tochter geht«, erwiderte Helga, schon wieder mit einem feindseligen Unterton. »Du hast sie ja …«

Es verschlug ihr vor Schreck die Sprache, als Tilly sich abrupt von den alten Damen löste und vor ihr aufbaute.

»Ich habe WAS?«

»Nun, du … also …«, stotterte Helga und sah hilflos ihren Mann an.

Werner legte Tilly sanft eine Hand auf die Schulter. »Es war deine Idee, dass Anne hier leben sollte. Das kannst du nicht abstreiten.«

»Ja, und? Ihr solltet mir dankbar sein. Eure Tochter war kreuzunglücklich bei euch in Hamburg. Seid froh, dass sie nur an die Ostsee gezogen ist. Sie hätte auch … was weiß ich … ans Ende der Welt reisen können. Nach Australien zum Beispiel.«

Trotz aller Anspannung musste Anne lächeln. Auf den fernen Kontinent hatte Tilly nur durch Kyra kommen können.

»Au… Australien?«, stotterte Helga, machte einen halben Schritt weg von Tilly und schaute mit großen Augen ihre Tochter an. »Was in Gottes Namen willst du denn da unten? Da gibt es giftige Tiere, die sind viel schlimmer als der Mops.«

Die alten Damen glucksten vor sich hin. Tilly schüttelte Werners Hand ab und grinste. Anne fand, es sah mehr nach einem Zähneblecken aus.

»Das war nur ein Beispiel«, sagte Tilly.

»Ich werde nicht weiter wegfahren«, ergänzte Anne. Dann stutzte sie. Ja, das stimmt, dachte sie bei sich. Es war richtig gewesen, Hamburg zu verlassen, aber die große weite Welt interessierte sie nicht. Sie war dort, wo sie sein wollte. Bei Tilly, bei Kyra, bei Carsten. Ganz gleich, was werden würde.

Sie war dabei, sich hier an der Ostsee eine Zukunft aufzubauen. Trotz aller Ungewissheit hatte sie das Gefühl, angekommen zu sein. Und sie fühlte sich stärker als je zuvor. Ein neuer zaghafter Hoffnungsschimmer regte sich in ihr. Vielleicht, dachte sie, vielleicht kann ich glücklich werden, auch ohne die Liebe eines Mannes. Des einen Mannes, korrigierte sie sich augenblicklich selbst.

Mit neuem Mut und Selbstvertrauen schaute sie ihre Mutter an. »Bitte glaub mir. Ich bin gern hier im Holunderdorf. Es geht mir gut.«

In Helgas Blick lagen tausend Zweifel, Werner legte den Kopf schief und schaute hinüber zum Stübchen. Dann wandte er sich an seine Frau: »Lass es gut sein. Du siehst doch, dass Anne mit ihrem neuen Leben zufrieden ist. Sieht sie nicht viel besser aus?«

»Nein«, entgegnete Helga. »Sie ist völlig erschöpft.«

»Ich habe die letzten Tage und Nächte durchgearbeitet«, warf Anne ein. »Das wird aber nicht so bleiben.«

»Gut«, sagte Werner, und, wieder an seine Frau gewandt: »Was sie schon alles geschafft hat! Wir sollten stolz auf unsere Tochter sein.«

»Ja«, erwiderte Helga zögerlich. »Das sind wir.« Sie schlang die Arme um Anne und drückte sie fest. »Versprich mir nur eins, Schätzchen. Wenn es dir schlechtgeht, kommst du heim.«

»Klar«, meinte Anne leichthin und löste sich sanft von ihrer Mutter. »Aber mach dir bitte keine Sorgen. Das wird nicht passieren.«

Tilly stieß ihr berüchtigtes Schnauben aus. »Reicht das jetzt mit der großen Familienversöhnung? Ich warne euch! Fangt bloß nicht an rumzuheulen. Davon ist Anne einigermaßen kuriert. Kapiert einfach, dass eure Tochter vierzig ist und nicht vierzehn! Sie hat ein Recht auf ihr eigenes Leben!«

Die drei alten Damen schoben die Köpfe zusammen. Anne konnte sich denken, wie sehr sie sich über den Stoff für Klatsch und Tratsch freuten. Mochten sie Tilly in ihr Herz geschlossen haben, solche Neuigkeiten über die Winklers waren es wert, noch tagelang genüsslich durchgekaut zu werden.

Werner streckte den Rücken durch. »Du musst uns nicht erklären, wie wir mit unserer Tochter umzugehen haben, Tilly.«

Dann nahm auch er Anne in den Arm, ließ sie aber schnell wieder los, als sie leise seufzte.

»Wir fahren jetzt wieder. Glückwunsch zu deiner Eröffnung. Das Stübchen wird bestimmt ein Erfolg.«

»Wenn es nicht umfällt«, unkte Helga.

»Mama!«

»Nur ein kleiner Witz, Schätzchen. Ich bin stolz auf dich.«

Für Tilly hatte Helga nur einen abschätzigen Blick übrig. Was vor ein paar Minuten geschehen war, diese Verwirrung ihrer Schwägerin, schien sie verdrängt zu haben.

Werner nicht.

»Kommst du noch mit zum Wagen?«, fragte er Anne.

»Gern.«

An seinem alten weißen Opel angekommen, ließ er zunächst Helga einsteigen, bevor er sich leise an seine Tochter wandte: »Was ist mit Tilly los? Es gefällt mir nicht, wie sie sich vorhin benommen hat.«

»Ich habe keine Ahnung«, gestand Anne.

»Ist das schon mal vorgekommen? Dass sie so ... abwesend war?«

»Ja, ein paarmal vielleicht. Was soll ich tun?«

Werner Winkler runzelte die Stirn. »Das ist schwer zu sagen. Freiwillig geht sie zu keinem Arzt. Sie hat schon als Kind um sich geschlagen, wenn sie nur in die Nähe einer Praxis kam. Und vielleicht ist es nichts. Versuch einfach, auf sie aufzupassen, ja?«

»Versprochen«, erwiderte Anne, obwohl sie keine Ahnung hatte, wie sie das bewerkstelligen sollte.

»Und halte uns bitte auf dem Laufenden.«

»Das mache ich.« Sie gab ihrem Vater einen Kuss auf die Wange und sah dann zu, wie der Wagen langsam aus dem Holunderdorf fuhr.

Tilly hatte mit ihren neuen Freundinnen inzwischen ihren eigenen Wohnwagen erreicht.

»Mädels, wie wäre es mit einem Schnaps?«

Die drei zögerten erst, gingen dann aber mit hinein.

Tief in Gedanken versunken, kehrte Anne ins Stübchen zurück.

17. Kapitel

Kalt war es, verdammt kalt. Mit beiden Händen drückte Tilly von unten gegen ihren Kiefer, damit die Zähne nicht so laut klapperten. Wenn das jemand hörte! Es wäre ihr verflucht peinlich!

Und es reichte ja schon, dass die Leute sie so anstarrten. Was hatten die bloß alle? Durfte sich eine schwerbeschäftigte Frau nicht mal fünf Minuten auf einer Bank ausruhen? Unter der schützenden breiten Krone der alten Eiche, die von Zeit zu Zeit ein Blatt auf Tilly fallen ließ? Gerade landete wieder eines in ihrem Schoß. Es war gelblich braun und erklärte der Welt, dass der Oktober schon weit fortgeschritten war, der November schon fast vor der Tür stand und dass der Winter hoch oben im Norden auf der Lauer lag, um mit dem nächsten Sturm, dem nächsten Absinken der Temperaturen über die Lübecker Bucht herzufallen.

Tilly ließ mit einer Hand ihren Unterkiefer los, griff nach dem Eichenblatt und betrachtete es lange. Wie schön es war. Ein vollkommenes Werk der Natur.

Nur konnte sie es nicht länger in Ruhe anschauen, weil nun ihre Beine anfingen zu zittern.

Kein Wunder, dachte sie. So früh am Morgen war die

Sonne noch nicht über den Häusern aufgestiegen, um die Menschen zu wärmen. Ihre Knie hüpften auf und ab, ihre Füße klopften auf den Boden. Ganz schwindelig wurde ihr davon, obwohl sie sicher auf der Holzbank saß. Ihr schöner cremefarbener Kaftan blähte sich unter der Bewegung auf.

Moment mal!

Tilly ließ das Blatt fallen und rieb sich die Stirn. Sie besaß keinen cremefarbenen Kaftan. So etwas Langweiliges würde sie niemals tragen. Die einzigen Kleidungsstücke in dieser Farbe, die sie besaß, waren ihre ...

O mein Gott!

Sie wollte aufspringen und weglaufen, aber sie hatte Angst, ihre Beine würden sie nicht tragen. Außerdem schämte sie sich entsetzlich und machte sich so klein wie irgend möglich.

Jemand kam auf sie zu. Jemand, der ihr vertraut war.

Oder?

Wer war der Mann?

Und wo zum Henker war sie überhaupt?

Tilly kniff die Augen zusammen und sah sich hektisch um. Die Backsteinkirche mit dem hohen, spitzen Turm, die Fachwerkhäuser, die paar moderneren Gebäude. Sie kannte diesen Ort, sie kannte diesen – Marktplatz.

Erleichtert seufzte sie auf. Sie war nicht verloren.

Dann wurde sie wütend. Was hatte sie in Glückshafen zu suchen? Warum war sie nicht daheim im Holunderdorf? Hier lachten die Leute doch bloß über sie, hier mochte sie niemand.

Wirklich?

Sie erinnerte sich plötzlich an drei Frauen, die mit ihr ein paar Schnäpse gehoben hatten. Zwei Wochen musste das her sein. Genau, am Tag, als Anne ihr Stübchen eröffnet hatte. Die alte Paula und – Lina und ... Egal, die Dritte hatte sich ihr wahrscheinlich nicht vorgestellt. Alle drei waren rund zehn Jahre älter als Tilly, aber das hatte sie nicht gestört. Es war eine lustige Runde gewesen, und Tilly hatte sich richtig wohl gefühlt. Also stimmte es nicht, was sie eben gedacht hatte. Es gab durchaus Menschen, die ihre Nähe suchten, über ihre Geschichten lachten, ihr wohlgesonnen waren.

Tilly ließ ihren Kiefer los und lächelte. Sofort klapperten ihre Zähne.

Der Mann blieb jetzt dicht vor ihr stehen.

»Guten Morgen, Frau Winkler.«

»Doktor Sörensen. Hat Ihnen schon mal einer gesagt, dass Sie aussehen wie eine Vogelscheuche?«

»Nicht, dass ich wüsste«, entgegnete er freundlich. Er trug etwas auf dem Arm, das weich, warm und kuschelig aussah.

»Und ob! Ich habe das schon an dem Tag gedacht, als Sie meinen Hugo überfahren haben. Dünn wie ein Bleistift und so ganz ohne Leben.«

»Ach«, meinte er. Dann setzte er sich neben sie und legte ihr eine große Wolldecke um die Schultern.

Seufzend ließ sich Tilly darin einwickeln. Augenblicklich fühlte sie sich besser.

»Meine Füße sind auch ziemlich kalt.« Sie sah an sich herunter und entdeckte, dass sie bloß ein paar Holzpantinen trug. Ein heftiger Schreck durchfuhr sie.

»Ganz schön neblig heute«, sagte sie schnell. Über das Wetter zu reden war immer gut. Darüber unterhielt sich jeder gern, und Doktor Sörensen würde hoffentlich vergessen, dass sie hier in Holzpantinen saß und – im Nachthemd.

»Es ist ein klarer Morgen, Frau Winkler. Nur ein wenig kühl.«

»Verdammt!«, stieß sie aus. »Es fühlt sich an wie Nebel. Oder wie ein Schleier. Manchmal ... ich weiß nicht, manchmal kann ich nicht ganz klar sehen und – denken.«

»Das ist schon in Ordnung.« Seine Stimme war weich und beruhigend. »Kommen Sie, wir gehen zu mir, und ich koche Ihnen einen schönen starken Kaffee. Wie klingt das?«

Sie gähnte. »Ausgezeichnet. Deswegen bin ich überhaupt rausgegangen. Das weiß ich wieder genau. Ich hatte keinen Kaffee mehr im Wohnwagen und wollte im Stübchen welchen holen. Anne hat noch geschlafen. Die Deern arbeitet so viel, da mochte ich sie nicht wecken. Na, und dann bin ich wohl ein wenig vom Weg abgekommen. Schätze, ich hatte Bewegung nötig. In den letzten Wochen habe ich Anne geholfen, wo ich konnte. Da blieb nicht viel Zeit für ausgedehnte Spaziergänge. Am Steilufer war ich nicht mehr, seit Hugo verschwunden war. Aber heute hat es mich eher in die Stadt gezogen.«

Sie hoffte, ihre Erklärung hörte sich einigermaßen plausibel an.

Der Nebel oder der Schleier – was immer es gewesen sein mochte – hatte sich verzogen, und sie beobachtete aus den Augenwinkeln, wie Sörensen sich anspannte, als sie Anne erwähnte.

Unendlich dankbar, weil sie sich jetzt wieder gut fühlte, weil ihr warm wurde und weil sie über etwas anderes nachdenken konnte, etwas, das nichts mit ihr und diesem peinlichen Ausflug zu tun hatte, hakte sie ein: »Sie mögen Anne, oder?«

Sein Nicken war schwach, seine Stirn legte sich in tausend Falten.

»Jetzt sehen Sie aus wie eine vorzeitig gealterte Vogelscheuche.«

Sie lachte über ihren eigenen Witz, er lachte nicht mit.

»Ihre Nichte ist eine wunderbare Frau«, sagte er leise. »Kyra hängt sehr an ihr.«

»Und Sie auch. Geben Sie es zu.«

Er stand auf und zog sie sanft hoch. »Genug davon. Lassen Sie uns ins Haus gehen.«

Behutsam führte er sie quer über den Marktplatz, und sie bemerkte den strengen Blick, den er neugierigen Passanten zuwarf. Dankbar sah sie, wie sich jedermann schnell abwandte.

»Das gibt einen feinen Skandal«, sagte sie zu Sörensen. Ihre Holzpantinen machten eine Menge Krach auf dem Kopfsteinpflaster, ihre nackten Beine fühlten sich an wie gefroren. »Die Leute können noch eine ganze Weile von meinem kleinen Ausflug zehren.«

»Unsinn«, gab er zurück. »Niemand wird über Sie klatschen, Frau Winkler.«

»Ach nee? Das wäre ja mal was ganz Neues.« Sie übte sich in einem Grinsen. Es gelang ihr sogar. »Ich bin das Enfant terrible von Glückshafen. Hin und wieder muss ich was für meinen Ruf tun.«

»Nein«, sagte er mit einem dunklen Unterton in der Stimme. »Nicht auf diese Weise.«

Sie hatten sein Haus erreicht, aber an der Tür zur Arztpraxis wehrte sich Tilly plötzlich gegen seinen Griff.

»Da gehe ich nicht rein! Sie kommen mir bloß auf dumme Ideen.«

»Nämlich?«, fragte er.

»Na, Sie wollen vielleicht in meinem Kopf rumbohren, mir Blut abzapfen, was weiß ich. Vergessen Sie's.«

»Frau Winkler, ich bitte Sie. Ich würde niemals etwas gegen Ihren ausdrücklichen Willen tun.«

»Das möchte ich Ihnen auch geraten haben!«

Ein Teil von ihr jedoch wollte ihn anflehen, ihr zu helfen. Er sollte sie von diesem Schleier befreien, der sich manchmal über sie legte. Er sollte ihr eine Wunderpille geben, damit sie wieder die alte Tilly sein durfte. Und zwar vierundzwanzig Stunden am Tag, an allen Tagen der Woche, in jeder Woche eines Monats ...

Mühsam schluckte sie die bittenden Worte wieder hinunter, die ihr schon auf der Zunge lagen. Sie verfingen sich in ihrer Kehle und bildeten dort einen festen Kloß.

Sprechen konnte sie jetzt nicht, nur denken, wenigstens klar denken: Er wird mir sowieso nicht helfen können. Niemand kann das.

»Wir werden die Praxis nicht betreten«, sagte Sörensen nachsichtig. »Wir müssen nur durch den Flur, um nach oben in die Wohnung zu kommen. Sehen Sie?« Er schloss die Tür auf und deutete hinein.

Der Kloß saß zu fest, um etwas zu erwidern, also nickte Tilly nur, ging hinter ihm her über das Linoleum, wo ihre Pantinen nur noch gedämpfte Geräusche von sich gaben, und stieg nach ihm die mit einem braunen Teppichläufer ausgelegte Treppe hinauf.

Sörensen führte sie direkt in die Küche und bot ihr einen Stuhl neben der Heizung an. Dann verschwand er und kehrte erst nach einer Weile mit ein paar dicken Wollsocken zurück, die sie dankbar anzog. Offenbar hatte er ziemlich lange danach suchen müssen. In der Zeit hatte Tilly sich umgeschaut. Die Küche war modern eingerichtet und fast so groß wie ihr kompletter Wohnwagen, wirkte jedoch leblos wie der ganze Mann. Vermutlich war dies der Raum, in dem sich das Fehlen seiner Frau am meisten bemerkbar machte. Die alte Paula hatte Tilly erzählt, dass Mareike Sörensen in dieser Küche ihre Tees und Tinkturen zubereitet hatte.

»Wenn ich mal zu Besuch kam, duftete es dort wie in einem Kräutergarten«, hatte sie geschwärmt.

Jetzt, fand Tilly, roch es bloß nach irgendeinem chemischen Putzmittel und nach kalter Pizza.

»Wo ist Kyra?«, fragte sie. Der Gedanke, das Mädchen könnte sie in diesem Aufzug sehen, war ihr höchst unangenehm.

Der Doktor antwortete nicht sofort, sondern hantierte mit einer Kaffeemaschine. Er ließ Wasser in die Glaskanne laufen, füllte es in die Maschine, wechselte den Filter und maß ein halbes Dutzend Kaffeelöffel ab. Dabei wandte er ihr den Rücken zu, und sie merkte erst jetzt, dass auch er viel zu leicht angezogen war. Über einer Jogginghose trug er bloß ein zerschlissenes T-Shirt.

»Sie müssen ja verdammt schnell aus dem Haus gerannt sein«, bemerkte sie, bevor er ihre Frage nach seiner Tochter beantworten konnte.

»Ich habe zufällig aus dem Schlafzimmerfenster geschaut.«

»Und da haben Sie mich gemütlich unter der Eiche sitzen sehen.«

»Hm.«

»Alle Achtung, Doktorchen. Das nenne ich wahren Einsatz. Dabei bin ich nicht mal Ihre Patientin.«

Endlich wandte er sich wieder um. »Nein, aber ich schätze Sie als gute Freundin.«

Langsam lehnte sie sich zurück. »Machen Sie eine alte Frau bloß nicht verlegen.«

Er lächelte. »Frau Winkler, Sie sind nicht der Typ, der so leicht in Verlegenheit gerät.«

»Stimmt auch wieder. Also? Wo ist Kyra?«

»Sie schläft heute bei Anne, wussten Sie das nicht?«

Tilly dachte scharf nach.

»Nein«, erwiderte sie dann. »Aber die zwei glucken ja ständig zusammen, seit Kyra bei Anne arbeitet. Da sollte es mich nicht wundern.«

Sie verspürte einen Hauch von Eifersucht, wischte ihn aber sogleich beiseite. Es war albern, auf die zwei neidisch zu sein. Sie sollte sich lieber freuen, weil Anne eine jüngere Freundin gefunden hatte und weil Kyra sich in Annes Gesellschaft so wohl fühlte.

»Es sind Herbstferien«, unterbrach Sörensen ihre Gedanken. »Ich glaube, Kyra will sogar ein paar Tage bleiben. Im Stübchen gibt es anscheinend viel zu tun. Es scheint gut zu laufen, oder?«

»O ja«, sagte Tilly. »Da herrscht Hochbetrieb. Annes Holunderkuchen haben sich schnell rumgesprochen, und besonders die kleinen Törtchen in Herzform werden gegessen wie nix. Sie musste gar nicht mehr viel Werbung machen. Der Laden ist jeden Tag gut besucht. Bloß von Wildschwein und Aal mit Holunderbeersoße wollen die Leute nichts wissen. Deswegen verzichtet sie jetzt ganz auf die Hauptgerichte. Das Stübchen ist ein reines Café geworden.«

»Interessant«, murmelte er und fragte dann: »Milch? Zucker?«

Der Kaffee war durchgelaufen und verbreitete sein würziges Aroma in der Küche.

»Schwarz, bitte.«

Sörensen goss zwei Becher voll, reichte ihr den einen und setzte sich dann zu ihr an den Tisch.

»Ich fürchte, mit einem Frühstück kann ich nicht dienen. Ich habe morgens noch keinen Appetit, und Kyra holt sich etwas in der Bäckerei, wenn sie zur Schule fährt.«

»Das sieht man.«

»Bitte?«

»Dass Sie morgens keinen Appetit haben. Und mittags und abends wahrscheinlich auch nicht. Wenn Sie mich besuchen, lehnen Sie auch dankend ab. Eigentlich habe ich Sie noch nie richtig essen sehen.«

»Wildschwein und Aal«, korrigierte er. »Und danach zwei Stück Kuchen. Zur Eröffnung des Stübchens. So viel auf einmal hatte ich lange nicht mehr zu mir genommen.«

»Hört, hört«, sagte Tilly und trank schlürfend von ihrem Kaffee. »Sie sind hungrig, wenn Sie bei Anne sind? Warum kommen Sie dann nicht jeden Tag? Dann würden Sie vielleicht mal ein bisschen Speck auf den Rippen ansetzen.«

»Nun, ich bin ein vielbeschäftigter Arzt.«

Tilly ließ ihm die Ausrede nicht durchgehen. Dieser Mann war mindestens so stur wie sie selbst. Im Leben würde er nicht zugeben, dass er Gefühle für Anne hegte. Dabei war er so leicht zu durchschauen. Wie er seit Wochen Anne aus dem Weg ging, wie er sich dennoch möglichst unauffällig bei Tilly nach ihr erkundigte, wie seine Augen manchmal aufleuchteten, wenn Tilly ihm von Anne erzählte – nur kurz, bis er sich wieder unter Kontrolle hatte –, und wie er, ohne es selbst zu merken, ganz langsam aus seinem Schatten trat und mehr und mehr einem Mann aus Fleisch und Blut glich. Nicht mehr so sehr einer Vogelscheuche.

Auch jetzt, hier mit ihr in seiner ungemütlichen Küche, wirkte er lebendig, obwohl er seinen Kopf gesenkt hielt, um nichts zu verraten.

Wahrscheinlich war dies kein guter Zeitpunkt, um ihm mal die Meinung zu sagen. Aber welcher Zeitpunkt war schon gut für heikle Themen? Hauptsache, sie packte die Sache diplomatisch an.

Tilly zupfte an ihrer Wolldecke herum, bevor sie sprach. »Sörensen, Sie mögen ein gebildeter Herr Doktor sein, aber in Herzensdingen sind Sie ein ausgemachter Blödmann.«

Diplomatisch, na ja.

Sein Kopf fuhr hoch, seine Hand umfasste so fest die Tasse, dass die Fingerknöchel weiß hervortraten.

»Frau Winkler, ich glaube nicht ...«

»Halten Sie die Klappe. Ich habe heute vielleicht nicht meinen besten Tag, aber ich kann immer noch erkennen, was um mich herum vorgeht. Und Sie ...«, Tilly zeigte mit dem Finger auf ihn, »Sie mögen meine Nichte, aber Sie haben Angst vor der Liebe.«

Er ließ ihre Worte eine Weile sacken, bevor er antwortete. »Sie irren sich, Frau Winkler. Die Wahrheit ist, ich bin mir über meine Gefühle nicht im Klaren.«

Tilly wollte ein Schnauben ausstoßen, aber es kam ein

tiefer Seufzer heraus. Diesem Mann war vermutlich nicht zu helfen. »Dann sind Sie noch viel dümmer, als ich dachte.«

»Wie bitte?«

Sie lehnte sich zurück. »Sie glauben vielleicht, Sie empfinden nichts für Anne, aber Sie täuschen sich. Unglücklicherweise ist es immer einfacher, die Toten zu lieben als die Lebenden.«

»Ich ... verstehe nicht.«

»Doch, das tun Sie sehr wohl. Sie klammern sich an die Liebe zu Ihrer Frau, um sich nicht dem Leben da draußen stellen zu müssen. Im Grunde haben Sie eine Scheiß-Angst, mein lieber Doktor Sörensen.«

Genau wie ich, sagte sie sich im Stillen. Allerdings fürchteten sie beide ganz verschiedene Dinge. Während der Arzt große Angst hatte, sich in Anne zu verlieben, scheute sie selbst davor zurück, über das nachzudenken, was mit ihr geschah. Oder gar jemandem davon zu erzählen.

Der Schleier, der sich manchmal über ihren Geist legte, machte ihr Angst.

Musste keiner wissen. Und es gab noch mehr, was ihr zu schaffen machte: Ihr Herz öffnete sich zaghaft für Thies Ahrens.

Großer Gott! Wenn der alte Fischer bloß nichts davon mitbekam!

Die vielen Leute, die jetzt durchs Holunderdorf stapften, gingen ihr so auf die Nerven, dass sie kaum noch ihren Wohnwagen verließ, wenn das Stübchen geöffnet hatte.

Sie verbarg es sorgfältig vor Anne.

Wäre Tilly ein anderer Mensch gewesen, so hätte sie

sich sicherlich anders verhalten, das war ihr klar. Sie hätte sich von Sörensen in eine Klinik überweisen lassen, um eine Diagnose zu bekommen. Sie hätte Thies Ahrens freundlich, aber bestimmt erklärt, sie könnten nur Freunde sein – oder wenn sie wirklich ein komplett anderer Mensch gewesen wäre, dann hätte sie womöglich die Liebe des kleinen schweigsamen Mannes erwidert.

Und was Anne mit ihrem Stübchen betraf: Vermutlich wäre Tilly samt Wohnwagen losgefahren, an einen ruhigen Ort, wo sie mit Hugo wieder allein sein konnte. Denn zu viel Trubel war einfach nichts für sie.

Aber sie war nun mal nicht dieser andere Mensch. Sie war dieselbe Tilly, die sie immer gewesen war. Und sie würde sich ganz bestimmt nicht mehr ändern.

Alles würde so weitergehen wie bisher – solange sie selbst es wollte. Nur sollte sie womöglich ein paar Dinge regeln.

Tilly merkte, dass Sörensen sie über den Rand seiner Tasse hinweg beobachtete. Er hatte nichts mehr gesagt, seit sie ihm ihre Vorwürfe an den Kopf geworfen hatte, und sie war jetzt froh darüber. Auf einmal fühlte sie sich entsetzlich müde.

»Was ist?«, fragte sie. »Was starren Sie mich so an? Ich bin nicht der Feind. Wollte bloß mal meine Meinung loswerden.«

»Darum geht es nicht. Versprechen Sie mir, nicht böse zu werden?«

»Den Teufel werde ich tun! Was haben Sie angestellt? Mich in der Klapse angemeldet?«

Ein eisiger Schreck durchfuhr sie.

War Sörensen so etwas zuzutrauen?

Ließ er sie womöglich einweisen, nur weil sie einen kleinen Spaziergang im Nachthemd unternommen hatte? Wie gut kannte sie diesen Mann überhaupt?

So gut wie gar nicht, gab sie sich selbst die Antwort.

Er wand sich unter ihrem Blick, aber dann sagte er ruhig: »Frau Winkler. Wie ich Ihnen schon versichert habe, werde ich nichts gegen Ihren Willen unternehmen. Es ist nur so: In wenigen Minuten öffnet die Praxis und …«

»… Sie haben keine Zeit für einen längeren Plausch«, fiel sie ihm ins Wort. »Kein Problem. Ich wollte sowieso gehen. Aber eines müssen Sie mir schwören.«

Er hob die Brauen.

»Sie behalten für sich, was Sie über mich denken, klar?«

»Nun …«

»Ach, lassen Sie es gut sein.«

Es war eine unsinnige Bitte, das wurde ihr schlagartig klar. Sie dachte an die besorgten Blicke ihrer Nichte, an Thies' merkwürdige Art, mit ihr umzugehen. Neuerdings spielte er sich regelrecht zu ihrem Beschützer auf. Wenn er ins Stübchen kam, wo sie den Geschirrspüler einräumte oder den Boden fegte, bestand er darauf, ihr die Arbeit abzunehmen. Und dann schlug er vor, sie solle sich ausruhen.

Idiot!

Tilly seufzte. Selbst Helga und Werner hatten was gemerkt, als sie zu Besuch gekommen waren. Viermal hatte ihr Bruder seitdem angerufen, so oft wie sonst in einem ganzen Jahr.

Und die drei alten Frauen? Weshalb waren die wohl auf einmal so nett zu ihr?

»Verfluchter Mist!«, brach es aus ihr heraus.

»Frau Winkler ...«

Sie stand auf, machte eine müde Geste. »Es ist unwichtig. Ich verschwinde jetzt.«

In dieser Sekunde klingelte es an der Tür.

»Es ist nur Thies Ahrens«, sagte Sörensen schnell. »Ich habe ihn vorhin angerufen, als ich die Socken für Sie rausgesucht habe.«

Ein Teil von ihr wurde jetzt erst richtig wütend, ein anderer Teil war ihm dankbar. Anne sollte sie nicht in diesem Aufzug sehen, und allein hätte sie nicht ins Holunderdorf zurückgehen wollen. Wer wusste schon, wo sie dieses Mal gelandet wäre.

Am Ende noch am Steilufer.

Während sie zwischen den Gefühlen hin und her schwankte, kam Thies Ahrens in die Küche. In einer Hand trug er ein paar Kleidungsstücke, die sie als ihre erkannte. Jeans, warmer Pulli, die schreckliche Mütze, die er ihr geschenkt hatte. In der anderen Hand balancierte er ein herrlich duftendes Päckchen.

»Schmalzbrote«, sagte er freundlich. »Sie müssen Hunger haben.«

In ihrer Kehle, wo vorhin noch der Kloß aus Worten gesessen hatte, stieg jetzt ein Glucksen auf. Aber erst als sie an Thies hinunterblickte, brach Tilly in schallendes Gelächter aus.

»Heute«, sagte sie, als sie wieder Luft bekam, »heute hat Hugo die andere Wade erwischt.«

18. Kapitel

Dienstags war Ruhetag im Stübchen, und nachdem sie sechs Tage lang schon um drei Uhr früh in der Backstube gestanden hatte, wäre Anne gern mal lange im Bett geblieben. Dennoch war sie schon kurz nach dem Morgengrauen auf den Beinen. Es gab heute eine Menge zu tun. Sie wollte gründlich durchputzen, später einen Großeinkauf in Travemünde erledigen und am Nachmittag drei Bewerbungsgespräche führen. Ihr war klargeworden, dass sie die Arbeit allein mit Kyras und Thies' Hilfe nicht mehr schaffen konnte. Tilly tat ebenfalls, was sie konnte, aber es wurde immer schwieriger, mit ihr umzugehen. Mal packte sie energisch mit an, mal fiel es ihr schwer, nur ein paar Teller wegzuräumen. Zudem sorgte Thies stets dafür, dass er ihr möglichst alles abnahm.

So hatte Anne mehr und mehr im Gastraum zu tun und kam tagsüber kaum noch zum Backen. Der Gedanke, eine Konditorin einzustellen, schwirrte ihr schon lange im Kopf herum, und nachdem sie sämtliche Einnahmen und Ausgaben durchgerechnet hatte, war sie zu dem Ergebnis gekommen, dass sie sich eine Fachkraft leisten konnte. Zumindest von Freitag bis Sonntag, wenn im Stübchen Hochbetrieb herrschte.

Und dann, dachte sie hoffnungsvoll, kann ich auch mal ein wenig Schlaf nachholen.

Mühsam schälte sie sich aus mehreren Lagen Wolldecken. Zunächst bewegte sie sich so leise wie möglich, dann warf sie einen Blick auf das unbenutzte schmale Sofa im vorderen Teil des Wohnwagens, und ihr fiel wieder ein, dass sie Kyra gestern Abend nach Hause geschickt hatte. Das Mädchen sollte sich mal gründlich ausschlafen. Außerdem: Es war schön gewesen, sie ein paar Tage lang ganz hierzuhaben, aber trotz aller Freundschaft war da stets eine gewisse Distanz zwischen ihnen gewesen, oder auch nur ein gewisses Schweigen. Ein paarmal hatte Kyra angefangen, von ihrem Vater zu sprechen, doch Anne war ihr jedes Mal ausgewichen. Es fühlte sich falsch an, ausgerechnet mit Kyra über ihre Gefühle für Carsten zu reden. Zudem fürchtete sie, ihr würden keine Gegenargumente einfallen, wenn Kyra wieder behauptete, dass er innerlich wie tot war. Ein seelischer Krüppel. Jemand, der niemals mehr eine Frau lieben würde.

Nein, sich so etwas anzuhören würde zu schmerzhaft sein. Also zog sie es vor, dieses Thema ganz zu vermeiden.

Im Wohnwagen war es eisig kalt. Anne beeilte sich, den elektrischen Heizstrahler anzustellen, womit die Temperatur von gefühlten minus zehn auf null Grad stieg. Es war ein ungewöhnlich kalter Oktober, wie es sogar in den Nachrichten hieß, und nicht zum ersten Mal fragte sie sich, wie sie hier eigentlich leben sollte, wenn erst mal der Winter da war. Früher oder später musste eine Lösung her. Besser früher als später.

»Brrrr«, machte sie und quetschte sich in ihr winziges Bad.

Eine lauwarme Dusche half ihr wenigstens, wach zu werden, aber ihr war klar, sie musste sich bald eine Mietwohnung in Glückshafen suchen. Bloß, was sollte dann aus Tilly werden? Ein sicheres Gefühl sagte Anne, ihre Tante werde darauf bestehen, im Holunderdorf zu bleiben. Später, entschied sie. Darüber konnte sie auch später noch nachdenken.

Anne beeilte sich, ins Stübchen zu kommen, wo es innerhalb von wenigen Minuten mollig warm wäre und wo mindestens zwei starke Espressi ihr endgültig Kälte und Müdigkeit aus den Knochen vertreiben würden.

Gähnend lief sie über den Platz. Aus den Augenwinkeln sah sie, dass bei Tilly noch alles dunkel war. Kurz zögerte sie. Dann beschloss sie, ihre Tante schlafen zu lassen.

Wenn sich in einer Stunde noch nichts regte, würde Anne Hugo hinauslassen. Der Mops akzeptierte sie inzwischen. Mehr oder weniger. Er überschüttete sie nicht mit Liebesbezeugungen, aber er ließ es zu, dass sie ihm zu fressen gab, er gestattete ihr, mit ihm Gassi zu gehen, und er knurrte sie nicht mehr so oft an.

Ein echter Fortschritt, dachte Anne und grinste. In diesen Genuss einer reservierten Mops-Zuneigung würde Thies Ahrens mit Sicherheit nicht mehr kommen.

Ihre Miene verdüsterte sich.

Thies.

Was war bloß gestern mit ihm los gewesen? Er war viel früher als üblich ins Stübchen gekommen. Nach wie vor verbrachte Thies viele seiner Nächte auf dem Meer und schlief dann ein paar Stunden, bevor er gegen elf bei Anne auftauchte. Aber gestern war er schon kurz nach acht da gewesen, ohne eine Erklärung dafür abzuliefern. Er hatte seine Arbeit zwar so gründlich wie immer erledigt, hatte ausgefegt, Gläser poliert und Tische eingedeckt, aber dabei hatte er so eisern geschwiegen wie ganz zu Anfang ihrer Freundschaft.

Selbst auf ihren üblichen Witz, sie müsse ihn endlich mal bezahlen, hatte er nicht wie sonst reagiert. Normalerweise lächelte er dann und erklärte, der beste Holunderkuchen seines Lebens sei ihm Lohn genug, und außerdem sei er noch nie reich gewesen und habe nicht vor, es im Alter zu werden.

Nichts davon. Er war still geblieben und in sich gekehrt, und sie hatte nicht gewusst, wie sie das Schweigen brechen sollte.

Anne seufzte und schloss die Tür zum Stübchen auf. Es hatte keinen Sinn, über Thies nachzudenken. Er würde mit ihr sprechen, wenn er es für richtig hielt.

Sie ahnte ja, dass es um Tilly ging. Irgendetwas musste vorgefallen sein, und vielleicht, ach ja, vielleicht wollte sie es gar nicht wissen.

Augenblicklich verspürte sie Schuldgefühle. Tilly war gut zu ihr gewesen, Tilly hatte ihr geholfen, hier im Holunderdorf noch einmal neu anzufangen. Ja, Tilly hatte ihr gezeigt, dass in ihr noch viel mehr steckte, als sie bisher gedacht hatte. Nicht bloß eine gute Geschäftsfrau, sondern auch ein freier Mensch, der ohne das große Glück in der Liebe zufrieden sein konnte.

Aber Tilly hatte sich verändert. Erneut seufzend drehte Anne die Gasheizung hoch und schaltete die Kaffeemaschine ein. Während der erste Espresso durchlief, knabberte sie an einem übriggebliebenen Holunderherzen und zwang sich, Tilly aus ihren Gedanken zu verscheuchen.

Sie durfte sich einfach nicht so viele Sorgen machen. Sie musste daran glauben, dass alles gut werden würde.

Tilly war manchmal ein bisschen verwirrt?

Na und? Sie selbst vergaß auch leicht, wo sie ihre Autoschlüssel hingelegt hatte.

Tilly wirkte hin und wieder regelrecht abwesend? Wahrscheinlich brauchte sie nur mal ein paar Tage Urlaub. Tilly konnte rasend schnell von bester Laune auf Stinkwut umschalten?

Halb so wild. Jeder Mensch litt mal unter plötzlichen Stimmungsschwankungen.

Tilly ...

»Stopp!«, rief Anne laut und erschrak, weil die schiefen Wände ihren Ruf mehrfach zurückwarfen.

»Tilly geht es gut«, setzte sie leise hinzu. Es klang wie eine Beschwörungsformel. Anne zwang sich, an ihre Arbeit zu denken.

Als sie wenig später die Einkaufsliste zusammenstellte, hörte sie, dass draußen ein Wagen vorfuhr.

Neugierig ging sie nachsehen. Die Sonne stieg gerade erst über den Pappeln auf. Thies konnte es unmöglich sein.

Sie sah den Jeep, der im Schneckentempo über den Platz schlich, und musste lächeln. Carsten Sörensen achtete seit dem Unfall sorgfältig darauf, keinen Mops mehr zu überfahren.

Als die hohe dünne Gestalt ausstieg, füllte die Sehnsucht jeden Winkel in ihrem Inneren aus.

So viel zum Thema freier und zufriedener Mensch, dachte Anne.

Und als er schließlich auf sie zukam und sie im fahlen

Morgenlicht seinen Gesichtsausdruck erkannte, griff die Angst mit einer riesigen Eisenzange nach ihr.

»Guten Morgen, Anne«, sagte er freundlich. »Du bist früh auf.«

»Du auch.« Mehr als diese zwei kurzen Worte brachte sie im Moment nicht heraus. Es fühlte sich merkwürdig an, ihn zu duzen, bloß weil sie sich ein einziges Mal geküsst hatten. Zwei Wochen war das jetzt her, und seitdem hatte sie ihn kaum zu Gesicht bekommen.

Aber er hatte schließlich damit angefangen, und diese kleine Intimität half ihr, die Furcht im Zaum zu halten.

Nur redseliger konnte sie noch nicht werden.

»Kaffee?«

»Gern.«

Sie nahm ihn mit hinein. Von Kyra wusste sie, dass auch Carsten am liebsten einen kleinen schwarzen Espresso trank, auch wenn er zu Hause nur eine Filtermaschine besaß. Dazu reichte sie ihm einen Teller mit Kuchenstücken.

»Ist aber von gestern.«

Er nickte ernsthaft, trank seinen Espresso, dankte ihr für ein großes Glas Wasser, das sie ihm noch gab, und aß in Windeseile drei Stück Kuchen.

Es gefiel ihr, ihm still dabei zuzusehen. Sie stellte sich vor, wie er aussehen könnte, wenn er nur ein wenig zunähme, und sie fragte sich, wie es sich anfühlen mochte, einen Brustkorb zu berühren, der nicht mehr so eingefallen wirkte.

Rasch machte sie einen Schritt zurück. Nicht dass sie noch auf die Idee kam, ihn anzufassen. So für einen Vorher-Nachher-Eindruck.

Uff!

»Was ist?«, fragte Carsten.

Anne schluckte. »Nichts, wieso?«

»Du hast gestöhnt.«

»Quatsch.« Sie fuhr sich langsam mit den Fingern über die Schläfen.

Carsten musterte sie aufmerksam. »Hast du Kopfschmerzen?«

Nein, du Idiot, dachte sie. Mir tut was weh, bloß weiter unten, so in der Herzgegend. Aber ein seelischer Krüppel wie du merkt das natürlich nicht.

Ob sie ihn mal bat, sie abzuhorchen? Und wenn er kein Stethoskop dabeihatte, durfte er auch gern ...

»Mist!«

»Wie bitte?«

War da ein Funkeln in seinen dunklen Augen? Wirkte er belustigt? Begriff er, was mit ihr los war? Fühlte er wie sie?

Nein, nein und nochmals nein!

Sie musste Carsten Sörensen vergessen. Je eher, desto besser. Er hatte sie zurückgestoßen, gleich nach dem Kuss am Holunderbusch. Er hatte ihr deutlich gesagt ...

Ach, an die genauen Worte erinnerte sie sich nicht mehr, aber seine Abfuhr war deutlich gewesen.

Ich sollte wütend auf ihn sein, sagte sie sich. Ich sollte ihn hassen! Warum gelang es ihr bloß nicht? Warum nur bekam sie diesen Mann nicht aus dem Kopf?

Nicht aus dem Herzen?

Ihr Blick war in seinen eingetaucht und kam nicht wieder los. Sie fühlte sich gefangen und frei zugleich. Mochten sie einander niemals näher sein als so, mit einem Meter Abstand zwischen ihnen, es wäre in Ordnung. Wenn nur die Zeit jetzt anhielt, wenn er sie nur weiter ansah.

Doch Carsten senkte den Kopf, und es fühlte sich an, als fiele sie von einer hohen Klippe hinab auf scharfkantige Felsen.

»Hast du Lust auf einen Spaziergang?«, fragte er. »Wir könnten bis zum Steilufer gehen, wenn es dir nicht zu kalt ist.«

»Ich weiß nicht«, gab sie zurück. »Bin gerade erst von der Klippe gestürzt.«

»Anne? Alles in Ordnung mit dir?«

»Ähm ... ja, alles okay. Ich drehe nicht durch, falls du das meinst. Ich bin ja nicht Tilly.«

Schnell hielt sie sich die Hand vor den Mund.

Zu spät.

Er räusperte sich umständlich, doch seine Stimme klang trotzdem rau, als er sagte: »Tatsächlich möchte ich mich mit dir über deine Tante unterhalten. Aber vielleicht besser nicht hier drinnen.«

»Wieso? Hast du Angst, ich könnte über dich herfallen?«

Für den Bruchteil einer Sekunde spielte ein kleines Lächeln um seine Mundwinkel. Ganz so, als gefiele ihm der Gedanke. Kurz fragte sie sich, ob er womöglich doch etwas anderes für sie empfand als Freundschaft und Mitleid. Aber noch bevor Anne sich darüber klarwerden konnte, wurde er wieder ernst.

»Nein«, erklärte er. »Ich möchte nur vermeiden, dass Tilly mich hört, falls sie hereinkommt.«

Schlagartig verflog in Anne jedes Gefühl für Carsten, jede Zärtlichkeit, jeder Wunsch, ihn zu berühren. Von einem Moment auf den anderen war in ihrem Kopf nur noch Platz für die Sorge um Tilly.

»Gehen wir«, sagte sie.

An der Garderobe schnappte sie sich einen gefütterten Parka. Er musste von Thies stammen, denn er roch intensiv nach Fisch. Ihre eigene Jacke hing direkt daneben, doch Anne fand den Gedanken tröstlich, ihr liebgewonnener Freund käme auf diese Art und Weise zu ihrem Spaziergang mit.

Carsten schien sich zwar zu wundern und rümpfte sogar die Nase, sagte aber nichts.

Ein kalter Windstoß traf sie, kaum dass sie das Stübchen verlassen hatten. Anne wollte Carsten fragen, warum sie nicht einfach ein Stück in seinem Jeep fuhren, aber sie ließ es bleiben. Es wäre zu eng gewesen in der Fahrerkabine, das begriff sie sofort. Zu eng für die Gefühle, die zwischen ihnen standen, zu eng für all die Worte über Tilly, die er sagen musste und die sie nicht hören wollte.

Sie kuschelte sich tief in den Parka und lief los. Carsten folgte ihr in einigem Abstand. Erst als sie den Riesenholunder erreicht hatte, schloss er zu ihr auf.

»Weiter?«, fragte sie.

Er nickte. »Ich habe meinen Kollegen Borgdorf gebeten, mich für die ersten zwei Stunden in der Praxis zu vertreten. Und es tut mir gut, mal rauszukommen.«

»In Ordnung.« Der Großputz, der Einkauf – sie konnte alles auf später verschieben. Das hier war wichtig. Dieser Weg mit Carsten, dieser gefürchtete Moment der Wahrheit.

Als sie an dem dunkelgrauen Stein unter den Weißpappeln ankam, blieb sie stehen und wies auf ein paar Spuren.

»Von hier aus führt Tillys geheimer Pfad direkt zum Steilufer.«

Carsten zeigte das erste echte Lächeln an diesem Morgen. »Ich kenne ihn. Sie hat ihn Thies und mir verraten, als wir nach Hugo gesucht haben. Schätze, das ist ihr ziemlich schwergefallen. Sie betrachtet die ganze Gegend als ihren Privatbesitz.«

Auch Anne lächelte. »Und ich bin ihr vor ein paar Wochen mal gefolgt. Es ist wirklich ein besonders schönes Fleckchen Erde.«

Wieder ging sie voraus und spürte intensiv seinen Blick in ihrem Rücken. Niedrighängende Wolken schoben sich vor die Sonne und tauchten den Morgen in ein diffuses Licht. Das Strauchwerk verlor seinen hellen Schimmer, der sandige Boden wirkte grau. Aber die Luft, die von der Ostsee hereinwehte, war frisch und rein, die Wellen fanden wie gewohnt mit leisem Grollen ihren Weg an den Strand, und im Norden strahlte der alte Leuchtturm von Glückshafen kräftig in Rot und Weiß.

Anne blieb ein ganzes Stück vor der Uferkante stehen und sog tief die salzige Luft ein. Sie wusste, die Klippe fiel rund zwanzig Meter steil ab und ging dann in einen schmalen Uferstreifen über. Der alte Zaun, der zwischen ihr und dem Abgrund stand, wirkte alles andere als stabil.

»Gibt es einen Weg nach unten?«, fragte sie, als Carsten neben ihr war.

Er deutete zum Leuchtturm, der von hier aus klein wirkte, aus der Nähe aber sicherlich von imposanter Größe war.

»Dort drüben. Früher sind wir da hinuntergelaufen, um baden zu gehen. Wir fanden den kleinen Uferstreifen spannender als den breiten Sandstrand, wo das Steilufer zu Ende ist.«

Anne hätte ihn gern gefragt, welches »früher« er meinte. Als er noch ein Junge gewesen war und mit seinen Freunden an heißen Sommernachmittagen Abkühlung gesucht hatte? Oder später mit seiner Familie, mit Kyra, die noch ein Kind gewesen sein mochte, und mit seiner Frau, Mareike?

Sie ließ es bleiben. War er mal ein fröhlicher Junge gewesen? Und später ein glücklicher Familienvater, voller Leben? Liebend und wiedergeliebt? Mit Träumen und Zukunftsplänen?

Allein die Vorstellung erschien ihr absurd, wenn sie ihn heute ansah. So ... schattenhaft wirkte er auf sie. Und dennoch musste er so gewesen sein.

»Aber ich glaube«, fuhr Carsten fort, »der Weg ist inzwischen gesperrt. Zu gefährlich. Wer hier ans Wasser will, muss vom Sandstrand aus laufen. Das ist aber eine ziemlich weite Strecke, deshalb war uns die Abkürzung damals sehr willkommen.«

Er trat einen halben Schritt vor. »Die zwei Frühaufsteher da unten sind bestimmt von dort gekommen.« Er wies mit dem Finger nach unten, aber sie blieb, wo sie war. Fremde Spaziergänger interessierten sie nicht. Und sie verschwieg ihm, dass Tilly ihrer Meinung nach trotzdem manchmal den Weg benutzte. Sperrung hin oder her. Ihre Tante war nicht der Typ, der sich an Regeln hielt.

Sie suchte nach einem weiteren Thema, mit dem sie ein Gespräch über Tilly hinauszögern konnte.

Zu ihrer Überraschung nahm Carsten ihr das Problem ab.

»Warst du schon einmal unten?«

Sie schüttelte den Kopf, spürte, wie sie dunkelrot anlief. »Keine Zeit.«

Er lächelte wieder, und sie verliebte sich augenblicklich und rettungslos in dieses Lächeln.

»Oder bist du wasserscheu?«

»Ein bisschen«, gab sie zu. »Das liegt bei uns Winklers in der Familie.«

Er tat, als müsse er ein äußerst kompliziertes Rätsel lösen, kratzte sich am Kinn, legte die Stirn in Falten.

»Wärst du dann nicht hoch oben in den Bergen besser aufgehoben? Da könntest du Käsekuchen backen, mit der Milch von glücklichen Almkühen.«

Carsten Sörensen, der versuchte, witzig zu sein? Einen Moment lang war Anne zu verblüfft, um zu reagieren. Ihr war, als blicke sie nun doch in seine Vergangenheit und sähe ein winziges Stück von dem Mann, der er einmal gewesen sein musste.

»Machst du dich lustig über mich?«, fragte sie endlich.

»Das würde ich mir niemals erlauben. Ich stelle mir nur vor, ein Käsekuchen von dir müsste himmlisch schmecken.«

»Das geht auch ohne Almkühe.«

»Wunderbar.«

»Ich mach dir einen, wenn du möchtest.«

»Danke schön.«

Jetzt war es ihr Gespräch, das absurd wurde, doch sie klammerte sich daran wie ein Ertrinkender an ein Stück Treibholz.

Anne sah an ihm vorbei auf die große graublaue Wasserfläche. »Ich mag das Meer, aber ich muss nicht unbedingt darin schwimmen. Tilly geht es übrigens genauso.«

Sie hatte das so dahingesagt, aber nun, da sie Tilly erwähnt hatte, gab es keine Ausflüchte mehr.

Das wussten sie beide.

Noch bevor Carsten etwas sagen konnte, brach es plötzlich aus Anne hervor: »Es ist Alzheimer, oder? Meine Tante ist nicht nur ein bisschen verwirrt. Es ist schlimm, richtig? Sag es mir! Ich kann das verkraften.«

Aber das stimmte nicht. Ihr war, als schlucke sie Salzwasser, als ginge sie unter.

In seinem Blick lag tiefes Mitgefühl, als er antwortete: »Eine genaue Diagnose kann ich nicht stellen, da Tilly sich nicht untersuchen lassen will. Wir sprechen hier mit Sicherheit von Demenz, und Alzheimer ist die häufigste Form dieser Art von Erkrankung. Die Vermutung, dass es sich darum handelt, liegt also nahe.«

Anne wollte in seine Arme sinken und sich trösten lassen, aber sie blieb, wo sie war, hielt ihren Rücken fest durchgedrückt und zwang sich, regelmäßig zu atmen. »Eigentlich weiß ich es schon seit Wochen, aber ich wollte es nicht wahrhaben.«

»So geht es uns allen«, murmelte Carsten. »Sogar ich habe eine Weile die Augen verschlossen, aber das ist nun nicht mehr möglich. Nicht seit gestern.«

»Gestern? Was war denn los? Mir ist nichts Besonderes aufgefallen. Außer vielleicht, dass Tilly länger geschlafen hat als sonst. Und sie war den ganzen Tag lang ziemlich mürrisch.«

Er trat dicht an sie heran und sah ihr tief in die Augen.

Und dann erfuhr Anne von Tillys Ausflug nach Glückshafen.

»Im Nachthemd?«, fragte sie schockiert, als er geendet hatte. »Meine Tante ist im Nachthemd mitten durch den Ort spaziert?«

»Ja«, sagte er und erzählte ihr, wie er sie vom Marktplatz geholt und zu sich nach Hause gebracht hatte. »Schon zehn Minuten später war sie wieder vollkommen klar. Aber ich fürchte …«

»… das kann sich wiederholen«, beendete sie an seiner Stelle den Satz.

»Ja. Es sieht so aus, als habe Tilly eine besonders schnell fortschreitende Form der Krankheit. Und wir wissen nicht, was als Nächstes geschieht.«

»O mein Gott!«

»Anne …«

»Was soll ich nur tun?«

»Wir könnten gemeinsam mit Tilly reden. Es gibt Medikamente, Therapien, spezialisierte Kliniken. Die Forschung ist schon sehr weit, auch wenn es natürlich noch immer keine Heilung gibt.«

Anne ließ ihren Blick lange über das Meer schweifen, bevor sie antwortete: »Tilly hat in ihrem ganzen Leben nicht mal ein Aspirin genommen. Sie wird da niemals mitmachen.«

»Das fürchte ich auch«, stimmte Carsten ihr leise zu. »Ich kenne sie inzwischen ganz gut. Diese Frau ist verdammt starrsinnig.«

Dann schwiegen sie und überließen es der Natur, die Stille zu durchbrechen. Das Anbranden der Wellen, das Tuten eines Schiffes, das Schreien der Möwen – es wirkte beruhigend.

Anne erlaubte ihm, sie in seine Arme zu ziehen. Sie legte ihren Kopf an seine Schulter, spürte seine Hand sanft durch ihr Haar gleiten, schloss die Augen.

Dann hob er ihr Kinn und küsste sie lange und zärtlich.

Diesmal jedoch war es Anne, die sich löste. Sie kam sich vor wie eine Verräterin.

»Wir können doch nicht ... Tilly ...«

»Ja«, flüsterte er und wirkte überrascht über sich selbst. »Bitte verzeih.«

Und außerdem, fügte sie in Gedanken hinzu, außerdem hast du mich aus Mitleid geküsst. Nicht aus Liebe. Das spüre ich, und ich ertrage es nicht. Du sollst mich begehren, wie ein Mann eine Frau begehrt.

Sie riss sich zusammen. »Ich muss es Thies sagen. Es wird hart sein für ihn.«

»Er weiß auch schon Bescheid«, erwiderte Carsten. »Ich habe ihn gestern gebeten, Tilly heimzufahren, und er wirkte nicht sonderlich überrascht. Er ist ein kluger Mann.«

Deshalb also war Thies früher als sonst ins Stübchen gekommen. Deshalb war er so besonders schweigsam gewesen.

»Trotzdem spreche ich mit ihm«, sagte Anne. »Wir müssen uns überlegen, wie es weitergehen soll. Bald werden wir eine Betreuung für Tilly brauchen. Jemanden, der immer bei ihr ist und ... auf sie aufpasst.« Sie hörte selbst das Zittern in ihrer Stimme.

»Immer mit der Ruhe. Ein Schritt nach dem anderen, in Ordnung?«

»Und Kyra? Wie soll ich es bloß Kyra sagen?«

»Um meine Tochter kümmere ich mich selbst. Sie wird es verstehen. Und ich denke, auch sie ahnt es schon.«

»Aber sie wird so traurig sein. Sie hängt doch so sehr an Tilly. »

»Das stimmt. Aber noch viel mehr hängt sie an dir, Anne. Weißt du das nicht? Unsere Gespräche zu Hause drehen sich fast ausschließlich um dich und das Stübchen. Du bist für sie eine wunderbare Freundin geworden.«

»Ich ... habe sie auch gern.«

Er nahm kurz ihre Hand und drückte sie, ließ sie aber schnell wieder los, als Anne sich versteifte.

»Meine Tochter braucht dich«, sagte er schlicht. »Du hörst ihr zu und drängst dich nicht mit Ratschlägen auf.«

»Hm«, machte Anne.

»Ich glaube, mit dir kann sie auch über ihren Exfreund reden. Bei mir fällt ihr das wohl schwer.«

»Gut möglich. Ich habe den Eindruck, die beiden vertragen sich wieder.«

»Tatsächlich?«, fragte Carsten staunend.

»Na ja, es geht da wohl ziemlich hin und her. Aber wenn er schlau ist, zwingt er Kyra zu nichts und wartet ab. Sie muss sich aus freien Stücken für ihn entscheiden, und sie muss vielleicht erst einmal mehr von der Welt sehen und Erfahrungen machen, bevor sie sich fest an jemanden bindet.«

»Klingt vernünftig«, gab er zu. »Und ich begreife immer besser, warum sie deine Nähe sucht. Du bist eine starke, erfolgreiche und unabhängige Frau. Du bist ein Vorbild für sie.«

»Und manchmal eine Psychotante«, erwiderte Anne im hilflosen Versuch, einen Scherz zu machen.

Carsten schaute sie fragend an, aber sie winkte ab.

»Ist jetzt nicht so wichtig. Lass uns zurücklaufen. Mir wird kalt.«

Er nickte, und sie ging wieder voran.

Unter dem Riesenholunder hielt er sie noch einmal zurück und wollte sie erneut in seine Arme ziehen.

»Carsten, bitte. Es ist nicht richtig. Nicht jetzt.«

»Okay«, sagte er leichthin. »Du riechst sowieso ziemlich stark nach Fisch.« Auch sein Scherz misslang kläglich, und sie sah, dass sie ihn verletzt hatte.

Ach verdammt, dachte Anne. Wird das jetzt immer so sein? Werden wir einander abwechselnd zurückweisen, bis wir alt und grau sind?

Als sie weiterging, verscheuchte sie alle Gedanken an Carsten. Einzig Tilly durfte jetzt noch wichtig sein.

Den Rest des Weges legten sie schweigend zurück und sprachen erst wieder, als sie das Holunderdorf erreicht hatten.

»Willst du nach ihr sehen?«, fragte Anne.

Carsten schaute nachdenklich zu Tillys Wohnwagen. »Das wäre wichtig. Gestern habe ich es nicht mehr geschafft herzukommen. Und ich möchte mich davon überzeugen, dass sie sich von ihrem ... Abenteuer gut erholt hat. Aber mir scheint, sie schläft noch.«

»Ja, sieht so aus. Außerdem war sie gestern den ganzen Tag vollkommen normal. Mal abgesehen davon, dass sie besonders schlechte Laune hatte.« Anne grinste schief. »Ich hatte ja keine Ahnung, was vorgefallen war. Sie hat nur rumgemotzt. Es hätte nicht viel gefehlt, und ein paar Gäste wären wegen ihr geflüchtet. Ich war froh, als sie sich ziemlich früh am Abend zurückgezogen hat.«

»Dann schaue ich im Laufe des Tages vorbei. Nur ruf mich bitte sofort an, wenn etwas passiert.«

»Was soll schon passieren?«, entgegnete Anne leise.

Carsten blieb ihr die Antwort schuldig. Kurz legte er eine Hand an ihre Wange, dann stieg er in seinen Jeep und fuhr davon.

Wieder im Schritttempo.

Sie lächelte und berührte dann ihre Wange dort, wo eben noch seine warme Hand gelegen hatte.

19. Kapitel

Anne betrat Tillys Wohnwagen, ohne anzuklopfen, damit Hugo nicht gleich losbellte. Ihre Tante schlief tatsächlich noch fest. Der Mops lag zusammengerollt in seinem Körbchen und blinzelte nur, als er sie sah.

Seltsam, dachte Anne. Seit wann lag Hugo nachts nicht mehr bei Tilly im Bett? Konnte es sein, dass sogar dieser kleine Hund spürte, wie sich Tilly veränderte, und deshalb auf Abstand ging?

Ach Unsinn, schalt sie sich im Stillen. Dann lockte sie Hugo nach draußen, wo er schnell sein Geschäft erledigte, brachte ihn zurück in den Wohnwagen und füllte seinen Napf mit frischem Wasser. Seinen herzzerreißend hungrigen Blick ignorierte sie. Tilly würde ihm bestimmt zu fressen geben, wenn sie aufstand. Nicht nötig, dass er zweimal gefüttert wurde. Seit er keine langen Spaziergänge mehr unternehmen wollte, wurde er sowieso immer dicker.

Anschließend lief Anne zum Stübchen, entledigte sich des Parkas und setzte sich an den Tresen, um ihre Einkaufsliste fertigzuschreiben.

Zwei Stunden später saß sie immer noch dort, den Kugelschreiber in der Hand, den Blick auf das Flaschenregal gerichtet.

Einmal glaubte sie, wieder einen Wagen vorfahren zu hören, aber sie war zu müde, um nachzuschauen. Vielleicht hatte sie sich auch getäuscht.

Anne blieb sitzen, ihre Gedanken rasten von Carsten zu Tilly, zu Kyra, zu Thies, wieder zu Carsten. Sie drehten sich im Kreis, immer schneller, kamen nirgends zur Ruhe.

Ich werde in Hamburg alles aufgeben.

Tilly braucht Hilfe.

Noch heute spreche ich mit Gesa.

Sie und Sven sollen den Partyservice übernehmen.

Ich liebe Carsten.

Mein Platz ist jetzt hier.

Tilly ist krank.

Kyra wird traurig sein.

Thies' Herz wird brechen.

Was soll ich tun?

Vielleicht muss ich mit Tilly zurück nach Hamburg.

Das Stübchen schließen.

Gar nicht mehr arbeiten, weil ich keine Zeit haben werde.

Carsten verlassen.

Kyra verlassen.

Ich bin es Tilly schuldig.

Sie braucht die beste Pflege.

Sie wird sich weigern.

Aber irgendwann, vielleicht schon bald, ist sie nicht mehr zurechnungsfähig, und ich muss für sie entscheiden.

Ich will nicht fort.

Carsten. Carsten. Carsten.

Die Tür zum Stübchen flog auf, und Thies stürmte herein.

Anne fuhr zusammen und musste sich am Tresen festhalten, um nicht vom Barhocker zu rutschen.

»Wer ist der Kerl?«, schrie er. »Ich bringe ihn um!«

»Um Gottes willen! Willst du mich zu Tode erschrecken?«

Noch nie hatte sie ihn so erlebt. So laut, so aufgebracht. Er stapfte im Gastraum hin und her, fuhr sich immer wieder über die Glatze und fluchte leise vor sich hin.

Ein paar schreckliche Sekunden lang fürchtete Anne, auch Thies verliere den Verstand. Noch schneller als Tilly und auf unheimliche Weise.

»Bitte«, sagte sie. »Beruhige dich. Erzähl mir, was los ist.«

»Der Mann!«, stieß er aus. »Der Mann bei Tilly.«

Fast hätte sie gelächelt. Thies war nicht verrückt geworden. Er lernte nur ein Gefühl kennen, das ihm offenbar noch nie im Leben begegnet war.

Als er wieder bei ihr vorbeikam, packte sie ihn am Arm und zwang ihn neben sich auf einen Hocker.

»Wenn du so herumjagst, kann ich mich nicht konzentrieren. Also, noch mal von vorn. Tilly hat Besuch? Na und? Wahrscheinlich ist Carsten zurückgekommen.«

Sie fing seinen hellwachen Blick auf und geriet ins Stottern. »Ich ... meine ... Doktor Sörensen. Er ... also, er war heute früh schon einmal hier.«

»So«, sagte Thies. »Und was wollte er?«

»Weiß ich nicht. Lass uns rübergehen und ihn begrüßen.«

Sie stand schon, aber diesmal war es Thies, der sie festhielt.

»Es ist nicht Sörensen«, erklärte er dumpf. Alle Wut

schien aus ihm gewichen zu sein. Zurück blieb ein Mann, der sich wundern mochte, was mit ihm los war.

Anne hätte ihm gern erklärt, dass er schlichtweg eifersüchtig war, aber das musste warten. »Wer dann? Tilly hat seit einer Ewigkeit keinen Besuch mehr gehabt.«

Er stieß ein Schnauben aus, das er sich von Tilly abgeschaut haben musste. »Wenn ich das wüsste, würde ich mich nicht so aufregen!«

Ihr fiel etwas ein. »Also habe ich vorhin doch ein Auto gehört. Muss eine Weile her sein, und ich war mir nicht ganz sicher.«

»Hamburger Kennzeichen.«

Anne dachte an ihren Vater, aber als sie ihn erwähnte, schüttelte Thies den Kopf. »Ich kenne den Wagen deiner Eltern. Sie waren damit zur Eröffnung hier. Das da draußen ist ein dunkelblauer Mercedes, kein weißer Opel.«

»Ah, okay. Hast du dir das Kennzeichen notiert?«

»Bin ich von der Kripo?«

»Nein, entschuldige. Ist auch Blödsinn. Wir gehen jetzt einfach rüber und fragen den Mann, wer er ist und was er von Tilly will.«

Falls Tilly uns nicht hochkant rausschmeißt, dachte sie. Aber einen Versuch musste sie wagen. Es interessierte sie jetzt auch brennend, wer der Besucher war.

Thies stand auf, öffnete die Tür einen Spaltbreit und steckte den Kopf raus. »Verdammt!«, fluchte er und wandte sich wieder zu Anne um. »Der Kerl ist getürmt.«

Dann grinste er schief. »Hab die Kripo noch nicht aus dem Kopf.«

»Wahrscheinlich ist er weggefahren, als du hier – ein bisschen laut geworden bist.«

»Möglich.«

»Hast du ihn eigentlich gesehen?«

Er wand sich unter ihrem Blick, gab dann aber zu: »Ja, durchs Fenster. Ungefähr eine halbe Stunde lang. Es war ein großer weißhaariger Mann, etwa in meinem Alter. Er stand verdammt nah neben Tilly, und sie hatte nichts dagegen. Dann haben sie sich hingesetzt und irgendwas gelesen. Oder geschrieben. So genau konnte ich es nicht erkennen.«

»Du hast spioniert?«

»Nun, ich musste schon nachschauen, was los ist, oder? Bei ihr kann man nie wissen. Außerdem wollte ich nicht schon wieder hineingehen und gebissen werden.«

Kurz deutete er an sich hinunter. »Gestern hat Hugo die andere Wade erwischt.«

»Das tut mir leid«, sagte Anne. Sie wusste, dies war der Moment, um mit Thies über Tillys Ausflug nach Glückshafen zu reden. Er sollte ihr sagen, wie er über ihren Geisteszustand dachte, er sollte ein Wunder vollbringen und ihr erklären, das sei nur eine vorübergehende Schwäche gewesen. Oder einfach eine neue Marotte von Tilly. Kaftan oder Nachthemd. Was machte das schon für einen Unterschied? Sie hätte wohl einfach Lust gehabt, mal wieder die Leute zu schockieren, und sie hätte sich kaputtgelacht, als er sie nach Hause brachte.

Irgendwas in der Art.

Keiner von beiden sagte einen Ton. Sie schauten einander nur an.

Es gab keine Wunder.

»Du weißt es«, murmelte Thies nach einer langen Weile.

Anne senkte den Blick. »Ja.«

»Deshalb war Sörensen hier.«

»Hm«, machte Anne. »Er hat mir erzählt, was gestern passiert ist. Aber ich habe natürlich schon geahnt, dass mit Tilly etwas nicht stimmt.«

»Wie wir alle«, erwiderte Thies. »Aber sie fängt sich wieder.«

Überrascht sah Anne auf. »Das glaubst du doch nicht wirklich, oder?«

In seinem wettergegerbten Gesicht spiegelten sich die verschiedensten Emotionen wider. Anne glaubte, nicht nur Niedergeschlagenheit, sondern auch Hoffnung darin zu sehen. Und vielleicht Wut.

»Thies ...«

»Halt die Klappe«, sagte er heftig. »Kein Mensch ist gleich verrückt, nur weil er mal was Dummes macht.«

Anne unterdrückte ein Seufzen. Ganz so klug, wie Carsten behauptet hatte, war der alte Fischer wohl doch nicht. Mochte er gestern noch die verwirrte Tilly heimgebracht und verstanden haben, wie es um sie stand, heute klammerte er sich an eine Illusion. Und sie wusste, was in ihm vorging.

»Du liebst Tilly«, flüsterte sie. »Und du erträgst es nicht, sie zu verlieren.«

»Was weißt du schon!«, polterte er los, aber im nächsten Moment wurde er schon wieder ganz ruhig. »Ich kenne mich nicht aus mit Gefühlen. Ich habe mein Leben auf dem Meer verbracht. Aber diese Frau – sie hat es verdient, dass wir um sie kämpfen.«

Er schien nicht zu bemerken, wie schnell er sich selbst widersprach. Eben noch hatte er Tillys Krankheit geleugnet, jetzt wollte er ihr unbedingt helfen.

»In Ordnung«, entgegnete Anne. »Wir werden tun, was wir können.«

»Wenn diese Frau bloß nicht so stur wäre!«

»Wahre Worte.«

»Wenn sie mich bloß nicht so hassen würde!«

Jetzt musste Anne lachen.

»Du Dummkopf. Sie hat dich gern. Wahrscheinlich mehr, als ihr selbst lieb ist. Deswegen fährt sie ihre Krallen aus. Sie hat Angst vor ihren eigenen Gefühlen.«

»Frauen!«, rief er, dann lachte auch er. »Mir ist anscheinend verdammt viel erspart geblieben. Wenn ich mir vorstelle, ich hätte mich damit schon früher herumschlagen müssen, ich glaube, ich wäre freiwillig von Bord gegangen.«

Anne klopfte ihm leicht auf die Schulter. »Ganz so schlimm ist es auch wieder nicht. Und du musst die guten Seiten sehen.«

»Die wären?«

»Na ja.« Sie zwinkerte ihm zu. »Du hast neue Freunde gefunden. Mich zum Beispiel. Und Kyra. Und du bist redselig geworden.«

»Von den Mops-Bissen ganz zu schweigen. Die sind eine wahre Bereicherung.«

Sie lachten wieder, dann verstummte Anne. War es nicht verrückt, fröhlich zu sein? Sollte sie sich nicht schämen?

Thies, der ihre Gedanken erriet, sagte: »Mach dir keinen Kopf, Deern. Tilly will bestimmt nicht, dass du Trübsal bläst. So, und nun gehen wir rüber und stellen sie zur Rede. Ich will wissen, wer der Kerl war, der sie besucht hat. Nur bitte, tu mir einen Gefallen: Sperr den verrückten Hund ein.«

Ein paar Minuten später bellte Hugo wie wild im Bad, während Anne und Thies vor Tilly standen und sich mächtig wunderten.

Sie saß an ihrem winzigen Tisch, hob den Kopf von einigen Papieren und machte den Eindruck einer seriösen Buchhalterin. Ihr stahlgraues Haar war zu einem Knoten gebunden, sie trug ein dunkles Kostüm, das Anne noch nie an ihr gesehen hatte, und auf der Nase saß eine Brille, die ihrer Erscheinung einen intellektuellen Anstrich gab.

»Wow!«, rief Anne.

»Frauen«, raunte Thies und rieb sich die Augen.

Tilly blickte langsam von einem zum anderen. Sie wirkte hellwach und vollkommen gesund. Dann raffte sie verdächtig schnell die Papiere zusammen und ließ sie in einer Mappe verschwinden.

»Guten Morgen«, sagte sie in einem Tonfall, der Anne durcheinanderbrachte. Vormittags war ihre Tante normalerweise besonders mürrisch und streitbar. Im Laufe des Tages wurde sie dann umgänglicher. Nur gestern hatte sie eine Ausnahme gemacht und ihre schlechte Laune bis zum Abend beibehalten. Aber so wie jetzt hatte Anne sie noch nie erlebt. Weder morgens noch mittags noch abends.

So – nett.

So – beängstigend fröhlich.

»Anne, Liebes, möchtest du mich zum Kaffee einladen? Ich habe leider immer noch keinen da. Und ist noch Kuchen von gestern übrig? Das wäre wunderbar. Am besten komm ich zu dir rüber, ja? Gib mir nur Zeit, dass ich mich schnell umziehen kann. Diese Verkleidung ist doch recht unbequem.«

Sie lächelte ein geradezu liebevolles Lächeln, und Anne

konnte nur stumm nicken. Eine vernünftige Antwort fiel ihr beim besten Willen nicht ein. Tilly, die um eine Einladung bat? Seit wann das denn? Sie kam doch mit schöner Regelmäßigkeit ins Stübchen gerauscht und bediente sich selbst, ohne groß zu fragen.

Gestern hatte sie einem Gast ein großes Stück Plattenkuchen vom Teller gemopst und mit drei großen Bissen verschlungen. Der Mann, ein älterer Herr in einem schlechtsitzenden Anzug, hatte darüber nicht die Ruhe verloren, im Gegensatz zu ein paar Damen am Nachbartisch, die ziemlich laut über diese Frechheit schimpften. Tilly hatte sich um niemanden geschert, und Anne war aufgefallen, dass der Mann ihre Tante längere Zeit nachdenklich beobachtete, bevor er zahlte und ging. Das zweite Stück Kuchen, das Anne ihm schnell gebracht hatte, ließ er liegen.

Kurz fragte sie sich, ob es sich bei dem gestrigen Gast und Tillys heutigem Besucher um ein und denselben Mann handeln konnte.

Nun, sie würde es hoffentlich gleich erfahren. Sobald Tilly wieder normal mit ihr redete.

Diese wandte sich jetzt an Thies, und ihr Lächeln gewann an Tiefe. »Hallo, mein Bester. Hast du mir wieder eines deiner wunderbaren Geschenke gebracht? Vielleicht irgendwas Versteinertes? Oder noch so einen wundervollen Bernstein?«

Thies machte den Mund auf und wieder zu, ohne einen Ton von sich zu geben. Dann massierte er sich die Ohren, als könnte er nicht glauben, was er da hörte.

Tilly schien es nicht zu bemerken. Sie musterte ihn von oben bis unten und stieß dann einen leisen Pfiff aus.

»Gut siehst du aus. Ein Bild von einem Mann. So stark und erdverbunden.«

Erdverbunden?, dachte Anne.

»Erdverbunden?«, fragte Thies mit rauer Stimme. »Ich?«

Kurz war Tilly aus dem Konzept gebracht, dann fing sie sich wieder.

»Habe ich dir eigentlich schon mal gesagt, wie gern ich dich habe?«

Sie zwinkerte ihm zu und spitzte die Lippen zu einer Art Kussmund.

»Scheiße!«, rief Thies.

Er war kreidebleich, und Anne wusste genau, was er dachte: Eine griesgrämige Tilly Winkler, die keinen an sich ranließ und mit großem Vergnügen die Leute verprellte, war in Ordnung. So hatte er sie kennengelernt, so mochte er sie. Eine verwirrte Tilly, die manchmal nicht wusste, wo sie war und was sie tat, konnte er auch noch akzeptieren. Da musste er sich eben besonders viel Mühe geben und sich einreden, dass so etwas bei älteren Leuten schon mal vorkam und bestimmt nur eine vorübergehende Erscheinung war.

Aber eine freundliche Tilly? Eine, die ihn duzte, ihm Komplimente machte und ihn offenbar küssen wollte?

Bei allen Meeresgöttern! Das ging nicht mit rechten Dingen zu. Diese Frau musste wirklich schwer krank sein! Und jetzt winkte sie ihn auch noch zu sich.

Anne beobachtete, wie er vorsichtig einen Schritt machte und dabei schwankte wie ein Matrose, der nach einer dreimonatigen Fahrt zum ersten Mal festes Land betrat.

Der Ärmste! Seine Welt brach zusammen, weil die Frau, die er liebte, plötzlich nett zu ihm war.

Sie wollte ihm helfen, aber sie wusste nicht, wie. Sie fühlte sich ja selbst vollkommen hilflos.

Thies jedoch zeigte ihr, was für ein Mann wirklich in ihm steckte. Kein ungebildeter und menschenscheuer Fischer, sondern ein Mensch mit einem großen Herzen. Es war groß genug für eine Liebe, die sich niemals erfüllen würde, groß genug, um seine eigenen Hoffnungen zu begraben und nur für diese Frau da zu sein.

Schon stand er vor dem Tisch, blickte auf Tilly hinab und berührte mit einer Hand sachte ihre Schulter. Tilly lehnte sich an ihn und schloss die Augen.

Nebenan verstummte Hugos Gebell. Entweder war der Mops heiser, oder er spürte, dass etwas Außergewöhnliches geschah.

Anne drehte sich um. Auf einmal wollte sie nur noch weg. Dies war ein zu intimer Augenblick, um als Zuschauerin dabei zu sein. Dies war vielleicht der einzige Moment der Nähe, den Thies jemals mit seiner geliebten Tilly erleben würde.

Doch kaum war sie an der Tür, da hörte sie ein Poltern, und als sie herumwirbelte, rieb Thies sich den linken Ellenbogen. Tilly musste ihn so heftig zurückgestoßen haben, dass er gegen den Herd gestoßen war.

»Sind Sie noch ganz dicht, alter Mann? Wie kommen Sie dazu, mich anzugrapschen?«

Da war sie wieder, die funkelnde, zornige Tilly, und Anne musste ein paarmal tief durchatmen, bis sie ganz mitkam. Diese Stimmungsschwankungen waren atemberaubend und – schrecklich!

Thies war schneller.

»Sie hatten eine ... Spinne im Haar.«

»Das ist die blödeste Ausrede, die ich in meinem ganzen Leben gehört habe! Und ich habe schon so einige gehört, wenn mir ein Kerl an die Wäsche wollte.«

»Frau Winkler, ich versichere Ihnen ...«

»Wo ist sie denn?«

»Wer?«, fragte Thies.

»Die Spinne, Sie Trottel.«

»Sie ist – ähm – weggekrabbelt.«

»Soso.« Tilly maß ihn mit einem tödlichen Blick. »Was wollen Sie überhaupt hier? Und du, Anne? Hast du nichts zu tun?«

»Heute ist Ruhetag«, erwiderte sie überrumpelt.

»Na und? Was ist mit dem Großeinkauf? Und kommen heute Nachmittag nicht Bewerber für die Stelle als Konditor?«

»Ja, aber ...«

»Aber was? Warum verplemperst du dann hier noch deine Zeit?«

Tilly stand auf und ließ die Mappe mit den geheimnisvollen Papieren in einem abschließbaren Schränkchen verschwinden. Den Schlüssel befestigte sie an einem langen ledernen Band, verknotete es mehrmals und hängte es sich um den Hals.

Was soll das bloß?, fragte sich Anne. Seit wann machte ihre Tante ein solches Geheimnis um ihre Angelegenheiten?

»Du hast vorhin Besuch gehabt, und ich würde gern wissen, wer das war.«

»Warum?«

»Es interessiert mich eben, wer hier so ein und aus geht.«

»Mein Privatleben hat niemanden zu interessieren«, erwiderte Tilly. »Weder dich noch diesen alten stinkenden Fischer hier.«

Den starken, erdverbundenen Mann hatte sie ganz offensichtlich vergessen.

Thies erbleichte wieder, sagte aber keinen Ton.

Privatleben?, fragte sich Anne. Dieser Besuch war ganz offensichtlich geschäftlicher Natur gewesen. Was waren das für Papiere? Und warum versteckte Tilly sie vor ihr?

Ihr fiel nur eine logische Erklärung ein.

»War das vorhin ein Notar? Hast du …« Sie zögerte, mied Thies' Blick, nahm dann allen Mut zusammen und fuhr fort: »Hast du dein Testament aufsetzen lassen?«

»Mein Testament? Pah! Ich hab nichts zu vererben! Außerdem gedenke ich nicht, in nächster Zeit abzutreten. So leicht werdet ihr mich nicht los!«

Tilly stemmte die Fäuste in die Hüften und wirkte so zornig, so lebendig, so gesund, dass Anne sich furchtbar schämte.

Wir täuschen uns alle, dachte sie. Oder wir sind Zuschauer in einem originellen Theaterstück. Welchen Grund diese Inszenierung haben sollte, vermochte sie allerdings nicht zu erkennen. Aber vielleicht machte sich Tilly insgeheim einen Spaß daraus, alle Leute zu verunsichern.

Zuzutrauen wär's ihr, ging es Anne durch den Kopf. Dann jedoch zwang sie sich, realistisch zu bleiben, und fragte: »Oder hast du eine Patientenverfügung ausgefüllt?«

»Jetzt reicht es! Wenn es nach dir geht, soll ich wohl auf der Stelle den Löffel abgeben. Patientenverfügung! Was ist das für ein Mist? Nie davon gehört!«

»Tilly, bitte. Sag mir doch einfach ...«

»Raus! Alle beide!«

Nebenan bellte Hugo jetzt wieder aus Leibeskräften.

»Oder ich hetze den Hund auf euch!«

»Gott bewahre«, sagte Thies und beeilte sich, den Wohnwagen zu verlassen.

Anne zögerte ein paar Augenblicke. Ihr schien, als flackere etwas in Tillys Augen auf. Furcht vielleicht, oder auch nur eine leichte Verunsicherung.

War sie der Wahrheit nähergekommen, als es ihre Tante zugeben mochte? Und wollte Tilly vielleicht in Thies' Anwesenheit nicht sprechen?

»Wir können uns ja später noch unterhalten«, schlug Anne vor. »Wenn wir allein sind.«

»Den Teufel werden wir tun!«

Unwillkürlich wanderte Tillys Hand zu dem Schlüssel an ihrem Hals, und Anne gab schließlich auf.

Wenn Tilly reden wollte, würde sie es tun. Zu einem Zeitpunkt, den sie selbst bestimmte. Erst als sie schon draußen stand, kam Anne noch ein weiterer Gedanke: Falls Tilly dann noch dazu in der Lage sein würde.

20. *Kapitel*

Der Oktober neigte sich mit ungewöhnlich mildem Wetter seinem Ende zu. Selbst früh am Morgen fror Anne in ihrem Wohnwagen nicht mehr so sehr wie noch eine Woche zuvor. Trotzdem wusste sie, dass sie für den Winter eine andere Lösung finden musste.

Allerdings hatte sie in den vergangenen Tagen mehrfach vergeblich versucht, mit Tilly darüber zu sprechen. Zwecklos. Ihre Tante blockte regelmäßig ab, wenn Anne davon anfing, eine Wohnung suchen zu wollen. Tilly ging dann einfach weg, egal, ob sie sich in einem der Wohnwagen aufhielten oder im Stübchen. Sie ließ alles stehen und liegen, verschwand und kehrte erst nach einer halben oder einer ganzen Stunde zurück. Wenn Anne es sogar wagte, die weggeschlossenen Papiere zu erwähnen, oder laut mit dem Gedanken spielte, zurück nach Hamburg zu ziehen, konnte Tilly verflixt böse werden.

»Die Papiere gehen dich nichts an!«, schrie sie dann. »Und du bist ein undankbares und schwaches Geschöpf, wenn du hier alles aufgeben willst.«

Dann verschwand sie.

Daraufhin sah Anne sie manchmal erst am Abend wieder und wagte nicht mehr zu erklären, wie sehr ihr selbst eine Rückkehr nach Hamburg widerstrebte und dass sie es nur für Tilly tun würde, damit sie die beste Pflege erhielt und zugleich in der Nähe ihres Bruders wäre, der sich mit um sie kümmern würde.

Anne hatte bereits mit ihren Eltern gesprochen. Beide waren entsetzt darüber gewesen, dass es mit Tilly so rapide bergab ging, hatten sich aber sofort bereit erklärt zu helfen.

Rapide bergab – so hatte es Werner Winkler ausgedrückt, als Anne ihm von dem Vorfall in Glückshafen erzählte.

Aber stimmte das wirklich?, fragte sie sich, während sie nun zum Stübchen lief. Heute war Montag, und sie erwartete keinen großen Andrang im Café. Dennoch galt es, die letzten Holunderkuchen zu backen, die ihre neue Konditorin in der Nacht noch vorbereitet hatte. Anne hatte Karin Petersen vom Fleck weg eingestellt. Sie war eine kleine energische Frau Ende dreißig mit flachsblonden Haaren und fröhlichen Grübchen. Für das Stübchen stellte sie einen echten Hauptgewinn dar. Sie fügte sich wunderbar in die Arbeit ein und hatte kein Problem damit, an sechs Tagen der Woche um drei Uhr nachts in der Backstube zu stehen.

Noch so eine Sorge, dachte Anne. Karin würde am Boden zerstört sein, wenn sie die neue Stelle gleich wieder verlor, weil Anne schließen musste. Als alleinerziehende Mutter von zwei Kindern brauchte sie den Job.

»Verdammt!«, stieß Anne aus.

Sie kochte sich ihren ersten Espresso, verbrannte sich die Lippen, fluchte erneut.

Rapide bergab. Diese zwei Worte wollten ihr einfach nicht

aus dem Kopf gehen, seit ihr Vater sie ausgesprochen hatte.

Sie hatte ihm zugestimmt – zunächst.

Aber heute? In Anne wuchsen täglich neue Zweifel. Seit einer Woche benahm sich Tilly so normal wie immer. Sie schimpfte rum, war unfreundlich zu den Gästen, ließ den Fischer nicht in ihre Nähe kommen und brach zu langen Spaziergängen auf, wenn Anne mal wieder ein unliebsames Thema anschnitt. Sie nahm sogar Hugo mit, auch wenn der sich sträubte. Tilly hatte einen alten Einkaufskorb umfunktioniert und band den Mops daran fest. Dann schleppte sie ihn mit, wenn er partout nicht laufen wollte. Und weg war sie.

Wenn Anne es recht bedachte, half Tilly immer weniger im Stübchen. Sie zog es vor, ihre Tante nicht darauf anzusprechen, denn tatsächlich empfand sie es als Erleichterung, wenn sie nicht alle paar Minuten befürchten musste, dass einer ihrer Gäste böse werden könnte, weil er unfreundlich behandelt wurde.

Ja, dachte Anne, während sie darauf wartete, dass der große Backofen die richtige Temperatur erreichte. Es läuft besser ohne Tilly.

Sofort packte sie das schlechte Gewissen. Dank Tilly war sie überhaupt erst hierhergekommen. Mit ihrer Hilfe hatte sie einen Ort gefunden, an dem sie wirklich gern war, und Menschen, die sie liebte.

Anne nahm zwei Platten mit Holunderherzen und schob sie in den Ofen. Augenblicklich erfüllte neuer frischer Duft die Backstube.

Und doch, führte sie ihre Gedanken fort, es ist einfacher ohne Tilly. So ehrlich musste sie sein, wenigstens sich selbst gegenüber. Und was nun die Krankheit ihrer Tante betraf: Mittlerweile hoffte Anne, sie hätten sich alle getäuscht. Denn in diesen vergangenen Tagen war ihr nichts mehr an Tilly aufgefallen. Keine plötzlichen Stimmungsschwankungen, kein merkwürdiges Verhalten.

Ob es bei Alzheimer so etwas wie Spontanheilung gab?

Anne wusste, sie klammerte sich an eine kindische Hoffnung, und doch, und doch ...

Die Tür zur Backstube wurde aufgerissen, und Kyra kam hereingestürmt. Sie schnupperte in die Luft.

»Hey, willst du, dass dein Verkaufsschlager anbrennt?«

Anne erschrak. Auch sie roch jetzt den etwas zu starken Duft. Rasch holte sie die Holunderherzen aus dem Ofen und entdeckte die verdächtig dunklen Ränder.

»Mist.«

»Ach was, die sind nur ein kleines bisschen stärker gebräunt als sonst«, stellte Kyra fest.

»So etwas kann ich aber nicht mehr anbieten.«

Kyra schnappte sich ein Herz, warf es ein paarmal hoch, damit es abkühlte, und knabberte daran.

»Tja, schmeckt wirklich angebrannt. Egal. Backen wir neue.« Sie öffnete den großen Kühlschrank. »Karin hat genügend Teig dagelassen, aber die eingefrorenen Holunderbeeren müssen noch auftauen.«

Anne seufzte erleichtert auf und räumte die Arbeitsfläche frei. Gemeinsam machten sie sich ans Werk.

Während sie den Teig in die Förmchen füllte, spürte Anne, dass Kyra sie aufmerksam beobachtete.

»Was ist?«

»Na ja. Ist schon komisch, findest du nicht? Die perfekte Anne Winkler lässt Kuchen anbrennen. Hab ich noch nicht erlebt, seit ich hier arbeite.«

»Das kann mal vorkommen. Wieso bist du eigentlich nicht in der Schule?«

»Es sind noch Herbstferien. Und du willst nur ablenken.«

»Kyra, bitte. Ich habe ein paar Probleme, aber ich möchte lieber allein damit klarkommen.«

»Warum? Vertraust du mir nicht, weil ich erst siebzehn bin?«

Anne legte den Spritzbeutel beiseite. »Quatsch. Aber es ist kompliziert.«

»Das ganze Leben ist kompliziert. Ich zum Beispiel weiß nicht, ob ich bei Nils bleiben soll, Tilly wird verrückt, Thies hat ein gebrochenes Herz, und du und Papa ...«, sie schaute Anne fest in die Augen, »... ihr liebt euch, aber ihr seid zu doof, um glücklich zu werden.«

Sie wandte sich ab und verteilte die Holunderbeeren auf einem großen Brett, wo sie schneller auftauen konnten.

Anne schaute ihr dabei zu, unfähig, etwas zu sagen.

Ihr liebt euch. Wie leicht das klang. Wie überzeugend. Glaubte Kyra wirklich, Carsten habe echte Gefühle entwickelt? Hatte sie nicht vor kurzem noch behauptet, ihr Papa sei ein seelischer Krüppel? Innerlich wie tot und unfähig, jemanden zu lieben?

Ach, überlegte sie, bestimmt war das Mädchen einfach nur durcheinander und verstand gar nicht, was geschah.

Anne beschloss, nicht darauf einzugehen. Stattdessen stellte sie eine andere, für sie unverfänglichere Frage: »Wie steht es denn um dich und Nils? Wir sind seit Tagen nicht mehr dazu gekommen, in Ruhe zu reden.«

Kyra hob die Schultern. »Ganz ehrlich, ich habe keine Ahnung. In meinem Kopf herrscht das totale Chaos. Irgendwie mag ich ihn schon sehr. Aber dann habe ich auch wieder Angst, dass er mich zu sehr einengt. Klingt ziemlich unreif, oder?«

»Absolut nicht«, erwiderte Anne mit Überzeugung. »Es klingt nach ernsthaften und erwachsenen Gedanken.«

Kyra stampfte mit dem Fuß auf, woraufhin sie um Jahre jünger wirkte.

»Ich habe bloß keine Lust, ständig vernünftig und erwachsen zu sein. Kann ich nicht einfach jung und dumm sein?«

Anne lachte. »Natürlich. Du hast alles Recht der Welt dazu.«

»Ich meine, ihr anderen verhaltet euch ja auch nicht gerade klug, und ihr seid ein paar Jahrzehnte älter als ich.«

Schnell sah Anne weg, nahm wieder den Spritzbeutel in die Hand und füllte die letzten Förmchen mit Teig auf.

Aus den Augenwinkeln bemerkte sie, dass Kyra einen Schritt auf sie zumachte, und bevor sie so richtig wusste, wie ihr geschah, hatte sie ihre Arme um sie geschlungen.

»Liebe, liebe Anne. Bitte entschuldige. Ich will dich doch nicht ärgern.«

Sie stand ganz still, war glücklich, und ihr Herz floss über vor Zuneigung zu diesem Mädchen, das so unerwartet in ihr Leben gekommen war.

»Das weiß ich«, flüsterte sie. »Ich habe dich sehr lieb, Kyra.«

»Und ich dich. Aber ich kann es nicht mehr mit ansehen, wie ...« Offenbar entdeckte sie die Panik in Annes Augen und brach ab. Sie löste ihre Arme von ihr, kehrte zu den Holunderbeeren zurück und beendete den Satz dann lahm: »... wie ihr euch Sorgen um Tilly macht.«

»Wir haben gute Gründe dafür.«

»Ja, das ist mir schon klar, aber ihr dürft sie auch nicht nur als Kranke sehen.«

»Wie meinst du das?« Anne hatte vor ein paar Tagen mit Kyra über Tilly geredet, aber da hatte Kyra nur abgewinkt und erklärt, sie habe selbst Augen im Kopf und sie wisse schon, was los sei.

»Na ja. Egal, ob ich mit dir, Thies oder Papa darüber rede. Immer geht es nur um das blöde Alzheimer, um die besten Kliniken, um die richtige Betreuung. All diesen Mist eben. Aber ihr vergesst das Wichtigste.«

»Nämlich?« Anne verspürte ein flaues Gefühl im Magen.

»Tilly ist immer noch Tilly«, erwiderte Kyra. »Auch mit Pudding in der Birne. Sie hat ein spannendes Leben gehabt, und sie liebt es, mir davon zu erzählen. Sie ist eine Abenteurerin, von der ich eine Menge lernen kann. Sie kneift nicht, wenn es hart auf hart kommt. Mag sein, dass sie gern mal die Leute schockiert, aber sie ist wenigstens nicht langweilig wie andere Frauen in ihrem Alter. Sie ist – einfach toll!«

»Ja«, stimmte Anne ihr beschämt zu. »Das ist sie. Und sie hat es sich nicht leichtgemacht im Leben, aber ich habe sie noch nie jammern hören. Tilly ist das schwarze Schaf unserer Familie, und ich habe sie insgeheim immer bewundert.«

»Jetzt nicht mehr«, sagte Kyra leise.

»Nein, und das ist wohl ziemlich dumm von mir.«

»Was glaubst du denn, warum sie neuerdings so besonders schlecht drauf ist? Sie merkt ganz genau, dass ihr alle zusammen eine Schlinge um ihren Hals gelegt habt und jetzt langsam am Strick zieht.«

»Aber das stimmt doch gar nicht!«, rief Anne, erschrocken über das Bild, das Kyras Worte in ihrem Kopf auslösten. »Wie kannst du so etwas sagen! Wir ... ich ... also, ich mache mir Gedanken, aber ich zwinge sie zu gar nichts.«

Kyra zuckte mit den Schultern. »Mir hat sie erzählt, du willst ihr ständig irgendwelche Predigten halten. Darüber, wann ihr hier wegzieht, zum Beispiel.«

»Mist.« Schuldbewusst senkte Anne den Blick. »Ich muss eine Lösung finden. So wie jetzt kann unser Leben auf Dauer nicht weitergehen.«

»Mag ja sein, aber für sie ist das schwierig. Und Papa ist auch nicht besser. Er telefoniert schon mit Kliniken, und ich wette, Tilly ahnt das. Und Thies? Der schweigt sie nur noch an und bringt ihr keine Geschenke mehr. Ich glaube, in ihren Augen seid ihr diejenigen, die langsam den Verstand verlieren.«

Anne fühlte sich auf einmal schwach und musste sich setzen. Sie sank auf einen Hocker, auf dem sie sonst saß, wenn sie in der Backstube über neuen Kuchenrezepten brütete.

»Die Einzige, die mit ihr noch normal umgeht, bin ich«, fuhr Kyra gnadenlos fort. »Ich besuche sie genau wie sonst, nicht seltener und nicht öfter. Ich lass mir von ihr nichts gefallen, und ich nerve sie nicht mit irgendwelchen Fragen nach ihrer Gesundheit. Ich benehme mich nicht KOMISCH!«

»Von dir müssen wir anderen wohl noch eine Menge lernen«, stellte Anne fest.

»Geschenkt. Aber was ich eigentlich sagen wollte: Ist

dir gar nicht aufgefallen, wie stabil sie die ganze letzte Woche war? Also, abgesehen davon, dass sie besonders stinkig war?«

»Doch, schon …«

Kyra hob einen Zeigefinger. »Ich hab im Internet recherchiert. So etwas kann passieren. Du darfst dir also keine großen Hoffnungen machen. Eine Spontanheilung gibt es bei Alzheimer nicht. Aber es soll angeblich schon Patienten gegeben haben, die es durch äußerste Willenskraft geschafft haben, für eine kurze Zeit die Krankheit aufzuhalten. Ist extrem selten und nicht wissenschaftlich bewiesen. Soll aber schon vorgekommen sein.«

Anne staunte. Eben noch hatte sie Kyra für einen aufmüpfigen Teenager gehalten, jetzt bewies das Mädchen mehr Köpfchen als alle anderen.

»Und … wie lange kann das anhalten?«, fragte sie.

Wieder zuckte Kyra mit den Schultern. »Keine Ahnung. Hängt wohl davon ab, was sie vorhat.«

»Tilly?«

»Klar. Die plant was. Da wette ich mit dir. Und deshalb reißt sie sich auch so zusammen.«

Anne dachte an den geheimnisvollen Besuch und an die weggeschlossenen Papiere, aber sie konnte sich keinen Reim darauf machen.

»Hast du eine Ahnung, was das sein könnte?«

»Nö. Vielleicht will sie zum Nordpol, oder nach Afrika. Noch mal zu einer großen Tour starten. Ich trau ihr alles zu.«

Ja, dachte Anne. Das wäre möglich. Die wilde Tilly zog los, die Welt unsicher zu machen, und zeigte ihnen allen eine lange Nase.

»Was soll ich tun?« Sie wunderte sich ein wenig, dass sie Kyra um Rat fragte.

»Am besten nix. Lass sie in Ruhe ihr Ding durchziehen. Ich glaube, mehr will sie im Augenblick nicht. Sie wird dich schon in ihre Reisepläne einweihen, wenn sie es für richtig hält.«

»Wahrscheinlich hast du recht.«

Kyra grinste. »Wie immer. So, jetzt machen wir das hier fertig, und dann öffnen wir, okay?«

»Okay«, erwiderte Anne gedankenverloren. Da war etwas, was sich aus ihrem Unterbewusstsein nach oben drängen wollte. Etwas, was mit Tilly zu tun hatte und ihr Angst bereitete. Sie bekam es nicht zu fassen. Da ist nichts, beruhigte sie sich selbst. Wahrscheinlich werde ich bloß langsam hysterisch.

Die zweite Runde Holunderherzen gelang perfekt. Kyra blieb im Stübchen, obwohl kaum etwas zu tun war. Ein paar Frühstücksgäste kamen und gingen, gegen Mittag waren sie wieder allein.

Die ganze Zeit über hatte Anne das Gefühl, von Kyra gründlich gemustert zu werden.

Tilly lief draußen vorbei, und Anne bat sie, einen Moment hereinzukommen. Sie tat es widerwillig, schimpfte eine Weile vor sich hin und verkündete, sie werde mit Hugo einen Spaziergang unternehmen.

»Aber bitte geh nicht immer zur Steilküste«, mahnte Anne, bevor sie sich bremsen konnte. »Das ist gefährlich.«

Prompt wirbelte Tilly zu ihr herum und funkelte sie an. »Spiel dich nicht als meine Beschützerin auf, klar? Ich tue das, was mir gefällt.«

Kyra gluckste.

»Und du, Deern, sei nicht albern.«

»Ich gebe mir Mühe«, erwiderte Kyra immer noch glucksend. »Aber ich finde dich toll, wenn du wütend bist.«

Sie erntete ein halbes Lächeln, dann war Tilly schon wieder aus dem Stübchen gerauscht. Sie kam jedoch noch einmal zurück, steckte den Kopf durch die Tür und fragte: »Wo ist der alte Mann?«

»Keine Ahnung«, erwiderte Anne. »Er kommt heute wohl besonders spät.«

Tilly stieß einen unverständlichen Fluch aus. Laut sagte sie: »Bestell ihm, er soll sich von mir fernhalten.«

»Das tut er schon«, flüsterte Anne.

Aber da war die Tür schon hinter Tilly ins Schloss gefallen.

»Sei froh, dass sie dich nicht mehr gehört hat«, meinte Kyra. »Ich finde, sie sah heute ziemlich mordlüstern aus.«

»Uff!«

»Lass gut sein. Haben wir Eier? Ich sterbe vor Hunger und brauch was Kräftiges.«

Also machte Anne für sie beide Omelett mit frischen Kräutern und röstete dicke Scheiben Bauernbrot dazu.

Sie aßen am Buchenholztisch, schwiegen einvernehmlich und schauten sich flüchtig an.

Bis Kyras Blick wieder ernst und forschend wurde.

»Was ist denn?«, fragte Anne endlich.

»Du bist mir vorhin supergut ausgewichen, das habe ich gemerkt.«

»Vorhin?« Anne wusste genau, was Kyra meinte, dennoch hoffte sie, es würde ihr erspart bleiben, mit der Tochter über den Vater zu sprechen.

Irrtum.

Kyra wollte eindeutig nicht lockerlassen.

»Ihr liebt euch. Ich weiß das.«

»Aha. Und woher?«

»Bei dir ist es einfach. Als wir uns an deinem ersten Abend auf dem Marktplatz getroffen haben, hast du ihn genauso angeschaut, wie ich Nils am Anfang angestarrt habe.«

Anne senkte den Kopf. Es war ihr unangenehm, von einer Siebzehnjährigen so leicht durchschaut zu werden.

»Na, und als ihr euch dann vor der Praxis umarmt habt«, fuhr Kyra fort, »war für mich sowieso alles klar.«

»Wir sind bloß zusammengestoßen«, erklärte Anne lahm.

»Mann! Jetzt lass doch mal gut sein. Gib einfach zu, dass du in Papa verliebt bist!«

»Und wenn? Was würde das ändern? Du hast mir erklärt, dass er innerlich wie tot ist. Schon vergessen?«

»Nee, habe ich nicht. Aber inzwischen hat sich was verändert. Papa hat sich verändert.«

Zweifelnd schaute Anne auf. »Kann schon sein, dass er etwas für mich empfindet. Aber es ist bloß Mitleid.«

»Hört, hört.« Auf einmal brach Kyra in schallendes Gelächter aus. Ihre Schultern bebten, ihr Kopf wackelte, ihr Mund war weit aufgerissen. Sie lachte, bis ihr die Tränen übers Gesicht liefen und sie nach Luft schnappen musste. Anne sah ihr hilflos dabei zu. Sie hatte das unangenehme Gefühl, dass sie selbst jetzt ein unreifes Mädchen war, das zu Recht ausgelacht wurde.

Endlich beruhigte sich Kyra wieder, schnappte sich eine Papierserviette und wischte sich übers Gesicht.

»Ach, Anne, liebste Anne. Glaub mir, du irrst dich.

Du hast das ja schon mal gesagt, aber da war es genauso falsch. Papa hat vielleicht Mitleid mit Tilly oder mit seinen Patienten, aber ganz bestimmt nicht mit dir. Du bildest dir das nur ein, weil du Angst hast, verletzt zu werden.«

»Sagst du oder sagt wer?«, fragte Anne misstrauisch.

»Tilly«, gestand Kyra.

»Interessant. Ihr zwei redet also über mich?«

Kyra machte ein zerknirschtes Gesicht. »Sorry, aber ich weiß sonst keinen, der euch beide kennt und den Durchblick hat.«

»Verstehe.« Sie stand auf und begann, im Gastraum hin und her zu laufen.

»Bitte sei nicht sauer, Anne.«

»Ich ...« Sie blieb stehen, schaute Kyra fest an. »Was ist eigentlich mit dir? Würde es dich nicht stören, wenn dein Vater und ich ...«

»Quatsch. Ich bin kein Kind mehr, Anne. Und ich wäre echt froh, wenn Papa wieder glücklich wird.«

»Danke«, flüsterte sie und dachte bei sich: Kyra mag ja auf meiner Seite sein, aber mein dünner Ritter in seiner rostigen Rüstung müsste erst mal angaloppiert kommen.

Kyra zwinkerte ihr zu. »Sag mal, stimmt es, dass du in Hamburg starke Männer gucken gegangen bist? Kann ich da mal mitkommen? In Lübeck gibt es eine ganze Reihe von Sportstudios.«

Anne knirschte mit den Zähnen. »Wenn Tilly zurück ist, werde ich sie erwürgen!«

21. Kapitel

Zwei weitere Tage lang ging Tilly ihrer Nichte eisern aus dem Weg. Wann immer Anne ihre Nähe suchte, musste sie sich schnell etwas einfallen lassen, um zu verschwinden. Ein-, zweimal behauptete sie, dringende Besorgungen in Glückshafen machen zu müssen, meistens jedoch packte sie bloß Hugo in den Einkaufskorb und stapfte davon. So langsam geriet sie durch dieses ständige Unterwegssein an den Rand der Erschöpfung. Aber es ging nicht anders. Tilly wusste: Wenn Anne sie zur Rede stellte, konnte sie womöglich ihr Schweigen nicht aufrecht erhalten.

An diesem Mittwoch nun brach endlich eine lichtlose Nacht an.

Auf Zehenspitzen schlich Tilly durch den Wohnwagen. Sie trug eine dunkle Hose zu einem schwarzen Wollpulli. Das einzig Bunte an ihr war Thies' Pudelmütze, die sie jedoch zusammengeknüllt in der Hand hielt. Sie würde sie erst später aufsetzen, wenn sie weit genug weg war. Nicht dass dieses bunte Ding sie noch verriet. Soweit sie wusste, hielt sich zwar nur Anne im Holunderdorf auf, und die schlief kurz nach Mitternacht bestimmt tief und fest. Doch man konnte nie wissen, und Tilly wollte lieber vorsichtig sein. Am Ende war vielleicht auch Kyra da und wachte zufällig auf, oder die neue Konditorin, Karin Soundso, beschloss aus irgendwelchen Gründen, drei Stunden früher als sonst zur Arbeit zu kommen. Im schlimmsten Fall trieb sich der alte Fischer höchstpersönlich da draußen rum und spielte den Wachhund. Seit er sie bei Sörensen abgeholt hatte, war ihr seine Nähe unangenehm. Er schien das endlich kapiert zu haben und ließ sie weitestgehend in Frieden. Dennoch spürte Tilly seine Anwesenheit, wo sie ging und stand. Offenbar beobachtete er sie aus sicherer Entfernung, und dieses Verhalten zerrte zusätzlich an ihren Nerven.

Als hätte sie nicht schon genug Probleme! Musste der alte Mann auch noch den Leibwächter spielen! Nun, heute Nacht war er hoffentlich wie gewohnt weit draußen auf der Ostsee. Die Wahrscheinlichkeit, ihm zu begegnen, war gleich null.

Hugo schlief tief und fest in seinem Körbchen. Bis auf sein gewohntes leises Schnarchen gab er keinen Ton von sich. Kein Wunder, dachte Tilly und unterdrückte ein Kichern. Sie hatte ihm vor ein paar Stunden das Beruhigungsmittel ins Fressen gekippt, das sie von der Hamburger Tierärztin im August für ihn bekommen hatte. Die Hälfte davon war damals übriggeblieben, und sie hatte das Fläschchen zum Glück aufgehoben.

Kurz verhielt sie ihren Schritt und beobachtete den Mops beim Schlafen. Seine kurzen Vorderbeine zuckten, als jage er im Traum einem Eichhörnchen hinterher – etwas, was er seit langem nicht mehr getan hatte. Sein praller Bauch hob und senkte sich gleichmäßig.

»Du wirst zu dick«, sagte sie lautlos und beugte sich

über ihn. »Höchste Zeit, dass du wieder mehr Bewegung bekommst und auf Diät gesetzt wirst.«

Wie zur Antwort japste Hugo leise, und plötzlich wurde Tilly von heftigen Zweifeln heimgesucht. War sie dabei, einen schrecklichen Fehler zu begehen?

Wollte sie wirklich fort?

Alle im Stich lassen?

Sogar Hugo?

»Tut mir leid«, flüsterte sie. »Du kannst nicht mitkommen. Das ist eine viel zu weite Reise für einen kleinen Kerl wie dich.«

Er gab einen Knurrlaut von sich, und sie fuhr zurück. Aber er wachte nicht auf, und nach einem letzten langen Blick auf ihn verließ Tilly den Wohnwagen.

Sie schloss die Tür hinter sich und trat in die Dunkelheit hinaus. Kein Stern zeigte sich am Himmel, und auch der Neumond hatte sich mit seiner dünnen Sichel hinter den Wolken versteckt.

Perfekt, dachte Tilly. Sie hatte die richtige Nacht erwischt. Niemand würde sie entdecken. Viel länger hätte sie auch nicht warten können. Seit dem Wochenende musste sie mit letzter Kraft gegen den Schleier ankämpfen, der um sie herumschwebte und nur auf die nächste Gelegenheit zu warten schien, sich wieder auf sie zu legen.

Fast zehn Tage waren inzwischen seit der Katastrophe vergangen, und sie hatte den schwierigsten Kampf ihres Lebens geführt: für ihren klaren Verstand, gegen das Vergessen. Für ihre Fähigkeit, Entscheidungen zu treffen, gegen die Verwirrung ihres Geistes.

Jetzt konnte sie nicht mehr.

Ja, Katastrophe, dachte sie, während sie halb gebückt

durch das Holunderdorf lief. So nannte Tilly bei sich ihren Ausflug nach Glückshafen. Und als ihr klargeworden war, was sie getan hatte, dass sie im Nachthemd durch den Ort spaziert war – da war das der Moment gewesen, an dem zum ersten Mal der große Plan in ihr heranreifte.

Der große Plan. Auch ein passender Ausdruck, fand Tilly.

Was sie vorhatte, war nämlich verdammt gewagt, aber sie hatte von der ersten Sekunde an nicht daran gezweifelt, dass sie das Richtige tat.

Zumindest selten, korrigierte sie sich. Das eine oder andere Mal hatte sie schon an Hugo gedacht. Und an die Menschen, die ihr in diesem langen Sommer wichtig geworden waren. Anne, Kyra, Sörensen und der alte Fischer. Tilly mochte jeden von ihnen, auch wenn sie kaum in der Lage war, den anderen dieses Gefühl zu vermitteln. Am einfachsten war es noch mit Kyra. Sie hatte sich von Tilly von Anfang an nichts bieten lassen und war ganz normal mit ihr umgegangen, auch als längst alle wussten, dass in Tillys Kopf eine heimtückische Krankheit auf dem Vormarsch war.

Tilly lächelte schief, als sie jetzt die gusseiserne Bank an der alten Feuerstelle umrundete und auf die Wiese zusteuerte, die sie schon so oft überquert hatte.

Ja, Kyra war in Ordnung. Es war wohl das Vorrecht der Jugend, sich nicht mit zu vielen Sorgen zu belasten. Kyra würde mit Tillys Entscheidung klarkommen, und sie würde ihren eigenen Weg im Leben finden. Ob nun mit oder ohne ihren Nils war derzeit unwichtig. Hauptsache, die Deern behielt diese innere Stärke bei, die immer mehr zum Vorschein gekommen war, seit Tilly sie kannte.

Anne, nun ja. Anne war ein anderer Fall. Sicher, sie hatte wieder ein Geschäft aufgezogen und war prompt erfolgreich. Aber was hatte sie sonst erreicht?

Nichts! Tilly seufzte. Sie war allein und träumte immer noch von dem perfekten starken Mann. Eine Zeitlang hatte Tilly gedacht, aus Anne und Sörensen könnte ein Paar werden. Inzwischen glaubte sie nicht mehr daran. Die beiden waren einfach zu verkorkst.

Schlimmer als ich, dachte sie und grinste jetzt breit. Die schlichen umeinander herum wie die Bienen um den Honigtopf, aber keiner traute sich, endlich mal zur Sache zu kommen.

»Da habe ich versagt«, murmelte Tilly. Andererseits betrieb sie ja keine Partneragentur, und Anne und Sörensen waren erwachsen. Wenn sie es nicht schafften zusammenzukommen, dann hatten sie es auch nicht verdient.

Während Tilly nun über die Wiese marschierte, biss ihr die eisige Nachtluft in die Ohren. Rasch setzte sie die warme Pudelmütze auf. Dann fischte sie eine kleine Taschenlampe aus der Hosentasche und schaltete sie an. Der Lichtstrahl war zu schwach, um im Holunderdorf gesehen zu werden, aber er reichte, um ihren Weg zu beleuchten.

Thies. Auch so ein Fall für sich. Was sah dieser Mann bloß in ihr? Wie konnte er so hartnäckig gegen die Wand anlieben? Wieso ließ er sich nie entmutigen? Mochte er sich seit Tagen zurückhalten, sie wusste, was er für sie empfand.

Er war ein Rätsel, das sie wohl nicht mehr lösen würde.

Und sie vermochte sich auch nicht auszumalen, wie er reagieren würde. Aber sie hoffte, ihr Geschenk würde ihm gefallen. Denn zum ersten Mal war sie es, Tilly, die dem alten Fischer etwas schenkte.

Anne, Kyra, Sörensen und Thies.

Tilly hing an ihnen, und sie wusste, das Schicksal hatte es gut mit ihr gemeint, als es dafür sorgte, dass sie ihren Weg kreuzten. Einen Sommer lang.

Doch mit dem Herbst ging diese Zeit zu Ende.

Vor ihr tauchte der Riesenholunder auf. Ein schwarzer buschiger Schatten mit knochigen Armen, die nach ihr griffen.

Tilly zuckte zurück. Plötzlich wollte sie umdrehen, ihren ganz großen Plan aufgeben, sich den Menschen anvertrauen, die sie mochten – obwohl sie oft so griesgrämig war, obwohl sie sich nie wie eine alte Lady benahm.

Oder vielleicht gerade deshalb.

Der Augenblick der Schwäche verging. Tilly wusste, was sie zu tun hatte.

Noch einmal dachte sie an die vier Menschen, die zu ihrer Familie geworden waren. Anne, diese Nichte, die sie früher kaum gekannt hatte; Sörensen, ein guter Mann, der so tapfer für ein neues Leben kämpfte; Kyra, ein kluges und starkes Mädchen, das schon zu viel mitgemacht hatte; Thies, ein alter Kerl, der auf einmal den jugendlichen Liebhaber geben wollte.

Wer von ihnen würde sie am meisten vermissen? Würde sie überhaupt jemand vermissen?

»Du dumme Gans«, schimpfte sie halblaut vor sich hin. »Frag dich mal lieber, wie sehr *dir* diese Menschen fehlen werden.«

Sehr. Aber nicht für lange.

Ihre Gedanken wurden mühsam, dann schien es ihr,

als würden sie verschwimmen – oder ausfransen wie eine alte Decke. Es kostete Tilly alle Willenskraft, um nicht vor Angst aufzuschreien. Schnell griff sie zu dem Trick, der ihr in den vergangenen Tagen schon geholfen hatte. Sie war zufällig darauf gestoßen. Als sie einmal ihren Bestand an Dosensuppen durchgezählt hatte, war ihr aufgefallen, wie klar sie sich fühlte. Vollkommen gesund.

Seitdem zählte sie, wann immer ihr Verstand sich davonstehlen wollte. Tilly ahnte, es würde nicht mehr lange helfen, denn es wurde immer mühsamer, aber noch klappte es.

Sie zählte bis zehn, dann bis dreißig, dann bis hundert und erreichte so die beiden Weißpappeln. Sie stand am Steilufer, als sie bei hundertfünfzig war, und sie näherte sich der Zweihunderter-Grenze, nachdem sie ein ganzes Stück auf dem Wanderweg gelaufen war und nun den Leuchtturm erreichte.

Während sie weiterhin Zahlen aufsagte, wandte sie sich zu dem Pfad um, der hinunter zum Ufer führte. Sie stieg über die Absperrung, setzte vorsichtig einen Fuß vor den anderen, war dankbar für das immer wiederkehrende Licht des Leuchtturms, das den schwachen Strahl ihrer Taschenlampe ergänzte.

»Zweihundertachtundsiebzig«, sagte Tilly und spürte, wie der Ufersand unter ihren Füßen nachgab.

Sie nahm die Mütze ab und legte sie in den Sand. Sie sollte nicht nass werden.

Zählen konnte sie nicht mehr, sie sah jetzt Thies vor sich. Und Anne. Kyra und Sörensen.

»Verzeiht mir!«, rief Tilly in die Nacht hinein.

Dann stieg sie ins Wasser.

Zunächst war es furchtbar kalt, aber schon umschmeichelten die Wellen ihren Körper, und es fühlte sich wunderbar warm und weich an.

Was ist mir nur alles entgangen im Leben, überlegte sie. Warum habe ich bloß nie schwimmen gelernt?

Nun, offensichtlich hatte es dafür einen guten Grund gegeben. Sie ahnte, sie hätte sich jetzt mit aller Macht gewehrt, wäre um ihr Leben geschwommen, hätte vermutlich nur unnötig gekämpft. So jedoch paddelte sie hilflos herum, während eine unsichtbare Kraft an ihr zog und sie mit hinaus aufs Meer nahm.

Ablandige Strömung, dachte Tilly. Wie gut, dass ich mich so gründlich informiert habe. Diese Strömung entstand zwischen zwei Sandbänken und entwickelte einen Sog weg vom sicheren Ufer. Zwar war dieser Rückstrom in der Ostsee nicht so stark und gefährlich wie in anderen Meeren, aber für einen unerfahrenen Schwimmer konnte er tödlich sein.

Erst recht für eine alte Frau, die sich normalerweise nur bis zu den Knöcheln ins Wasser traute.

Tilly kicherte, schluckte etwas Salzwasser, spuckte es aus, kicherte wieder. Von den anderen traute ihr bestimmt niemand zu, dass sie so clever sein konnte. Nicht einmal der alte Fischer, der sich am besten mit dem Meer auskannte und den sie ein paarmal ausgefragt hatte.

Sie entdeckte Lichter am Horizont und fragte sich, ob das Thies' Kutter war.

Blödsinn, schalt sie sich sofort selbst. Die Ostsee war kein Tümpel, Thies konnte überall sein. Und sie, Tilly, war nur ein winziger nasser Punkt in der Dunkelheit.

So langsam wurde sie müde. Zugleich fühlte sie sich

friedlich an diesem Ort, an dem es keine Wände gab. Ein breites Lächeln ließ ihr Gesicht weich werden, ihre Augen leuchteten in der Dunkelheit, während das Wasser über ihrem Kopf zusammenschwappte.

Tilly Winkler war glücklich. Sie wusste, sie tat das Richtige. Und sie fühlte sich Thies Ahrens so nah wie noch nie. Dies war sein Element, und sie konnte auf einmal verstehen, warum das Meer ihn niemals losließ. Es war ruhig, es war sanft.

Nur etwas störte sie.

Verdammt!, dachte sie. Ich hätte den alten Mann wenigstens einmal küssen sollen.

Es war ihr letzter klarer Gedanke, dann ließ sie sich freudig in die Tiefe ziehen.

22. Kapitel

Anne träumte einen wundervollen Traum. Sie stand mit Carsten am Steilufer und schaute auf die spiegelglatte Ostsee. Es war Sommer, und eine hohe warme Sonne schien vom wolkenlosen Himmel auf sie herab. Carsten hatte seinen Arm um ihre Schultern gelegt, und sie kuschelte sich dicht an ihn.

»Ich liebe dich«, sagte er kaum hörbar zu ihr.

Bevor Anne erwidern konnte, wie sehr auch sie ihn liebte, sah sie etwas kleines Buntes auf dem Wasser schwimmen.

»Was ist das?«, fragte sie und deutete mit dem Arm nach unten.

»Eine Pudelmütze«, erklärte Carsten. »Und jetzt hör bitte mit dem Gejaule auf.«

»Was?«

Anne fuhr hoch.

Der helle Sommertag verwandelte sich in eine dunkle Nacht, Carsten löste sich vor ihren Augen auf. Zurück blieb das Bild der Pudelmütze auf dem Wasser.

Anne rieb sich die Augen. Es war nur ein Traum, sagte sie sich. Wunderschön und zugleich erschreckend. Sie stand auf, um sich ein Glas Wasser zu holen.

In diesem Moment hörte sie es.

Das Jaulen.

Hoch und langgezogen, dann tiefer und abgehackt.

Wie eine Sirene, schoss es ihr durch den Kopf. Dieses Geräusch also hatte sie nicht bloß geträumt. Das klang definitiv real.

War das etwa Hugo? Seit wann konnte dieser kleine Mops solche Töne von sich geben?

Anne zögerte nicht lange und schlüpfte in Pulli, Hose, Schuhe und Jacke. Sie wollte gerade nachsehen gehen, als jemand gegen ihre Tür hämmerte.

Draußen stand Karin Petersen, das Gesicht ein einziges Fragezeichen.

»Oh, gut, du bist schon wach, Anne. Ich bin vor ein paar Minuten angekommen. Was ist denn nebenan los? Warum jault dieser Hund um drei Uhr früh? Ich konnte ihn auf meinem Fahrrad locker aus hundert Metern Entfernung hören.«

»Ich ... weiß nicht.«

Anne drängte sich an der Konditorin vorbei und lief zu Tillys Wohnwagen. Die Tür war nicht abgeschlossen. Kaum hatte Anne sie geöffnet, da schoss Hugo zwischen ihren Beinen hindurch und verschwand in der Nacht.

»Großer Gott!«, rief Karin aus.

Anne achtete nicht auf sie. Schon suchte sie den Wohnwagen ab, rief nach Tilly, fand sie nicht.

Und auf einmal wusste sie, was passiert war. Ihr Traum, Hugos Jaulen, Tillys geheimnisvolles Verhalten der letzten Zeit – all das ergab einen Sinn.

Sie erschauerte tief im Innern, als wäre ein kalter Luftzug durch ihr Herz gefahren.

»Bitte nicht«, flüsterte sie. »Bitte tu es nicht, Tilly. Ich brauche dich doch. Wir alle brauchen dich.«

Wie gelähmt stand sie da, betete um ein Wunder, hoffte, Tilly möge nur zu einem kurzen nächtlichen Spaziergang aufgebrochen sein. Gleich würde sie wieder da sein, vielleicht mit Hugo schimpfen, weil er ihr nachgelaufen war, dann noch Karin befehlen, endlich an die Arbeit zu gehen, und schließlich Anne tadeln, weil sie sich grundlos aufgeregt hatte.

Sekunden verstrichen, wurden zu Minuten, bevor Anne wieder handeln konnte.

Sie sprang aus dem Wohnwagen.

»Ich suche nach Hugo«, sagte sie mit brüchiger Stimme. »Und du ruf bitte Doktor Sörensen an. Und auch Thies Ahrens. Wahrscheinlich ist er mit seinem Fischkutter unterwegs, aber versuch es trotzdem. Vielleicht hat er Empfang.«

Karin bedachte sie mit einem wissenden Blick. In der kurzen Zeit, in der sie für Anne arbeitete, hatte sie durchschaut, was mit Tilly los war, und sie kannte natürlich die Gerüchte, die in Glückshafen kursierten. Vermutlich glaubte sie, die alte Frau habe sich verlaufen und finde den Heimweg nicht mehr.

Sie irrt sich, dachte Anne. Ich weiß es besser. Ich habe es geträumt, ich habe es wahrscheinlich befürchtet. Aber ich wollte es nicht wahrhaben. Sie dachte an ihre Unterhaltung mit Kyra am Montag in der Backstube. Da war so eine Ahnung in ihrem Unterbewusstsein aufgestiegen, doch Anne hatte sie mit aller Macht verdrängt.

Und sie dachte an den Tag in der letzten Woche, als sie Tilly gefragt hatte, ob sie ihr Testament aufgesetzt hätte.

Ihre Tante, das wusste sie jetzt, hatte sie eiskalt angelogen, als sie behauptete, sie habe nicht vor, so bald abzutreten.

»In Ordnung«, sagte Karin. »Soll ich auch die Feuerwehr anrufen? Und die Polizei? Für die – ähm – Suchaktion?«

»Ja, natürlich.« Es wird nicht nötig sein, fügte Anne im Stillen hinzu. Ich ahne ja, wo Tilly ist. Aber das konnte sie unmöglich laut sagen.

Karin nickte. »Dann mal los. Oder nein, warte.« Sie lief zu ihrem Fahrrad und kam mit einer Stablampe zurück. »Hier, nimm die mit. Die habe ich immer dabei. Für Notfälle.«

»Danke.«

»Der Hund ist da quer über die Wiese gelaufen.«

»Ich weiß.«

Karin riss erstaunt die Augen auf. »Woher denn? Du bist doch in den Wohnwagen gesprungen, als er losrannte. Du konntest ihn nicht sehen.«

»Das ist jetzt egal.«

Anne hatte keine Zeit, ihrer Angestellten zu sagen, dass es nur einen Weg gab, den Tilly genommen haben konnte und den nun auch Hugo verfolgte. Zum Riesenholunder, von dort zu den Weißpappeln und über den geheimen Pfad bis zum Steilufer. Und wenn sie erklärte, sie habe dieses Wissen aus ihrem Traum, dann galt sie selbst schon bald als die nächste verrückte Winkler in der Gegend.

»Sag Carsten und Thies, ich bin am Steilufer. Mein Handy habe ich dabei.«

»Am Steilufer? Aber ...« Selbst im schwachen Licht, das aus dem Wohnwagen nach draußen fiel, wirkte Karin jetzt sehr blass.

»Ist nur so eine Vermutung«, sagte Anne schnell. »Weil Tilly dort immer gern hingeht.«

»Ach so, okay. Die Nummer vom Doktor habe ich, aber ich brauche die vom Fischer.«

Anne nannte sie ihr und lief dann los.

Die Stablampe warf einen kräftigen Lichtkegel auf die Wiese, und schon bald erhob sich vor ihr der Holunder in den Nachthimmel. Sie rannte und rannte, rief nach Hugo, rief nach Tilly.

Ihr Handy vibrierte in der Hosentasche. Carsten wahrscheinlich, oder Thies. Sie wollte ihren Lauf nicht unterbrechen, um zu antworten. An den Weißpappeln angelangt, sprang sie so kopflos über den großen Stein, dass sie fast gestürzt wäre. Nur mit Mühe hielt sie sich auf den Beinen und eilte weiter.

Irgendwo weiter vorn hörte sie ein Geräusch.

»Hugo!«, rief sie.

Der Mops antwortete mit einem kurzen Bellen, kam plötzlich zu ihr gerannt, wuselte um ihre Beine herum, lief wieder vor.

Kurz darauf erreichte Anne das Steilufer, bremste an der Kante ab, fiel auf die Knie, schnappte nach Luft. Hugo neben ihr flitzte wie wild hin und her. Er jaulte, bellte und sah aus, als würde er jeden Moment zusammenbrechen. Oder unter dem morschen Zaun hindurchkriechen und sich von der Klippe stürzen.

Anne packte ihn am Halsband und hielt ihn eisern fest.

Er versuchte nicht einmal, nach ihr zu schnappen, so erschöpft war er.

Auch sie spürte jetzt die Anstrengung des Laufs. Schweiß rann ihr über die Stirn, ihre Wadenmuskeln zitterten. Anne gönnte sich einen kurzen Moment der Ruhe, um wieder zu sich zu kommen.

»Hier ist sie nicht«, sagte sie dann zu Hugo. Es half ihr, ihre Gedanken laut auszusprechen.

Der Mops legte den Kopf schief, als wollte er sagen: Das habe ich auch schon gemerkt. Aber wo dann? Denk nach! Du bist der Mensch!

Anne rieb sich die Schläfen. Nur nicht durchdrehen!

»Sie ist nicht einfach über die Klippe gesprungen. Es ist nicht tief genug für einen sicheren Tod. Sie wäre bloß mit ein paar gebrochenen Knochen im Sand gelandet.«

Ein Schauer lief über ihren Rücken. Wie konnte sie so kalt und herzlos daherreden! Wie konnte sie so sicher sein, dass Tilly sich das Leben genommen hatte!

Ich stehe unter Schock, sagte sie sich selbst.

Dann fiel ihr wieder die Pudelmütze aus ihrem Traum ein, und sie wusste, was zu tun war.

»Komm, Hugo«, sagte sie und stand auf. Sie wollte ihn auf den Arm nehmen, aber er wehrte sich so heftig, dass sie ihn wieder loslassen musste, wenn sie nicht riskieren wollte, dass sie beide in die Tiefe stürzten.

»Dann eben nicht.«

Anne ging los, langsamer diesmal, auf den Leuchtturm zu.

Hugo folgte ihr auf kurzen Beinen.

Als sie nach einer Weile den Weg zum Wasser erreichten, blieb Hugo an der Absperrung stehen und schnüffelte.

»Wir sind hier richtig, oder?«, fragte Anne beklommen.

Er stieß ein kurzes, leises Knurren aus, und sie machten sich an den Abstieg.

Hugo blieb dicht bei ihr, und erst als sie den schmalen Strand erreicht hatten, preschte er wieder los.

Anne versuchte, den Lichtstrahl auf ihn gerichtet zu halten, aber er war zu schnell. Sie hörte ihn bellen, dann platschte etwas, dann fing sie ihn wieder mit der Stablampe ein.

Anne konnte sehen, wie er sich das Wasser aus dem Fell schüttelte, nachdem er offenbar todesmutig im Meer gewesen war, und nun im Zickzack den Strand absuchte. Dann stoppte er auf einmal, nahm etwas ins Maul, kam schwer schnaufend auf sie zugerannt.

Zuerst erkannte sie den pinkfarbenen Bommel, der aus seinem Maul hing. Schon war Hugo bei ihr und ließ Tillys Pudelmütze fallen. Anne sank in den Sand, nahm die Mütze in die Hand, dachte an ihren Traum.

»Träume sind unlogisch«, sagte sie laut. »Natürlich hat Tilly sie nicht mit ins Wasser genommen. Sie würde niemals ein Geschenk von Thies zerstören.«

Hugo setzte sich auf die Hinterpfoten und beobachtete sie aus seinen Knopfaugen. Sein Atem ging stoßweise, sein Kopf wackelte vor Müdigkeit.

Wie lange saß sie dort mit dem Mops an ihrer Seite? Wie lange schaute sie aufs Meer hinaus, in der irrsinnigen Hoffnung, Tilly möge aus den Fluten steigen und sie auslachen, weil sie sich schon wieder so viele Sorgen machte?

Anne vermochte es später nicht mehr zu sagen. Sie bekam kaum mit, dass die Dunkelheit dem ersten Grau des Morgens wich, sie hörte weder Sirenengeheul, noch sah sie draußen auf dem Meer das Patrouillenboot der Küstenwache.

Erst als Carsten bei ihr war, sie hochzog und in seine Arme nahm, kam sie wieder zu sich.

»Tilly ...«, stammelte Anne. »Sie ist ...«

»Ich weiß«, sagte er ruhig. »Komm, lass uns gehen. Wir können hier nichts tun.«

Sie bemerkte, dass der Strand von Feuerwehrmännern und Polizeibeamten bevölkert war, ließ sich von Carsten sanft mitziehen, achtete nur noch darauf, dass Hugo nicht verlorenging.

Oben bei der Absperrung stand Carstens Jeep. Anne stieg ein und nahm den nassen Mops auf ihren Schoß, der am ganzen Leib zitterte.

»Er hat einen Schock«, sagte sie dumpf. »Und er friert.«

Carsten zog seine dicke Jacke aus, legte sie um Annes Schultern, wickelte auch Hugo darin ein.

Dann fuhr er sie zurück ins Holunderdorf.

Dort warteten Thies und Kyra. Der Mann und das Mädchen standen Schulter an Schulter. Sie schauten ihnen entgegen, beide stumm, beide voller Ahnung.

Hugo befreite sich aus Annes Armen, kaum dass Carsten die Beifahrertür geöffnet hatte. Die kurze Ruhepause hatte offenbar neue Energie in ihm freigesetzt. Er sprang aus dem Jeep und raste auf Thies zu. Der alte Fischer beugte sich hinab und hielt ihm seinen Unterarm hin. Schon fletschte Hugo die Zähne. Aber bevor er zubeißen konnte, klappte er sein Maul plötzlich wieder zu, blieb verwirrt stehen und legte den Kopf schief. Als ob er wüsste, dachte Anne, dass er sein Frauchen nicht mehr gegen diesen Mann verteidigen musste.

Auch Thies wirkte verunsichert. Er näherte seine große narbige Hand dem Mops, um ihm über den Kopf zu streichen. Ein tiefes, drohendes Knurren ließ ihn zurückzucken, und für einen Augenblick war seine Welt wieder in Ordnung.

Hugo hasste ihn. So musste es sein.

Kyra kam auf Anne zugelaufen und warf sich in ihre Arme.

»Bitte sag, dass es nicht stimmt!«, rief sie und brach in lautes Schluchzen aus. »Sag, dass Tilly sich nur verlaufen hat!«

Anne hielt sie fest, suchte nach tröstenden Worten, fand keine.

Carsten umarmte sie beide, auch er schwieg. Furcht stieg in Anne auf. Es fühlte sich seltsam an, hier so zu stehen. Als wären sie eine Familie, die sich in schwerer Stunde gegenseitig Halt gab. Aber das sind wir nicht, dachte sie. Und ich bin bloß eine Fremde, die sich an ihre Freunde klammert.

Oder?

Sie war zu durcheinander, um die Stimme ihres Herzens zu hören, und so löste sie sich aus der Umarmung und stand unbehaglich neben den Sörensens.

Es war Karin Petersen, die sie alle rettete.

Sie kam aus dem Stübchen gelaufen und baute sich vor ihnen auf. »Kommt rein und trinkt einen Kaffee. Der erste Kuchen ist auch fertig. Ihr braucht alle was in den Magen.«

Also folgten sie ihr, froh, sich zu bewegen, froh, etwas zu tun.

Im Stübchen war es bereits warm und gemütlich. Der frische Duft aus der Backstube erfüllte den Gastraum, das Licht brannte. Es ist ein sicherer Ort, ging es Anne durch den Kopf. Hier konnte jeder wieder zu sich kommen. Kyra bediente die Kaffeemaschine, Carsten half Karin, einen großen Plattenkuchen hereinzuholen, Anne und Thies deckten den Buchenholztisch. Dann saßen sie beisammen, aßen und tranken, sprachen kaum ein Wort.

Karin Petersen zog sich zurück. Sie meinte, es würden nachher viele Gäste erwartet und sie müsse sich mit dem Backen ranhalten.

Heute kommt bestimmt niemand, wollte Anne erwidern. Es würde sich schnell herumsprechen, was passiert war. Aber sie schwieg.

Sie saß auf einem Stuhl neben Carsten. Kyra und Thies hatten ihnen gegenüber auf der Dinnerbank Platz genommen. Hugo hockte unsichtbar unter dem Tisch und stieß von Zeit zu Zeit ein Knurren aus.

Anne merkte nur, dass sie weinte, weil Carsten ihr sanft über die Wange strich, als wollte er ihre Tränen einsammeln.

Seine Berührung war tröstlich und beängstigend zugleich. Er tut es nicht aus Liebe, sagte sie sich. Bloß aus Freundlichkeit oder aus Mitleid. Erstaunte stellte sie fest, dass sie sich schon wieder beruhigte. Tilly wäre stolz auf sie gewesen. Die Zeiten ihrer Tränenfluten waren offenbar vorbei.

Tilly.

Anne trank schnell von ihrem Espresso.

Alle vier knabberten eher lustlos an ihrem Kuchenstück, niemand hatte wirklich Appetit.

Schließlich brach Kyra das Schweigen. »Tilly hat genau gewusst, was sie tat.«

Anne schaute sie an. Das Mädchen sah aus, als sei es in der letzten Stunde schlagartig erwachsen geworden.

»Ich bin mir da nicht so sicher«, murmelte sie. Wenigstens für einen Moment wollte sie sich der Illusion hingeben, Tilly sei Opfer eines Unglücks geworden. Der Gedanke, ihre Tante habe sie freiwillig verlassen, lastete zu schwer auf ihr.

»O doch!«

»Ich glaube das auch«, warf Thies ein. »Tilly hat sich von mir mal ausführlich die ablandige Strömung erklären lassen.«

Anne hob fragend die Brauen, und Thies erläuterte ihr, wie leicht ein Mensch an der richtigen Stelle hinaus aufs Meer gezogen werden konnte.

»Verdammt!«, stieß sie aus.

»Siehst du?«, sagte Kyra. »Sie hat das geplant.«

Carsten beteiligte sich nicht an dem Gespräch, aber aus den Augenwinkeln bemerkte Anne, dass er seiner Tochter leicht zunickte.

Die Illusion eines Unglücks zerbröselte in ihren Gedanken, und sie wusste wieder, dass die anderen recht hatten. Sie hatte es ja selbst von der Sekunde an geahnt, als Karin an ihre Tür gehämmert hatte.

Plötzlich stieg Zorn in ihr auf, und sie fuhr Thies an: »Warum warst du nicht da, um auf sie aufzupassen? Musstest du unbedingt wieder deine blöden Fische besuchen? Konntest du nicht ein einziges Mal an Land bleiben?«

Er senkte den Blick und sprach ganz leise. »Ich fahre seit Wochen nicht mehr aufs Meer.«

»Er verbringt jede Nacht an der Einfahrt zum Holunderdorf«, sprang Kyra ihm bei. »Er hat sich zwischen den Bäumen sogar ein Zelt aufgebaut.«

»Wirklich?«, fragte Anne. »Das wusste ich nicht.«

Thies wechselte einen Blick mit Carsten.

»Ich habe ihn gebeten, mir etwas zu geben, was mich wach hält, aber er hat sich geweigert«, sagte er dann. »Und ein paarmal bin ich eingeschlafen. Auch heute Nacht.«

Annes Zorn verrauchte ebenso schnell, wie er erwacht war.

»Du kannst nichts dafür.«

»Ich hätte besser aufpassen müssen.«

Hugo unter dem Tisch schnaubte. Es klang, als wollte er ihm zustimmen.

Wieder verfielen sie in Schweigen. Anne wünschte, Carsten säße nicht so dicht neben ihr. Sie betete, er möge wieder seinen Arm um sie legen. Alles in ihr drängte zu ihm, dann wieder wollte sie nur weg von ihm. Sie dachte daran, was nun werden sollte, ob sie alles verlieren würde, und schon in der nächsten Sekunde schämte sie sich für ihre eigennützigen Überlegungen.

Karin kam in den Gastraum und stellte sich vor dem Tisch auf. In den Händen hielt sie einen Briefumschlag und einen Schlüssel an einem ledernen Band.

»Das habe ich in der Speisekammer entdeckt«, sagte sie. »Es ist von Tilly.«

Anne erkannte den Schlüssel. »In der Speisekammer? Warum, um Gottes willen, hat sie die Sachen dort deponiert?«

»Vielleicht war sie durcheinander«, mutmaßte Kyra.

»Oder«, warf Thies ein, »sie wusste genau, dass die Sachen dort mit Sicherheit von euch gefunden werden und nicht etwa von Fremden.«

»Von Fremden?«, fragte Anne. »Ich lasse doch keine Fremden in ihr Zuhause.«

Carsten legte ihr kurz eine Hand auf den Arm. »Schätze, die Polizei wird ihren Wohnwagen durchsuchen.«

»Ach so«, erwiderte sie und zog ihren Arm weg.

Karin trat von einem Fuß auf den anderen. »Aber eins kapiere ich nicht. Auf dem Umschlag steht, ich soll den Brief vorlesen. Warum ich? Tilly und ich ... na ja, wir kannten uns kaum.«

»Wahrscheinlich genau deshalb«, sagte Carsten. »Sie hat wohl darauf vertraut, dass du die Fassung bewahrst.«

Karin schluckte. »Ich werde es versuchen.« Sie riss den Umschlag auf, las die ersten Zeilen und brach in schallendes Gelächter aus.

23. Kapitel

Im nächsten Moment schlug Karin sich die Hand vor den Mund. »Entschuldigung … ich … das ist mir wirklich peinlich.«

Anne starrte sie an. »Lies einfach vor.«

Karin schluckte mehrmals, räusperte sich, unterdrückte einen neuerlichen Lachanfall.

»›Ihr Vollidioten‹«, begann sie. »›Jetzt zieht ihr gerade lange Gesichter und tut euch selbst leid. War ja nicht anders zu erwarten.‹« Sie machte eine Pause und sah in die Runde. Anne bemerkte, dass auch die anderen vor sich hin glucksten. Typisch Tilly, dachte sie. Die macht uns auch nach ihrem Tod noch fertig.

»Weiter«, forderte sie Karin auf.

Diese schluckte abermals, bevor sie fortfuhr: »›Ich fasse mich möglichst kurz, denn ich weiß ja nicht, wie lange mein Puddinghirn noch durchhält. Kann aber auch sein, dass ich hier und da etwas ausführlicher werden muss. Also, zuallererst Folgendes: Jeder, der es wagt, wegen mir zu heulen, sollte sich vorsehen. Dem erscheine ich als Geist und mache ihm das Leben zur Hölle. Trauer ist bloß Ausdruck von Egoismus. Ihr trauert nicht um mich, sondern um euch selbst. Weil die liebe, nette Tilly euch nicht mehr auf die Sprünge hilft. Hört sofort auf damit!‹«

Karins Stimme verlor alle Heiterkeit und wurde nachdenklich.

»›Ihr müsst akzeptieren, dass ich keine Lust habe, als Gemüse weiterzuleben, und ihr müsst jetzt eben allein klarkommen. Mit Ausnahme von Kyra habt ihr euer Mitleid schaufelweise über mir ausgekippt, das brauche ich nicht! Kyra, um dich mache ich mir am wenigsten Gedanken. Du bist eine tolle Deern, und du wirst deinen Weg gehen. Lebe dein Leben! Dieser Nils wird schon auf dich warten, wenn du hinaus in die Welt willst.‹«

Anne sah, dass Kyra errötete. Aber sie lächelte auch. Im Stillen dankte sie Tilly für ihre klugen Worte.

Karin fuhr fort: »›Sörensen, Sie Vogelscheuche. Sie sind gar nicht so übel. Vielleicht versuchen Sie mal, ein bisschen zu lachen. Soll ganz hilfreich sein. Und vielleicht versuchen Sie mal, Anne zu küssen. Eventuell kommt doch noch was Gutes dabei raus.‹«

Mit großen Augen sah Karin von Anne zu Carsten. Es war offensichtlich, dass sie keine Ahnung hatte, was zwischen den beiden lief. »Möglicherweise«, stammelte sie, »ist das jetzt doch etwas zu privat?«

Anne handelte instinktiv. Sie griff unter dem Tisch nach Carstens Hand und hielt sie fest. Es fühlte sich richtig an und gut. Er übte sich in einem Lächeln und sah aus wie ein anderer Mann. Lebendig inmitten der Trauer. Anne wagte es, Hoffnung zu schöpfen.

»Bitte lies weiter«, bat sie Karin.

»›Und nun zu dir, Anne. Was dein Liebesleben betrifft, bist du ein verdammt schwieriger Fall. Wahrscheinlich hast du dieses defekte Gen von mir, aber bilde dir ja nicht ein, dass du mit deinen kindischen Träumen von einem Superhelden noch länger durchkommst. Wenn du nicht endlich kapierst, dass Sörensen der stärkste und beste Mann ist, dem du je begegnet bist, kriegst du von mir posthum noch einen Tritt in den Hintern.‹«

Wieder kicherte Karin, riss sich dann aber zusammen.

Anne hingegen dachte wieder einmal, sie könnte Tilly erwürgen.

Wenn sie nicht schon tot wäre.

Augenblicklich schämte sie sich entsetzlich. Sie wollte Carstens Hand loslassen, doch seine Finger waren fest mit ihren verschlungen und gaben nicht nach.

»›Ich weiß genau, dass du ihn liebst‹«, fuhr Karin fort. »›Hör bloß auf, irgendwelche Mauern um dich zu bauen. Als Nächstes bildest du dir noch ein, der Mann ist nur aus Mitleid so nett zu dir.‹«

Woher wusste sie das?, fragte sich Anne verwundert. Dann hörte sie weiter zu.

»›Immerhin hast du mit dem Stübchen was Gutes auf die Beine gestellt. Im Schränkchen findest du einen Pachtvertrag, der über die nächsten zehn Jahre läuft. Du musst nur noch unterschreiben. Mein alter Freund Carlo Hansen hat ein Einsehen gehabt. Es hat mich meine ganze Überredungskraft gekostet, und ich musste meinen gesamten Charme einsetzen, aber am Ende habe ich ihn überzeugen können.‹«

Bei dem Wort »Charme« hatte Karin kurz aufgesehen und in leicht grinsende Gesichter geschaut, aber sofort las sie weiter. »›Carlo hat nämlich begriffen, dass dieses Fleckchen Erde hier an der Küste eine Goldgrube ist. Ihr werdet Geschäftspartner, und wenn ihr es klug anstellt, könnt ihr im nächsten Jahr ein paar kleine Ferienhäuser bauen. Und auch ein eigenes Häuschen für dich, falls du so dumm sein solltest, nicht zu Sörensen zu ziehen. Das liegt jetzt ganz bei dir.‹«

Karin Petersen stieß heftig die Luft aus. Hoffnungsvoll sah sie zu Anne. »Das ist jetzt bestimmt kein guter Zeitpunkt, aber heißt das, du wirst das Stübchen weiterführen?«

»Ich denke schon«, erwiderte Anne. »Doch, es sieht ganz danach aus.«

Eben noch war sie wütend auf Tilly gewesen, weil diese sie vor Carsten bloßgestellt hatte; jetzt empfand sie tiefe Dankbarkeit. Darum also war es bei der ganzen Geheimniskrämerei gegangen. Tilly hatte für die Zukunft vorgesorgt. Sie hatte die Zeit, die ihr bei klarem Verstand noch blieb, dafür genutzt, ihrer Nichte das Leben im Holunderdorf zu sichern.

Danke, sagte sie lautlos.

Die Erleichterung in Karins Gesicht war unübersehbar. »Oh, das wäre wundervoll.«

Anne lächelte ihr zu. Sie konnte verstehen, dass die Konditorin trotz aller Traurigkeit große Angst um ihren Job hatte.

Thies ließ ein Brummen vernehmen. »Ein alter Freund? Der Mann, der Tilly besucht hat?«

»Ja«, sagte Anne. »Aber sie waren wirklich nur Freunde.« Gleichzeitig wurde ihr klar, dass es sich dabei um denselben Mann handeln musste, dem Tilly im Café ein Stück Kuchen vom Teller stibitzt hatte. Offenbar hatte er sich selbst ein Bild von dem Betrieb machen wollen, bevor er tags darauf dann über die Verpachtung des Geländes verhandelte. Und vermutlich hatte er auch Tilly beobachtet und geahnt, was los war. Thies' zerfurchtes Gesicht blieb voller Zweifel, bis sie ihm erklärte, dass dieser Hansen keine Frauen liebte. Erst dann entspannte er sich.

»Und ich habe mich lächerlich gemacht«, knurrte er leise. »Weil ich eifersüchtig war.«

Kyra stieß ihn grinsend in die Seite. »Mach dir nichts draus. Irgendwann ist jeder mal dran. Und Tilly ist eine klasse Frau. Ich ... ich meine, sie war eine ...«

Tränen sammelten sich in ihren Augen.

»Ist schon gut«, sagte Anne. »Wir können es alle noch nicht glauben.«

Kyra schniefte. »Ich habe das Gefühl, ich träume das alles bloß. Nachher wache ich auf, fahr zu Tilly und lache mit ihr über diesen Mist. Bei Mama war das anders.« Sie weinte jetzt heftig, und Anne fragte sich, ob diese Tränen ihrer Mutter oder Tilly galten.

Vermutlich beiden.

»Bei Mama war ich seit Monaten darauf vorbereitet, dass sie stirbt. Aber ...«

Carsten ließ Annes Hand los, stand auf, setzte sich neben seine Tochter und nahm sie in die Arme.

»Schsch«, machte er. »Weine nur, meine Kleine. Auf den Tod kann man niemals vorbereitet sein. Egal, ob er langsam oder plötzlich kommt.«

Thies warf Anne über den Tisch einen hilflosen Blick zu, dann tätschelte er ungelenk Kyras Schulter.

»Das wird wieder, Deern.«

Endlich beruhigte sich Kyra und putzte sich lautstark die Nase.

»Tut mir leid. Ich bin sonst gar nicht so.«

»Ist schon gut«, sagte Anne wieder. »Du darfst durcheinander sein. Das wird auch noch eine Weile so bleiben. Aber irgendwann wird es besser.«

So ganz glaubte sie selbst nicht an ihre Worte, aber Kyra schien sich davon getröstet zu fühlen, denn ihre Mundwinkel hoben sich.

»Soll ich weitermachen?«, fragte Karin.

Alle nickten.

»›Brauchst jetzt nicht vor Dankbarkeit zu vergehen, Anne. Ich will, dass mein Holunderdorf weiterlebt, klar?‹«

Anne nickte, als könnte Tilly sie sehen.

»›Thies‹«, las Karin vor. »›Sie dummer alter Mann. Hören Sie auf, mich zu lieben. Das ist idiotisch. Ich hab's noch nie so mit Gefühlen gehabt, aber ich schenke Ihnen was zum Abschied.‹«

Karin brach ab, schaute auf, las dann das letzte Wort vor: »›Hugo.‹«

»Bei allen Meeresgöttern!«, entfuhr es Thies.

Carsten blickte Anne an und lachte leise. Kyra konnte wieder grinsen, Hugo bellte unter dem Tisch.

»Ich soll mich um den bissigen Köter kümmern?«, fragte Thies.

»Sieht so aus«, erwiderte Anne, die jetzt auch lächeln musste.

»Ist der wenigstens seefest?«

Da brachen sie alle gemeinsam in lautes Gelächter aus und beruhigten sich erst wieder, als sie sahen, dass plötzlich Leute in das Stübchen strömten.

Thies griff unter den Tisch, holte Hugo hoch und hielt den zappelnden Mops fest auf dem Arm. Er wurde nicht gebissen, aber nach großer Liebe sah das auch nicht aus, fand Anne.

Kyra sprang auf und starrte staunend auf die frühen Gäste.

Auch Anne und Carsten erhoben sich, standen auf einmal dicht nebeneinander, und ihre Hände fanden sich wieder.

Einzig Karin wirkte nicht überrascht. »Ich habe ja gesagt, es wird voll«, sagte sie.

»Aber es hat sich doch bestimmt schon rumgesprochen, was passiert ist«, entgegnete Anne. »Da dachte ich, es kommt heute niemand.«

Ein nachsichtiges Lächeln erschien auf Karins Gesicht. »So richtig angekommen bist du bei uns an der Ostsee aber noch nicht, Anne. Wir haben unsere eigene Art, mit Unglücksfällen umzugehen.«

»Ja, sieht ganz so aus.«

Karin wandte sich an Kyra. »Komm mit in die Backstube und hilf mir.«

Das Mädchen folgte ihr nur zu gern. Es schien froh zu sein, etwas zu tun zu haben. So konnte es hoffentlich dem Durcheinander der Gefühle entkommen.

Eine halbe Stunde später glaubte Anne, halb Glückshafen habe sich im Stübchen eingefunden. Die Leute drängten sich zusammen, tranken Kaffee, aßen Kuchen und erzählten lustige Geschichten über Tilly. Von der Kommune war die Rede, die anfangs für reichlich Gesprächsstoff gesorgt hatte. Von den seltsamen Gestalten, die das Holunderdorf bevölkert hatten, und von dem Verdacht, die alte Frau im bunten Kaftan sei das Oberhaupt einer Sekte.

Jemand brachte ein paar Flaschen Schnaps mit, und die

Stimmung wurde immer ausgelassener. Niemand schien sich daran zu stören, dass Tilly den Freitod gewählt hatte. Anne hörte sogar Worte der Bewunderung.

»Wenn ich mal vergesse, wer ich bin«, erklärte Paula Sievers lautstark, »gehe ich auch ins Wasser.«

Ihre Freundinnen nickten eifrig und kippten den nächsten Schnaps.

Als zwei Polizeibeamte erschienen, trat plötzlich Stille ein. Sie nahmen Anne beiseite und erklärten ihr, dass alles Suchen zwecklos gewesen sei. Das Meer werde Tilly Winkler nicht mehr hergeben.

So hätte sie es gewollt, überlegte Anne. So und nicht anders. Sie dachte daran, ihre Eltern anzurufen. Später, nahm sie sich vor.

Die Gespräche setzten wieder ein, es wurde wieder gelacht.

Anne erkannte Nils an Kyras Seite. Sie redete eindringlich auf ihn ein, und er nickte ernsthaft. Die beiden schaffen das schon, dachte Anne. Auf die eine oder andere Weise.

Dann stellte sie fest, dass Thies fehlte. Und Hugo.

Vielleicht schlossen sie irgendwo draußen Freundschaft, vielleicht ließ Thies sich beißen.

Carsten zog sie aus dem Stübchen. Erst jetzt bemerkte sie, dass sie sich immer noch an den Händen hielten.

Sie liefen nebeneinanderher bis zum Riesenholunder, während die Morgensonne freundlich auf das Land schien.

»Wie geht es dir?«, fragte Carsten und schaute sie aufmerksam an. In seinen dunklen Augen stand die Freundlichkeit, die sie so gut an ihm kannte. Und Wärme. Und ... Sie blickte schnell zu Boden.

»Ich bin traurig«, erwiderte sie ehrlich. »Tilly wird mir furchtbar fehlen. Aber ich verstehe sie auch. Sie ist noch nie jemandem zur Last gefallen, und sie wollte jetzt nicht damit anfangen.«

»Das sehe ich ganz ähnlich.«

»Nur ähnlich?«

»Hm«, machte Carsten. Sie spürte seinen Blick auf sich ruhen, sah aber nicht auf.

»Tilly wollte, dass du glücklich bist«, fuhr er fort.

Wenn das so einfach wäre, dachte sie.

»Und sie wollte verhindern, dass du ihretwegen von hier wegziehen musst.«

»Ja«, murmelte sie. »Daran habe ich wirklich gedacht. In Hamburg hätte sie die beste Pflege bekommen, und sie wäre bei ihrer Familie gewesen.«

»Was so ungefähr das Letzte war, was sie sich wünschte.«

»Ja, das stimmt wohl.«

»Tatsächlich hat sie alles darangesetzt, damit du hier bleibst. Hier bei mir.«

Endlich blickte Anne hoch, und dann erkannte sie dieses andere Gefühl in seinen Augen.

Nun war sie es, die ihn mit höchster Konzentration musterte. Seine Schultern waren breiter als an dem Abend, an dem sie einander zum ersten Mal begegnet waren, seine Wangen wirkten weniger hohl.

Aber sie traute ihm nicht, traute sich selbst nicht.

»Du musst kein Mitleid mit mir haben«, flüsterte sie. »Ich komme schon klar.«

Ein Lächeln umspielte plötzlich seine Mundwinkel.

»Ich liebe dich, Anne«, sagte Carsten mit fester Stimme.

»Ich habe dich schon geliebt, als ich dich so verloren unter der alten Eiche sitzen sah, aber es hat eine Weile gedauert, bis ich es begriffen habe.«

»Aber …«, stotterte sie. »Deine Frau … Du bist doch innerlich wie tot. Du kannst nicht mehr …«

Carsten zog sie eng zu sich heran. »Ich habe Mareike sehr geliebt«, flüsterte er ihr ins Ohr. »Und ein Teil von mir wird sie immer lieben. Das gehört zu meinem Leben. Aber ich bin nicht tot, Anne, ich lebe, und ich empfinde dieses wundervolle Gefühl für dich. Bitte glaub mir.«

Sie wollte etwas erwidern, aber da küsste er sie.

Irgendwo oben im Holunder zwitscherte ein Vogel, ein paar Möwen antworteten ihm mit ihrem Kreischen. Anne hörte auf zu denken, zu zweifeln. Sie erwiderte seinen Kuss mit all der Zärtlichkeit, die sie für ihn empfand.

Dann geschah es wieder. Die Zeit blieb stehen.

Der Kuss dauerte ein Leben lang, und Anne war sich ziemlich sicher, dass Tilly ihr zusah. Wo immer sie auch sein mochte. Vielleicht nickte sie zustimmend, vielleicht verzog sie aber auch nur das Gesicht bei diesem Liebeskram.

Brigitte Janson

Winterapfelgarten

Roman.
Taschenbuch.
Auch als E-Book erhältlich.
www.list-taschenbuch.de

Du weißt, es ist Glück, wenn es nach Äpfeln duftet

Claudia Konrad ist außer sich. Mit 51 soll sie plötzlich zu alt sein für ihren Job in einer Parfümerie? Nicht besser geht es ihrer Tochter Jule, die nach einem schrecklichen Unfall kaum noch das Haus verlässt. Ihre Freundin Sara ist dagegen müde – von ihrer langweiligen Ehe. Schluss damit, denken sich die Freundinnen und ziehen auf einen Apfelhof im Alten Land. Tolle Idee, aber Gebäude können morsch, Äpfel wurmstichig und attraktive Nachbarn eigenbrötlerisch sein. Die Katastrophe naht. Der Rettungsengel auch: Rentnerin Elisabeth strandet auf dem Hof und bringt mit viel Charme Ordnung in das Chaos ...

List

Der Duft, aus dem die Träume sind

Brigitte Janson

DER VERBOTENE DUFT

Historischer Roman

ISBN 978-3-548-28431-6
www.ullstein-buchverlage.de

Hamburg 1840: Die junge Parfumeurin Clara versetzt die ganze Hansestadt in Aufregung. Sie hat einen Duft entwickelt, von dem es heißt, dass er jede Frau unwiderstehlich macht, sofern es ihr gelingt, eine halbe Träne beizumischen. Die feinen Bürgerinnen stehen bei ihr Schlange – doch nicht jeder gönnt Clara den Erfolg. Schon bald muss sie um ihr Geschäft bangen. Und um ihr Herz, denn genau wie ihre Kundinnen träumt Clara von der großen Liebe. Doch ihre Jugendliebe Paul ist seit Jahren verschwunden. Wird Clara ihn jemals wiedersehen?

UB649

ullstein

Suzanne Hayes,
Loretta Nyhan

Ich schreib dir jeden Tag

Roman.
Aus dem Amerikanischen von
Nina Bader.
Taschenbuch.
Auch als E-Book erhältlich.
www.list-taschenbuch.de

So nah und doch so fern – eine Freundschaft in Briefen

»Liebe Rita, ich hoffe, dieser Brief erreicht dich bald. Ich habe das Gefühl, unser Leben besteht nur noch aus Warten – auf Nachricht von unseren Lieben, auf das Ende des Winters, auf den Frieden. Vielleicht ist das größte Geschenk dieses Krieges die Geduld ...«

Es ist Winter 1943, als Rita Vincenzo den ersten Brief von Gloria Whitehall erhält. Rita ist Gloria noch nie begegnet. Trotzdem schreibt sie zurück, denn sie teilt Glorias Schicksal: Ihr Mann kämpft an der Front. In ihren Briefen geben Gloria und Rita einander Halt und überstehen so Verluste, Herzensverirrungen und die langen Nächte des Wartens.

List

Åsa Hellberg

**Sommer-
freundinnen**

Roman.
Aus dem Schwedischen von
Sarah Houtermans.
Taschenbuch.
Auch als E-Book erhältlich.
www.list-taschenbuch.de

Es ist nie zu spät fürs Leben

Mehr als dreißig Jahre lang waren die vier beste Freundinnen. Dann stirbt Sonja ganz überraschend. Ein letztes Mal verblüfft sie ihre Freundinnen Susanne, Maggan und Rebecka: Mit dem Wunsch »Ich will, dass ihr glücklich werdet« schickt sie die drei auf eine abenteuerliche Reise zu ihren ganz privaten Orten des Glücks. Zunächst zögern die drei. Sollen sie ihr bequemes Leben wirklich so einfach für einen mutigen Neuanfang hinter sich lassen? Doch Sonja hat nichts dem Zufall überlassen und zeigt den Freundinnen, wie viel das Leben an Freundschaft, Glück und Liebe noch zu bieten hat.

»Eine warmherzige Geschichte, die mitten ins Herz trifft.«
LitteraturMagazinet

List

Cyril Massarotto

Warum hast du mich vergessen?

Roman.
Aus dem Französischen von
Nicola Volland.
Taschenbuch.
Auch als E-Book erhältlich.
www.list-taschenbuch.de

Wenn das Vergessen kommt und die eigene Mutter den Sohn nicht mehr erkennt – stark und schön erzählt.

Thomas steht seiner Mutter sehr nahe. Ihn, den Zweitgeborenen, ruft sie an, als sie immer vergesslicher wird. Er ist derjenige, der sich um sie kümmert, als sie die erschütternde Diagnose Alzheimer bekommt. Umso größer ist der Schock, dass sie ihn als Ersten nicht mehr erkennt. Er ist verzweifelt. Er kämpft um ihre Liebe. Er wehrt sich gegen das Vergessen. Erst als ihm bewusst wird, dass er es nicht aufhalten kann, lässt Thomas endlich los und findet den schmerzlichen Weg zurück ins eigene Leben.

List

Wollen Sie mehr von den Ullstein Buchverlagen lesen?

Erhalten Sie jetzt regelmäßig
den Ullstein-Newsletter
mit spannenden Leseempfehlungen,
aktuellen Infos zu Autoren und
exklusiven Gewinnspielen.

www.ullstein-buchverlage.de/newsletter